U0130144

海边春秋

陈毅达 著

天津出版传媒集团
百花文艺出版社

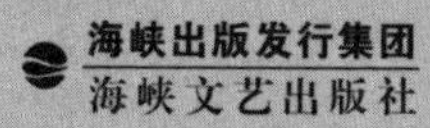

图书在版编目（CIP）数据

海边春秋 / 陈毅达著. -- 天津 : 百花文艺出版社 ; 福州 : 海峡文艺出版社, 2019.2(2019.8重印)
ISBN 978-7-5306-7703-2

Ⅰ. ①海… Ⅱ. ①陈… Ⅲ. ①长篇小说-中国-当代 Ⅳ. ①I247.5

中国版本图书馆CIP数据核字(2019)第000068号

海边春秋
HAIBIAN CHUNQIU
陈毅达著

责任编辑:徐福伟　齐红霞　**特约编辑:**任心宇
出版发行:百花文艺出版社
地址:天津市和平区西康路35号　**邮编:**300051
电话传真:+86-022-23332651（发行部）
出版发行:海峡文艺出版社
地址:福州市东水路76号14层　**邮编:**350001
电话传真:+86-0591-87536797（发行部）
印刷:福建新华印刷有限责任公司
开本:900×1300毫米　1/32
字数:230千字
印张:11.25
版次:2019年2月第1版
印次:2019年8月第4次印刷
印数:32001—35000册
定价:39.80元

如有印装质量问题,请与福建新华印刷有限责任公司联系调换
地址:福州市福新中路42号
电话:0591-83662446
邮编:350011

一

其实，那天上午就是个普通的上午，只是路上有点堵车，刘书雷到单位迟了点。一进办公室，单位内部的座机就响起来，刘书雷还没来得及坐下给自己沏杯茶，就只好先拿起电话。

电话是人事处处长打来的。人事处处长说，书雷，李然书记找你，请你到他办公室去一下。刘书雷什么也没想，顺手抄起桌面上的一个本子，拿了一支笔，就往外走，连办公室的门都没掩上。

李然书记的办公室在七楼，而刘书雷的办公室在三楼。刘书雷按了往上的电梯，走了进去，很快就到了七楼，然后进了李然书记的办公室。

一切都如平常，刘书雷根本没有想到，他的生活从今天开始翻开了崭新的一页。

李然书记手上正翻着一份人员名单，见刘书雷进来，就淡淡地说,坐。

刘书雷在一旁的沙发上坐下,问,书记,您找我?

李然书记这才抬起头,抖动了一下手中的人员名单,问,这次援岚,你怎么没报名?

刘书雷被问得一脸茫然,什么援岚?

你不知道?人事处没通知你吗?李然书记略显意外,抬眼看了刘书雷一下。

刘书雷这才隐约想起来,好像是在几天前,人事处送来一份文件给他,告诉他有空要看一下,是自愿报名参加。刘书雷当时随口问,什么活动?都要报名吗?人事处的那位同志说,没有硬性规定,自愿报名,最后由党组决定。

刘书雷当时正在电脑前忙一篇评论稿子,听说是自愿报名,就漫不经心地应了声,接过文件放在桌面上,也就没在意,后来就忘了看了。

人事处几天前给过我一份文件,我后来忘记认真看了。刘书雷不好意思地说,还强调说是自愿报名,我就没在意。

李然书记有些不满地摇了摇头说,看来,你真是躲进文学的象牙塔了,什么事都不关心!

刘书雷说,要不我这就下去看看?

李然书记说,不用了。明天上午党组会议要研究,我看到你没报名,就觉得不应该。援岚工作可是省委认真贯彻执行中央的指示精神,针对岚岛建设出台的重要战略举措。你现在是我们机关最年轻的处级干部,我就说你怎么一点态度都没有,连报名都不报?

这么重要，那我现在报名还来得及吗？刘书雷“嘿嘿”笑了下说。

李然书记往座椅背上靠了靠，双手搭在椅子的扶手上，目光直视刘书雷说，你现在报名当然可以，我找你，就是想派你去！

刘书雷一点心理准备也没有，也没弄清是怎么一回事，惊讶地问，派我去？什么援岚？说到这儿，又补充道，是不是去支援什么地方？就是去扶贫，或是驻村什么的？要多长时间？

有相似性，但又不太一样。李然书记说，这几年，党和国家高度重视岚岛的改革开放和建设发展，给予了岚岛很多特殊政策，让岚岛迎来了千年一遇的难得发展机遇。省委、省政府为进一步加快和推进岚岛的经济发展，出台了很多具体举措。从二〇一二年年初开始，省委、省政府从岚岛建设的全面提速角度出发，考虑到急需大批的人才和大量的干部，启动了援岚工作，从省直各部门各单位和全省各地抽调干部入岛援建。实施之后证明，这对推进岚岛建设起到了明显的作用。岚岛，从我们过去的海防前线，变成我省开放开发令人瞩目的新热点、新亮点和新风景。

李然书记说到这儿，站起来给刘书雷倒了一杯茶，然后没回到座位上，而是在刘书雷一旁的另一张沙发椅上坐下，接着说，到目前为止，这次选派的是第四批。前三批，我们省文联都没分到名额，这次给了我们一个，这是省委对我们的高度信任。这件事，看似派个人去，但实质是件很重要的任务，选派去的同志必须是能很好地完成这个重要任务的人！

李然书记平时讲话都是很有政治站位的。刘书雷来省文联工作后,听说过李然书记在来省文联任领导前曾在地方上任过党政领导。

书记,要是这么重要的任务,我怕我不行!刘书雷听完急忙推辞,让我搞文学研究,领什么课题任务,我敢打包票完成。完不了,您开除我都行!这么重要的政治任务,又是到基层去工作,我可真是不合适,半点经历和经验都没有,一片空白呢!到时做不好,不是给单位丢脸吗?

李然书记摇了摇头说,你是个有知识、有文化的年轻人,可认识问题的高度还不如你文章里经常推崇的古代文人。前段时间我还看过你的一篇文化散文,写的是中国古代文人的情怀和抱负。怎么一轮到自己身上,你所说的以"天下兴亡,匹夫有责"为箴言,以"先天下之忧而忧,后天下之乐而乐"为胸襟,这些就都没了?

看来李然书记还很关注自己呢!前一阵子,刘书雷应约写了一篇《中国古代高士的家国情怀》,谈传统文化的精神和自信。没想到李然书记还读了。

刘书雷一时有点语塞。

李然书记说,你到我们省文联工作快一年了吧,看来还不接地气。不要在专业上是个高个子,却在时代潮流中是个侏儒。这次我想派你去,原因有三点:第一,按省委组织部下发的通知要求,各单位这次选派的援岚人员,原则上必须是具有博士学位或高级职称的年轻人员,你可是我们单位引进的第一个名校博士,只有你符合条件;第二,你在北京名校就读多年,从大学开始就在北京学习和生活，知识面广，视野宽阔，思路会更宽阔，机关的一些条条框框对你影响小，你到基层工作，可塑性会非常强；第三，对你个人来说，从校门到校门再进省文联大门，你学问的履历也许够了，但社会生活的阅历少，基层的历练少，现在有这么好的一个机会和通道到基层去，十分有利于你自身的打磨提升。

李然书记讲的，居然跟刘书雷离开北京前去征求导师陈子劲意见时，陈老师说的意思差不多。

那天，刘书雷陪着陈子劲老师出席一个文学创作研讨会。刘书雷开着陈老师的车，经过长安大街时，借机与陈老师讲，老家闽省出台了一个人才引进政策，这次回闽省参加海峡两岸文学论坛时，省文联李然书记知道他博士毕业了，很正式地邀他回省文联工作。

刘书雷说这些话，是想探探导师的意见，其实心里更想留在北京。北京不仅是政治、经济中心，更是全国文化中心。从事文艺批评和当代文学研究，肯定还是留在北京好，信息快，视野阔。

陈子劲一听，想都没想就说，如果有这样的机会，书雷，你应该马上回去。北京人才济济，多你一个不多，少你一个不少。但你回去就不一样了，那边多了一个，也许就真的多了一份力量。如果全国的年轻人才都往大城市聚集，其他中小城市怎么办？鲜花独放当然不能说不好，但是如果遍地是花，遍地开花，你说哪种景致更美妙呢？

虽然话是这么说，但刘书雷还是有点犹豫，就说，老师，早些年不是有句顺口溜吗？一等人才漂洋过海，二等人才北京上海，三等人才广东沿海。如今虽然变化很大，但还是有那么多人往北上广迁移。我如果回去，几个想做的大课题就会受到影响。

陈子劲在后面坐着，深叹了口气说，读书是用来提升自己的，学问是拿来奉献社会的。你有没有想过，提升自己是为了什么？古人时常说读书要心存高远，说的是什么？高远又是什么？如今社会发展得太迅猛了，古人把足不出户能知天下事的人当作贤才名士，现在我们随便一个人，拿一部手机，就可以知世界走天下。你要做学问，在哪里都可以做，但你要做事业，就要想清楚定位在哪里。人如果只想做根蜡烛，那他也就发光数尺，照亮自己而已；如果成为一座电站，那就可以光照社会。

导师的一席话终于让刘书雷下了决心，回到闽省。

反正自己现在是一个人在省城，既然李然书记这么说了，还是先服从，先下去看看能做些什么再说吧。刘书雷想了想，说，书记，我接受安排！

回到自己的办公室，刘书雷呆坐了一个上午，自己一介书生，下去真能起到什么作用吗？

说真的，刘书雷很是迷茫。

刘书雷很快就接到了正式通知，通知他去省委党校参加省委组织部举办的援岚前的集中培训。一共三天，上午、下午、晚上，课程安排得满满的。

这几年做学问使刘书雷养成了一个习惯，对想做的一些课题都会事先在网上浏览一下。因此，在去培训前，刘书雷先进入岚岛当地官网，浏览了岚岛的情况，对岚岛有了个大致了解。

刘书雷通过网络知道岚岛是一个新批准成立的改革开放综合实验区，东邻台湾，与台湾的新竹县相距仅六十八海里，是闽台之间最靠近的地方，为两岸融亲的摇篮；邻近港澳，是中国大陆面向亚太地区的重要窗口之一，扼守海上丝绸之路的要冲，为闽省第一大海岛、全国第五大海岛，面积是闽省著名的厦门岛的两倍。二〇〇九年七月，岚岛被中央确定为闽台合作的窗口和国家对外开放的窗口，闽省省委、省政府提出了打造台商第二生活圈的目标，这个昔日“四面皆海，非舟楫不能往来”的东海之滨的边陲小岛，跨海建桥，与闽省陆地相连。同时，还开通了与台湾的海上直航，使闽台联系更加紧密了。

刘书雷此时有些汗颜。作为闽省人，他这些年居然根本不知道岚岛。不是岚岛的崛起没有做好宣传，而是自己压根没去关注这些。所以，参加培训的刘书雷仿佛重回学生时代，格外认真地接受培训。

这次的培训规格很高，开班式上省委常委、组织部部长专门做了动员讲话，授课老师有几位还是从北京请来的专家。结业时，省委书记专门出席并讲话。通过培训，刘书雷对岚岛有了一个整体印象。刘书雷进一步了解到，岚岛是于二〇一一年十一月，经国务院批准，正式升格为改革开放综合实验区的。这些年来，岚岛加大投入，完成了各项基础设施建设，正在向立足两岸、面向世界、对标国际先进规则的区域迈进。党中央和国务院对岚岛十分关怀和重视，加快岚岛实验区的开放开发被写进国家的“十二五”规划纲要和国务院的《海峡西岸经济区发展规划》。二〇一四年十一月一日，中共中央总书记来闽省视察期间，专门到岚岛深入考察，亲自擘画蓝图，提出了“一岛两窗三区”的发展战略，要求在已取得的重要进展的基础上，再上新台阶，继续探索，勇当先锋，着力创新，把岚岛打造成自由贸易港和国际旅游岛，建设成为新兴产业区、高端服务区、宜居生活区。为了坚决贯彻落实党中央的指示精神，助推岚岛经济建设爬坡过坎和转型升级，助力岚岛打造自由贸易港和国际旅游岛，闽省省委、省政府集全省之精、汇海内之力，进一步加紧二期建设，在已选派了三批近千名干部援岚之后，决定派出第四批援岚干部。按省委主要领导的要求，这第四批援岚干部必须具备更强的专业优势、信息优势和智力优势，必须是拥有博士学位或副高以上职称的人员，以适应岚岛开放开发向创新驱动发展挺进。在第四批援岚人员里，名校毕业的博士就有二十人，副高以上职称的有一百多人，还都是拥有相关实际经验、年富力强的业务干部，涉及自贸试验、社会管理、金融投资、文化旅游、科技生态、法治党建等各个相关重要领域。

紧张的培训结束之后，拎着一袋培训资料的刘书雷一出省委党校大门，不知怎的，心里更加惶恐起来。如此重要的工作任务，自己能承担得了吗？

培训结束后，只给了一天时间收拾行装，马上就要去岚岛报到。刘书雷单身一人，没什么行装好准备的。收拾行李时，刘书雷很想给李然书记打个电话，想再次表示自己可能干不了，能不能换个人去。但拿起电话时他又想了想，连培训都参加了，第二天就要出发了，还有回旋的余地吗？刘书雷对自己有些生气，下去就下去吧，先看看再说，李然书记的话讲得那么明白，不能给单位丢脸。刘书雷几乎是在这瞬间决定，把自己在省城租的房退了。刘书雷立刻给房东打电话，房东说，你突然不租了，没事先打招呼，就要多付两个月的租金。刘书雷没心思去和房东计较这件事，就用手机把钱支付给了房东。整个家当就两袋东西，刘书雷把行李扔进私家车的后备厢，开车到了单位，向李然书记辞行。

李然书记再次嘱咐刘书雷说，我在榕城工作时，曾分工挂点过岚岛，那时的岚岛就是个海上孤岛，很穷困，很落后。那时总书记在省城任主要领导，曾多次上岛走访调研，寻贫问苦，谋划发展。没有中央的英明决策，就没有今天的岚岛。你这一去要两年半时间，去基层不仅是你个人得到锻炼和提高，更要牢记你是代表我们省文艺战线，代表我们省文艺工作者的形象，希望你能状态上争气、实绩上争光。如果需要单位的支持，你可以随时给我打电话。

刘书雷听后才明白，原来李然书记还有岚岛情结。同时，他心头上更是沉甸甸的，这份嘱托，自己能担起吗？

二

按照通知要求，援岚人员必须在指定时间，自行到岚岛行政中心大楼第三会议室准时报到。

刘书雷因退房提前了一天，动身前的那个晚上是在车上睡的。所以一大早，赶在省城上班交通高峰期之前，刘书雷就开着车，依靠车载导航，前往岚岛。

那天，天气很好，正是春光明媚之际。岚岛似乎挺欢迎刘书雷的到来，一路上阳光灿烂。车驶上岚岛的跨海大桥时，刘书雷被深深地吸引住了，不自觉地放慢了车速。从车窗往外看，海水湛蓝，波涛滚滚。闽省一面临海，一面依山。刘书雷是在闽北的山区长大的，极少见海。蓝色的海，烟波浩渺，刘书雷的心一下子就被打动了。原来，海是这么的宽广和博大，眼光一触，就有一股说不出的震撼往心里直扑过来，让人想融入进去，变成一朵翻卷的浪花。

岚岛的跨海大桥有五公里长，建设的标准很高，正常车速几分钟就能通过。刘书雷如同行驶在一道绚丽的彩虹之上，感到周围美不胜收，十分新奇。还是在援岚培训时，刘书雷就听过关于跨海大桥的介绍，正是这座横跨岚岛海峡的雄伟之桥，把大陆和台湾更紧密地连接起来，岚岛由此被纳入了改革开放的大格局，掀开了历史的新篇章。刘书雷同时还知道，岚岛正在建设另一座公路、铁路两用的跨海大桥，筹建高速铁路和省城机场轻轨入岛。等这座公铁两用大桥建成之后，岚岛将起到连接北京至台湾的高速通道的重要作用。

到岚岛行政中心大楼第三会议室报到时，正好是上午十点，刘书雷立刻感受到援岚工作的紧张，原来到这里来是先与当地领导开个见面会。所有援岚人员都到齐了，一个也不缺。

岚岛方面很重视，岚岛综合实验区党工委金子铭书记和管委会赵子才主任都到会了。金子铭还一个个点着名字，让点到名的人一一站起，并给援岚干部介绍认识了岚岛综合实验区党工委各主要部门和管委会各主要单位的领导，以便今后加强联系和开展工作。岚岛的党委部门和行政单位完全是按实际工作和服务型政府职能的需要设置的，今天来的又都是相关部门的主要负责人。

会议由本轮带队的省政府吴副秘书长主持，金子铭致了欢迎词后，就由赵子才负责介绍岚岛这几年的建设发展情况。吴副秘书长今天既主持会议，又代表援岚工作队讲话。会上领导的讲话都很简短，会议一个小时就结束了，与会的岚岛各部门各单位把分到本部门本单位的援岚人员各自带走安置。

各相关人员都陆续离开了。

刘书雷的身份是省作协副秘书长、文学博士。可能是岚岛没有直接对应的单位和工作，他就被留在岚岛的援岚办，先临时负责办公室的文秘事务。

援岚办是个临时设立的机构，除了负责援岚人员的管理外，还要帮助协调岚岛重大项目与省相关部门的对接，同时还参与岚岛的规划和建设，职能的重点在于加强政策调研、提供决策参考、推动政策实施和帮助协调问题，特别是协调一些重要的条管单位，如金融、海关、税务等部门，以提高办事效率。援岚办就设在岚岛行政中心大楼的十六楼，刘书雷跟着吴副秘书长及其他几个留在援岚办工作的人员，一起上了十六楼。金子铭和赵子才要向吴副秘书长个别通报和交流岚岛的有关工作，也陪着吴副秘书长上来了。

至于办公室，岚岛方面早就准备好了。刘书雷进了自己的办公室，推开窗子，海风吹了进来，带着点湿湿的咸味和几许的腥味。刘书雷从窗户向外远眺，岚岛尽收眼底，远处是有点迷蒙的海，近处高楼林立，环岛的几条快速通道如绸带般飘逸在一片片绿色之中。

刘书雷刚在自己的办公桌前坐下，有一个人急匆匆进门，神色有点紧张地问，刘博士，吴副秘书长现在在哪里？

刘书雷一看，这人刚才在会场上见过，好像是岚岛党工委办公室的秘书科科长，就热情地迎过去说，在前面一间办公室里。

那人说，金书记和赵主任都在吴副秘书长那里，你能不能帮我通报一下，有紧急的事要汇报呢！

刘书雷见状马上说，你跟我来，带着那人走出了办公室。

吴副秘书长办公室的门是关着的。那人很急地说，我不便进去，你帮我请金书记出来一下，好吗？事情太急了！

刘书雷轻敲了一下门，就推门进去了。金子铭和赵子才正在向吴副秘书长说着什么，刘书雷走到金子铭的身边，轻声地说，您办公室的同志好像有紧急事情找您，他在外面等着呢。

金子铭立即起身出去，还没等刘书雷退出，又转了进来。一进来，就一边收起放在座位边上的本子，一边说，吴秘，对不起，我必须立刻和子才一起去处理一下蓝港村的突发事件，另外再找时间向您汇报。

赵子才一听也忙起身说，蓝港村？这蓝港村闹事了？

吴副秘书长一听就说，你们赶紧去处理吧！小刘，你正好替我送送两位领导。

刘书雷把金子铭和赵子才送进电梯，回到办公室后，心想，这里怎么连村名都蛮有诗意的！

蓝港村，刘书雷记住了这个名字。

刘书雷在援岚办的工作主要是做会议记录和纪要，不定期地编发工作简报，撰写向上级汇报的综合材料，协助处理办公室的一些日常事务，跟着吴副秘书长去开会或到具体单位帮助协调工作。文字方面的工作，刘书雷很容易就上手了，两个多月下来，起草的一些大材料，吴副秘书长看后基本没什么改动。跟着吴副秘书长东奔西走地开这会那会，协调各种事情，现场解决问题，刘书雷也很快学会了不少东西。一切让刘书雷感到很新鲜，觉得这样也挺好，下来前对自己的担心也不知什么时候自行消失了。刘书雷还近水楼台先得月，借工作之便，基本了解了中央和省委对岚岛建设的战略要求，大致掌握了岚岛工作的进展全局。最重要的是，各援岚干部在社会管理、产业开发、招商引资、项目运作等领域形成的课题调研报告或工作报告或研究成果或建言献策，都先汇总到刘书雷这里。刘书雷为编好简报、撰写综合汇报材料、起草上报的专项报告，都要很认真地精读细看这些材料，借此了解到各领域、各方面的许多实际情况，那些有见地的建言和对策让刘书雷也获得不少启发。如此一来，刘书雷工作得也蛮心安的。

一天上午，刘书雷正在做一份各援建点的援岚干部积极开展点上工作的综述材料。这时，办公室的门被轻轻敲响。刘书雷喊了一声“请进”。门被推开，一个年轻女子内着一套时髦的浅色蕾丝开衩连衣裙，外披一件深蓝色短风衣，风衣外又搭着一条红色围巾，盘着头发，从门外走了进来，用一双丹凤眼看着刘书雷，面带微笑地说，我想找吴副秘书长。

刘书雷连忙“哦”了下，放下手中的活，站起来问，你是哪里找他？

女子身材苗条，双手插在风衣口袋里，向前走了几步，优雅地挺立在刘书雷的桌前说，我是兰波国际新派来的岚岛执行总部的首席——温淼淼。

兰波国际是一家跨国机构，与岚岛签订了深度合作协议，承担了岚岛金滩、银滩、铜滩最大的旅游开发项目。刘书雷在做相关材料时曾多次看到过这个机构的名称，也粗略地了解了这家机构的情况。

兰波国际对岚岛的投入是几十个亿的项目规模，这么一个年轻女人，居然是新来的执行首席，这些国际大公司真是很敢用人！刘书雷不由得多看了温淼淼一眼说，吴副秘书长就在后头第三间办公室，我帮你去看看他现在有空没有。

温淼淼点了点头，礼貌地说，那就谢谢你帮忙通报一下。

刘书雷敲门进去时，吴副秘书长正在接电话。接完电话后，听刘书雷说新来的兰波国际在岚执行首席求见，吴副秘书长若有所思地说，我刚接的电话正与兰波国际有关，这事我正准备来理理，她这么快就不请自来，正好，请她过来吧！

刘书雷转回办公室，温淼淼得体地问，怎样，吴副秘书长有空见我吗？

刘书雷说，你跟我来吧。于是就在前面带路。虽然走到吴副秘书长办公室的距离很短，但是温淼淼跟在身后高跟鞋发出清脆而有节奏的落地声，让刘书雷感到，这个女子精干而且充满了自信，是个不可小觑的人物。

温淼淼与吴副秘书长具体谈了些什么，刘书雷不知道。让刘书雷没想到的是，大约一个小时后，温淼淼返回刘书雷的办公室，仍然面带微笑地说，很感谢你帮忙通报，以后我还要经常来你们援岚办，我们交换一下名片，相互认识一下，今后在工作上请多关照！

温淼淼递过来一张精致的名片，刘书雷接了，忙从抽屉里找出一张自己的工作名片，递给了温淼淼。

温淼淼接过后认真地看了下，轻声说，刘书雷，你这个名字响亮，好记！说完，伸过手来。

刘书雷赶快也伸过手去，笑着说，父母取的名字，见笑了！

温淼淼握住刘书雷的手说，很高兴认识你！

刘书雷应道，我也一样！

温淼淼的手很柔软，与刘书雷握手，力度掌控得恰到好处，既不太用力，也不是漫不经心，有热度，又有尺度。

刘书雷本能地感到，这个女人不寻常。才想到这里，一股淡淡的香水味飘了过来，让刘书雷又感到，这还是个有魅力的女人。

温淼淼松开了手，嘴角挂着笑意地说，那我走了，再见！

走到门口，又转过头来说，欢迎你有空来我们岚岛执行总部指导！

温淼淼斜身扭头的姿势很美，长长的脖颈，如天鹅回眸。

刘书雷说，指导不敢当，以后加强联系倒是很有必要。你慢走！

温淼淼的高跟鞋落地声渐行渐远了，刘书雷呆站在原地想，今天自己怎么回事，应付得居然如此被动！

这时，办公室的电话铃声响了，刘书雷才回过神来，忙接起电话，是吴副秘书长打来的。吴副秘书长在电话里说，小刘，你通知下岚岛管委会的秦副主任，请他立即来我办公室一下。等会儿你也过来！

刘书雷立即拨通了岚岛综合实验区管委会办公室的电话。

援岚办所在的行政中心大楼与岚岛综合实验区管委会办公楼是同体建筑，内部有相通的走廊。刘书雷带着记录本和钢笔来到吴副秘书长办公室时，秦副主任随后就到了。刘书雷给秦副主任倒上一杯茶，然后按工作惯例，在一旁的木沙发上坐下，摊开笔记本，拧开钢笔帽，准备做记录。

吴副秘书长的脸上显出了焦急，他开门见山地说，老秦，刚才兰波国际的温淼淼小姐找我了，谈了不少情况，其中说到了银滩的项目开发一直无法落地，如果今年仍然无法开建实施，他们的董事会将决定终止合作，撤出这个项目。这不仅会影响到我们国际旅游岛的建设推进，更麻烦的是会对整个岚岛对外招商工作造成不好的影响。虽然看上去是一件具体的事，但这是个大事，你说怎么办？

这个……秦副主任面露难色地说，目前，兰波国际在岚岛金滩、铜滩的两个旅游开发项目进展得都很顺利，银滩的情况是最缓慢和复杂的。兰波国际前几个月就向管委会送上了报告,要求我们尽快按协议完成蓝港村的整体搬迁安置。与兰波国际签订了合作开发协议后,我们的工作还是抓得很紧的。银滩项目迟迟不能取得进展,主要是因为蓝港村的村民坚决不同意搬迁。管委会先后派过两个工作组进村,加强工作力度。但是,村民的抵触情绪很强,坚决不同意搬迁,工作就一直无法做下去了。搬迁领导小组曾讨论过是不是强制拆迁,但又怕引发群体性事件,实验区党工委金书记和管委会赵主任坚决不同意。所以这项工作就一直拖了下来。上一轮援岚办的带队领导是省交通厅的马副厅长,我曾向他反映和汇报过,认为蓝港村的整体搬迁如果不采取强制手段,可能无法完成。但马副厅长的态度很明确,强调尽可能不要强行搬迁安置,要求我们还是要靠做细致的工作,努力说服村民,争取理解和支持。按签署的相关协议,搬迁清空工作是由我们岚岛方面负责的。只是我们拆迁办想尽了办法,仍然没有任何进展,由此形成了僵持状态。现在局面还是打不开,情况似乎更加复杂。好在与兰波国际商谈时,说好蓝港村的安置房投建全部由他们负责,而兰波国际在新城投建安置房过程中,建设中期因为与施工单位产生了一些纠纷,施工单位用材用料不符合我们原定的技术和质量标准要求,被我们派出的监理单位发现,因此停工了较长一段时间。兰波国际最后与施工方达成了新的协议,施工方最终也严格按达标要求进行了工程整改,工期拖下来了,进度就无法按照与我们签订的协议进展,推迟了完工交验,这是造成项目推进速度慢下来的另一原因。两方面都有原因。

蓝港村？不就是刚到岚岛那天说闹事的村子吗？一旁的刘书雷一下子想了起来。

现在人家安置建设工程说是可以交付了，兰波国际撤换了在岚的执行首席，决定加快步伐。今天，这个新来的执行首席找上门来了，虽然年纪轻轻，但说话却老到至极，软中带硬。吴副秘书长明显不悦地说，人家的意思表达得很明确，如果他们真的撤出这个项目，不仅是项目不能落地的问题，更重要的是影响很不好，对岚岛的建设形象会有所损害。

是我们的工作没做好，这个项目由我具体负责，我要检讨！秦副主任态度很诚恳地说。

秦副主任当场做检讨，吴副秘书长的语调也变平和了，说，这个问题在援岚工作交接时，马副厅长专门向我移送过，说了些情况，我也知道有难度。现在估计兰波国际通过相关渠道向省里领导反映了，你来之前李副省长刚刚打来电话，询问了具体情况。李副省长的指示很明确，银滩旅游开发项目是岚岛建设国际旅游岛的重要项目，务必认真抓好。他还讲了三点意见：一要摸清民情，正确对待村民诉求；二要务实唯实，找到具体解决办法；三要力求双赢，注重大局和民心影响。这项工作因为一直是由你们管委会主抓，我现在把李副省长的意见转达给你，你负责转达给管委会，并报告赵子才主任和金子铭书记。

李副省长是分管外贸、招商、旅游的副省长，同时在省政府分工中挂点联系岚岛。吴副秘书长在工作上本来就是对应李副省长。这次派吴副秘书长带队，看来省领导就是想在国际旅游岛建设上加快突破和推进。刘书雷经过援岚办的一段工作，开始大致摸清了这些具体工作的每项安排部署，包括援岚这种专项性工作，无论是队伍组建还是人事布局安排，都是经过省里精心谋划的，个中的微妙和精绝，绝不输于一部精品长篇小说在情节、结构、细节等方面的殚精竭虑。

秦副主任挠了挠头说，金书记和赵主任都很重视蓝港村的问题，赵主任曾主持管委会开过几次专题会议研究，金书记也把解决这一问题列上了党工委的常委会，做了研究和安排。为了加强相关工作，实验区党工委还专门下派了村第一支书，重视程度不能不说极高了，问题出在我们在具体工作方面执行不力，苦无良策，实施不了。我是具体负责人，专门下去过两次。第一次还好，没出什么问题，但也没什么进展；第二次去就出了状况，一些村民围住我，差点没让我出来。现在群众的工作真不好做，靠软手段很难很难说服。我正准备找个时间来向您汇报，看看是否请援岚办来指导我们解决。至于兰波国际，您别听他们的，要说违约，他们安置房建设没有如期完工，也属违约，也不是没有问题的。所以说到要撤项，我个人看只是个施压手段，可能性太小。一旦撤出，他们的前期投入，包括安置房建设等，不就打水漂了？以他们的精明，不可能不考虑这个问题。当然，现在拿主意的还是您，我们听您的，我们只能靠援岚办了！

秦副主任说到这里，就有踢皮球的味道了，刘书雷都感觉到了，就很注意观察吴副秘书长的反应。

吴副秘书长果然阅历深厚，经历过大场面，颇有大将风度。他此时很冷静，手不停地搓着下巴。刘书雷知道，这是他思考问题时的习惯。

果然，吴副秘书长说话了，老秦，省委、省政府一再强调，要真心待商、诚心亲商，要进一步营造岚岛良好的投资环境。兰波国际是来做生意的，但也是来助推岚岛改革开放和开发建设的，要看到大局，要真诚地欢迎人家，努力服务好。具体情况按市场规律办是没有错，但我们也不能冷冰冰，漠视人家的合理诉求。我们不搞冷冰冰的市场经济，我们要搞有吸引力的招商引资，要热乎乎地为人家提供条件和服务。你还是要进一步提高认识。蓝港村的大体情况我是有所了解的，这个坎现在已经到了车到山前必须得过的时候，援岚办就是来与你们管委会一起攻坚克难的。这件事你回去就向金书记和赵主任说，兰波国际已经完成了安置房建设，我们这边的工作必须提速，我们援岚办同你们搬迁领导小组共同解决！

刘书雷在一旁听了，实在是打心眼里佩服吴副秘书长，觉得这一席话真的代表和体现了上级领导的水平。但他又在心里想，这可是个很难解决的问题，吴副秘书长可是把难题给自己扛上了。

秦副主任明显松下一口气，似乎有点轻松起来，连忙说，吴副秘书长批评得对，说得好。我一定提高认识。如果援岚办能出手，我们就更有信心了，一定全力配合！

岚岛的每项重要工作都有周密的考评，不能如期完成将会被追责问责。吴副秘书长把蓝港村的问题揽过来，等于帮了秦副主任一个大忙，给他减轻了一个重负。

秦副主任如释重负地走了。

刘书雷觉得吴副秘书长可能需要独自考虑，也起身准备离去。刚站起身，吴副秘书长突然喊道，小刘，你别走，说说看，你认为这个问题要怎么解决？

刘书雷没料到吴副秘书长会征求自己的意见，想了想，这事吴副秘书长会想听自己的意见，说明在他心中也还未形成意见，领导都还没谱，自己能更高明？就不想说。但是，吴副秘书长既然开口问了，不说点什么，领导会不高兴，不答题也不行。

吴副秘书长说话办事喜欢直接，刘书雷就小心地说，具体情况我也不了解，刚才只听了个眉目。现在在大建设、大开发过程中，拆迁安置难是个普遍都会遇到的问题，蓝港村的规划是整体搬迁安置，那肯定是难上加难。我觉得目前最重要的是把各方面的诉求了解清楚，特别是村民的诉求到底是什么。第二步，根据了解到的具体情况分别对待，解决热点，确定难点。第三步，对确定的难点进行破解。可以考虑先易后难，先多后少。我是乱说的，说错了吴秘你不要见怪。

刘书雷是下来锻炼了一阵，可是现在连他自己都惊讶，自己是怎么学会说这些看似很全面的话的。

吴副秘书长不解地问，什么是先易后难、先多后少？具体点！

刘书雷说，有些是属于合理诉求的，我们尽可能满足；有些是政策可以变通的，我们尽可能在政策范围内调整解决；先考虑大多数人的共同诉求，或先满足大多数人的相同意愿，或先研究解决大多数人的要求，最后剩下少数人的，再个别具体对待。这样分而化之，能推进一步算一步，也算是摸着石头过河。

吴副秘书长听到这儿，突然笑起来，好一个摸着石头过河！

那么，谁是能捉到老鼠的好猫呢？

刘书雷答不上来了，说，这个，这个，吴秘，这就是你们领导的事了！

吴副秘书长收起了笑容，你这就是学老秦了吧，活学活用，把问题推上来，好的不学！我知道你心里会纳闷，这种连当地都不好解决的事，援岚办接过来干吗？省委、省政府派我们来，就是来帮助解决难题的。所以，我们这届援岚办，不能避重就轻，要有迎难而上的勇气。我接老秦踢过来的球，是想把它当作我们这次援岚的破局之球。这个难题确实也到了必须破局的时候了。打造国际旅游岛，这是总书记亲自为岚岛画出的最美蓝图，定下的最高战略决策。《国际旅游岛建设方案》是经国务院批准的。现在正是岚岛抓住时机更上一层楼的关键时期，不能因为一个蓝港村，拖了全局工作的后腿。

说到这里，吴副秘书长更加严肃起来。好，你既然让我定，我刚才听了你的意见，觉得你挺有想法。这样，你去做那只猫！你通知下去，下午我们就开援岚办的办公会议，我想派你立即去蓝港村！

什么?！刘书雷当场傻眼了，呆立在那里，我去？

吴副秘书长认真地点了点头，说，是，你这段时间在援岚办里工作，对援岚工作有了整体性的了解，对岚岛的全局工作有了很好的认识，在政策把握方面比其他同志有优势，一些工作上的事处理得也比较到位。你刚才说的意见，我非常赞同。你一下子能有思路，不容易。此外，你说现在援岚办还有几个人手可派？能下去的都到一线去了，你这个博士也不能只动口不动手。

我刚开始把你放在办公室,就是当作预备队留下的,你这段时间的表现让我觉得应该让你去出出手了。

刘书雷还是想推辞。

但吴副秘书长不等他再说什么,就接着说,当然,还有两个很重要的原因:一个是我有个担心。按说搬迁一个地方,各式各样的人会有各式各样的诉求,但大多都是围绕补偿面积、补偿标准、补偿范围、补偿时间等问题的,或对安置情况提出不同的利益诉求,只有极少数人会因为特殊原因坚持不搬迁。但是这个蓝港村有点奇怪,全村上下怎么会那么一致地不同意搬迁?而到目前为止,除了不同意搬迁,他们什么利益要求都没有反映上来,这里面有没有什么我们还没了解和掌握的其他问题?另一个是必须马上解决的问题。昨天岚岛方面转给我一份网络办的舆情通报,反映近一段时期以来,一直有一个叫"海上蓝影"的人,把蓝港村的村情海景编制成短视频在网上发布,网络点击率高得惊人。这个"海上蓝影"最近通过微博等渠道多次发帖,广邀在外地务工、创业、就学的所有蓝港村的人回村共商大计。到底要商议什么?帖上没有明说,目前还不得而知。蓝港村已经发生过一次群体性事件了,幸亏党工委处置得比较及时果断,没有造成什么后续影响。因为搬迁问题,蓝港村近一段时期上访、信访出现得也比较多。这个"海上蓝影"利用网络来发帖号召,对这个舆情,我们要高度敏感、高度重视,不能让这些相关因素纠缠起来,发酵成又一事件。从网名和帖子的内容来分析,"海上蓝影"应该是个年轻人。你年轻,又是搞文学的,可能容易与他们接近和交流。你到村后,一定要想办法找到这个人,要密切关注,随时掌握情况,认真对待,把相关工作做到前、做到早、做到实,确保不让他们利用网络扩大事端、扩大影响。你一定要保持警惕并掌握主动,绝不能让蓝港村搬迁的事情成为网络热点,给岚岛大建设带来负面效应。

原来吴副秘书长真正的心思是在这两点上。刘书雷此时才恍然大悟,明白了为什么吴副秘书长会让援岚办把这个棘手的事扛下来。毕竟是省政府副秘书长,敏感性和敏锐力果真不一般。

想到这儿,刘书雷感到,面对如此重大的任务,自己现在还真没到能独当一面的份儿上,于是着急地说,吴秘,出点子的人有时不一定是会干实事的人。你让我谈点意见看法、做做文字,这可以,但基层工作我可是从来没接触过,干事更是一片空白。我感觉自己没有这个能力,别一出阵就败得很惨,这种事责任太大,我担不起、担不了!

你看看,你年纪轻轻的怎么缺少拼劲闯劲,也不敢接受挑战,是不是理论搞多了就老气横秋了?我希望你既能出点子,又能干实事。这才叫有思路会干事。要谋事老成,但千万别干事老气。吴副秘书长说,我希望你能从学业上的博士变成为岚岛改革开放奉献才智的战士。

话说到这份儿上,刘书雷觉得自己没有退路了,再说下去,会比逃兵更可耻。

刘书雷心跳加快起来,一股豪气从胸中奔涌而出。

吴副秘书长递过来一份加密明传电报说,你看看吧,这就是"海上蓝影"发帖的内容。

刘书雷接过来一看，是一段很煽情的文字。

致所有在外的蓝港乡亲：

人可以成为游子，但不能没有家园！我们很快就要失去美丽的故乡了！记得蓝港的大海、阳光、沙滩、石厝吗？那是我们记忆的驻地、心灵的楼基、灵魂的热土！我们不想成为无籍的流浪者，也不愿做永住驿站的异乡人！敬请带着蓝港的乡愁和海边的情思，于中秋月圆之日前，洗尘归来，我们邀月做证，在海坛边议事，于石厝里成谋。即便是最后的泪聚，我们也要留下对老村的挚情！如你感念于怀，痛彻于心，弹指转发！

如此文字，看来“海上蓝影”绝不是个一般的渔村之人，刘书雷有点理解吴副秘书长的深忧了。

走出吴副秘书长的办公室，刘书雷突然想起，第一天刚到岚岛报到时，他就听到了蓝港村这个村名，就记住了蓝港村；现在，自己将被派往蓝港村，如此说来，自己与这个小小的渔村注定是有缘的了。

三

下午的援岚办办公会议研究决定，刘书雷立即进驻蓝港村。

会后，吴副秘书长把刘书雷又叫到办公室说，你到了蓝港村，实验区党工委下派蓝港村的第一支书张正海会配合你的工作。中午在食堂吃饭时我同党工委金书记商量了一下，村里的工作仍然由张正海全面负责，你的主要任务就是再次摸摸情况，就整体搬迁一事认真听民声、察民意，再做最后一次的调研，同时看看能不能提出解决的对策和建议。因为你还不是党员，我特地跟金书记说了，从便于工作的角度出发，特事特办，他也完全赞同，同意你入村后可以参加村两委会议。你是临时派去，我给你的是临时专项任务，你在下面的时间也不能太长，所以由援岚办给你封介绍信带下去，实验区党工委那边会直接交代张正海全力支持你。张正海同志的工作关系在管委会的文化旅游委，已下派一年多了，对整个蓝港村的情况十分熟悉。金书记告诉我，这个同志还是比较可靠和优秀的，你们在工作上要相互支持和配合。特别是你，可以多向他学习基层工作经验。

刘书雷听懂了，吴副秘书长派他去蓝港村，看来也算是工作特例。上级领导对自己如此信任，刘书雷又有些感动了。

吴副秘书长很细心，立刻把张正海的手机号给了刘书雷。

刘书雷回到办公室，理了一下头绪和心绪，拿起手机，给张正海主动打过去。

一报上姓名，张正海就在电话里说知道，并告诉刘书雷，他中午接到实验区党群工作部的紧急通知，要求他下午从村里上来。他上来后就直接到了部里，部长刚刚亲自同他谈了话，他正准备过来找刘书雷碰面呢。

刘书雷说，那好，我在办公室等你。

一会儿，张正海敲了下门，走进了刘书雷的办公室。

张正海有一张圆脸，肤色较黑；黑发里夹杂着醒目的白发，黑白匀称地相间着。圆脸看上去还比较光亮，显得年纪不大，但从头发上看却有些沧桑。刘书雷一时无法判断他的实际年龄。

刘书雷从办公桌后迎出来，同张正海握了握手，让他坐下，给他倒了一杯茶。

张正海说，刘博士，咱们现在算是搭档了，别客气了。

刘书雷说，以后还要请你多指教。

张正海说，刘博士是省里下来的，又是受援岚办指派，是你要多多指导我们的工作。

刘书雷笑了笑说，你是村支书，是我向你报到，要不现在我们就去村里？

张正海感到有点意外，又有些犹豫，拿起茶杯喝了一口说，这么急？现在已经到傍晚时分了，我本来还以为可以回家看看，然后明早下去呢。

刘书雷一下子反应过来，说，哦，对，你家在这里，回来一趟不容易，那就明早走吧！

张正海说，我过来前就打电话给村里交代了，已经安排好了，明早九点，村两委开会，欢迎刘博士的到来。说到这儿，张正海又解释道，我孩子这几天生病，今天既然回来了，我想顺便回去看看。

刘书雷说，那应该，真应该！

刘书雷多少有些了解，按照要求，下派村支书必须住在村里，平常只有周末才能回家。

张正海说，感谢刘博士理解。明早七点，我准时到楼下等刘博士一起走，如何？

刘书雷点着头说，就这么定了，你赶紧回去看看孩子吧！

张正海站起来说，我就先回去了，村里的情况等明天再向刘博士汇报。只是想问下刘博士，你这次到村里，是安排在镇里住呢，还是住在村里？

刘书雷说，千万不要说汇报，我们之间不存在这种关系。我只是去了解情况的。你是住在村里吧？

张正海说，我住在村里。住村里就是生活上会比较艰苦和麻烦点。镇里有食堂，村里是不办伙食的，要么自己吃，要么在村干部家里吃，付些伙食费。

刘书雷想都没想就说，我和你一起住村里，这样可以了解更多情况，也方便及时和你商量一些事情。

张正海点了点头说，那好，看来刘博士是真的想一头沉下去了。不过，蓝港村的整体搬迁工作已经拖了很长时间没有进展，你也别太急了。

张正海的话里似乎有点暗示的味道。刘书雷想起上午秦副主任曾跟吴副秘书长说过，实验区为蓝港村搬迁几乎用尽了一切办法，目前都无法解决，如今自己一个人下去，真能有什么作用吗？

这么一想，刘书雷的心里有点沉重了，等回过神来，发现张正海不知什么时候已经走了，自己居然都不知道。

是不是真的太急了？刘书雷想。

一个晚上，刘书雷的心里既有隐隐的激动，也有许多许多的忧虑，以致无法入睡。最后他安慰自己，只是去了解下情况，出份报告而已。最差的结果就是写份没有什么新内容的调查报告。反正这方面本来就是自己的弱项，谁都有弱项，这也没什么。再说，蓝港村的问题本来就久拖不决，自己做不好，也不会给后面的解决带来什么损害性的影响。如此一来，心才稍安点，刘书雷迷迷糊糊地睡了过去。

早上六点多，岚岛还沉浸在雾岚里，刘书雷就到了办公室。差五分七点，刘书雷接到了张正海打来的电话，说他已经到行政中心楼下了。张正海看来很守时，刘书雷急急地下了电梯，到地下停车场把车开了上来。

张正海在停车场出口边上了车，两个人直接往蓝港村驶去。

岚岛不堵车，这得益于开发时在规划上汲取了众多城市道路拥堵的教训。此时，晨曦已完全驱散了雾岚，天空一片湛蓝。车驶上环岛大道，刘书雷有些迫不及待地说，张支书，能不能给我介绍一下蓝港村的相关情况？

张正海说，你真抓紧。本来我是想在村两委会上再正式向你进行全面介绍的。

刘书雷说，我们还有什么正式不正式的，反正到时候也是你说，不如现在就把基本情况告诉我。

张正海理解地点了点头说，也好。蓝港村现在在册共有二百一十六户，总人口一千五百三十七人，分为七个村民小组。村的历史很悠久，可以说是岛上最古老的渔村之一。据相关考证，岚岛在新石器时代就有了人类生活。从那个时候起，蓝港村就有岛民从事原始的狩捕活动了。据史料记载，从唐代开始，岚岛为牧马地，宋代置牧监。自此，岚岛就逐渐发展成为闽省对外贸易的重要口岸，像海上丝绸之路、郑和下西洋等历史上重要的海上航运活动和事件，都与岚岛扯得上关系。岚岛与台湾的海上贸易最为源远流长，早期就有渔船往来，特别是到了清代，更是往来频繁。台湾马公岛上澎湖医院旁边有个天后宫，里面供奉的"软身妈祖"，据岛志文字记载，就是经海上从岚岛移请过去的；新竹等地供奉的海山城隍，也是从岚岛移请的。在岚岛对台对外海上贸易的历史上，蓝港村是一个重要的交易点和停泊点。进入改革开放初期，岚岛曾较早地设立了台湾渔民接待站，也是台轮的一个停靠港。蓝港村一度比较热闹，村里做对台贸易和海上航运的人不少。只是后来因为各种原因，岚岛的航运业衰落了，特别是做远洋航运的大多亏了，蓝港村也受到了极大影响。随着改革开放的深入，民间对台贸易的渠道逐渐多起来，也日趋规范，但蓝港村由于一直是渔民个体在做，形不成规模和体系，更缺乏竞争力。因此其主要劳动力从早期的讨海到后来的做远洋航运和对台海上贸易，逐渐转移为到岛外各地去做生意或务工了。现在，渔村里基本上以老人、妇女和儿童居多。曾经有一段时期，村里能走的全走了，要么进城，要么外出，出现了许多"空户"，就是只剩户籍关系在村里，一家老小全走了，剩下空房空屋。最低潮时，据说实际住户就一百多户，八百多人。这几年，因为岚岛大发展了，海上养殖业多起来了，旅游观光业也起来了，特别是与台湾那边的往来增多了，台南、新竹等地经常组团来岚岛五福庙上供请香火，不少来岚的台湾客人会到蓝港村来旅游，服务业多少有些冒头了，少数外出务工的村民陆续回来，在村里开个小杂货铺或小饭店，搞海上养殖的也有一些，这样空户就少了点。但尽管如此，现在的实际户数仍只有一百七十多户，年轻人回来的少之又少。大体情况就是这样。

刘书雷“哦”了声，接着不解地问，既然已经有那么多人往外走了，按说搬迁应该很受欢迎和比较容易才对，为什么村里人不接受呢？

这个……张正海停顿了一下，笑了笑说，我知道你一定会问这个问题，怎么说呢？从我个人来看，主要还是利益和期望。

利益和期望？刘书雷说，按你刚才说的，蓝港村现在属于发展滞后的村子，通过搬迁，把人员安置到城里，住进统一建设的新居，不仅人居环境大大改善，而且老人就医、儿童就学，包括生活便利等，都更加有利。另外，不是还有一定的补偿吗？这不是件人家求都求不来的好事吗？如今城里，多少人不是希望通过旧城拆迁来住上新房？

张正海说，城里不一样，是原拆原迁。这村里要是搬走了，就不能再搬回来。如果让村民们再搬回来，那工作就好做了。

刘书雷有点诧异，说，从村里搬到城里，这不更好吗？

张正海说，我没下派到村里时，也像你这么想。那时领导找我谈话，说主要做好村民搬迁说服工作，我觉得这个工作太好做了，跟其他下派村支书比，我像中了奖。往城里搬，又有一定的补偿，村民应该是求之不得。从道理上讲，好像是这么回事。

可是下派之后，实际一接触，我心里就发凉。我发现村里的人不是我们，他们不这么想。表面上看，蓝港村没有卫生医疗机构，连原来唯一的一所村小学也因为生源严重不足被撤并了。下来后才知道，岛内渔村原来穷惯了，村里人生病就随便抓些当地土草药治病，大病本来就少；孩子呢，从小都是老人帮着带，没有城里人进幼儿园的概念，到了上小学，有点实力的想办法往城里学校送，但毕竟少之又少。现在城里就医费用那么高，渔村人最怕因病致穷，有的人得了大病也不敢去城里治。这就学更是难上加难，户口转不出去，好学校也进不了；即便进去了，费用也受不了，教育门槛和成本太高。再说，现在读了书，考上了大学，又能怎样？村里出了不少大学生，毕业后还不是到处打工？村里人都看得懂。所以同他们说就医就学得到什么改善，这个理由说服不了他们。至于补偿，补偿再多也有个限度，更何况现在岚岛建设急需用钱，财力有限，补偿不会多到哪儿去，不可能达到他们的心里底线。而往城里搬，即使是按村里原有住房面积安置，每平方米还要多缴上千元，补偿全倒贴进去也不够；如果缩小面积，又怕不够住，家家都有本难念的经。看上去城里的房子是贵了，升值了，但那只是用来自己住的，再贵也只是心理上的感觉，有几个人敢拿去卖掉？如此一来，怎比得过他们长年在村里靠山靠海讨生活呢？在村里，他们还有宅基地和一些海域使用权、山地呢。这些才是他们赖以生生不息的天赐生存资源。所以，刚开始做工作时，只有一些空户或已经以在外讨生活为主的人比较积极，再就是比较懒或不会做事、赚不来什么钱的人对补偿有兴趣。但这些人在村里毕竟算少数，左右不了村里的大事，而且他们大多习惯跟风，没什么主见。不要小看现在的渔村人，他们如今不仅心里算得精，而且看事情的眼光也放得很远呢！

原来如此！刘书雷想起了前一段回老家铁城和几个发小同学吃饭，聊天时就有人说，过去是农村人想变成城镇户，现在是城里人盼着变成农业户，有田有山有林有宅基地，那才是真正拥有空气、阳光和田园！

这么说，是搬迁宣传没有说服力？做工作也缺少针对性？刘书雷又问。

我可不敢这么说，那些可是工作上有定论定调的。张正海说着就流露出一点情绪来，管委会曾经两次派组进村，能说的道理都说了，能做的工作都做了，管委会还专门下文，要求公职人员中有亲戚在蓝港村的，都要回去帮助做说服工作；如果本人是蓝港村人，必须做通家里亲戚的工作。结果全都无功而返，没有一例成的，有的关系都闹僵了。你可能不知道，兰波国际为什么撤换在岚的执行首席，其实是前任执行首席想了个歪招——强拆强搬，自己找秦副主任请求，花钱雇了好多辆铲车和上百个外地民工强行进村，差点闹出群体性事件。蓝港村可是渔村，村里人那都是大海上出生入死过的，惊涛骇浪里闯出来的，那个场面怎么能逼他们就范？当时我刚下派不久，见情况不对，立即上报，幸好综合实验区的主要领导及时出手制止了。所以不换了这个执行首席，兰波国际今后到村里可能就寸步难行。那次事件发生后，搬迁工作就一度停下来，这是党工委金书记的意见。金书记那时也才来不久，在内部小范围要求，暂时停下，给村民心里一个过渡期，平稳下来后再说。从此实验区的相关部门都害怕到蓝港村做工作，结果就剩下我一个人在这里撑着。

原来刚来岚岛报到那天，开完见面会后，金书记和赵主任匆匆地从吴副秘书长的办公室离去，就是因为张正海说的那个兰波国际的在岚执行首席想强拆强迁，结果村里群众闹起来了。

刘书雷此时顾不上张正海的情绪，一股寒气从背上蹿了上来，把上车出发前热乎乎的心直接冰冻掉。心凉了，头脑却更清醒了。看来，自己这次可是捡了个硬骨头来啃。这么多人都啃不动，自己那对于基层来说简直就是乳齿的牙齿，能啃得下？刘书雷同时也明白了，为什么管委会的秦副主任敢把球踢给援岚办，看来他也是焦头烂额，只好顾不了规矩了。

张正海很机灵，他察觉到了刘书雷的心事重了起来，就口气稍缓地说，我说的情况是相对于我们当地来说的，你是省里下来的，村民们会更信任。这也是一种习惯心态吧，越往上，村民们越觉得可靠，他们怕当地的官员会忽悠他们。这些年这种关系一直没处理好，许多地方为了追求发展速度，有些事能先过关就先过关，其实是搞得村民更缺乏信任感了。而上面来的与当地无任何利益牵扯，处事会比较公道。所以村民们不会难为你。就像我下派到这里，与村子里的村民无任何利益瓜葛，他们对我都很好，村民们还是通情达理的。

这话是什么意思呢？刘书雷揣摩着，没应答。

岚岛建成的快速通道标准很高，车开起来也很舒服。在一个出口处，张正海给刘书雷指路，说要往出口处开。

刘书雷的车从快速通道转下后，开到了一条村道上。村道是四米五宽的水泥路，比较窄小，同时也是条弯道很多的上坡路，明显行车不便了，与刚才在环岛大道上的路况即刻形成强烈的反差。

刘书雷就问，快速通道都开到这儿了，为什么不直接取直通蓝港村呢？

张正海侧头看了刘书雷一眼，刘书雷感觉得到张正海投过来的眼光有些异样。

这也是村民们最大的一个心结。张正海说得有点小心了，我个人理解，这里面的情况比较微妙吧。从整体规划设计上讲，到了蓝港村，前面就是断头路了，就到了海边。先期建设规划时可能没看得那么远，加上这里地质条件比其他地方差，弯道多，又是上坡下坡的路，建快速通道的成本造价肯定比其他地方高多了。去蓝港村还有十里路，粗算下来要多花上亿的钱，仅接通一个小渔村，当时也许被认为意义不大，而且资金也不够。后来是总书记来岛视察，高瞻远瞩，提出岛内全境域打造国际旅游岛，实现全境化旅游，岚岛建设再次迎来了历史性转机和建设提速，蓝港村就被纳入新的规划和蓝图里了。这里有重要的海边——银滩，又直接面海，一下子就成了重头项目。管委会也相应地改变了思路，决定整体打包，做成招商引资的开发项目。兰波国际中标介入后，根据签订的协议，由地方负责对蓝港村的整体搬迁，清空之后他们再入场开建，再投资开路，与快速通道整体衔接。他们有他们的考虑,这样可以省去很多占地占田甚至拆房的成本,并且避开了与渔村村民面对面,大大降低了建设难度和费用,节省了附带投资。这种想法也是可以理解的,从招商引资和项目合作的角度来说,外资进来通常采取这种做法。而我们管委会这边也担心,如果提前开通进入蓝港村的快速通道,就等于打开了金库大门,蓝港村的整体身价必然大涨,无论是拆迁安置费用还是赔偿补偿费用,就不能沿用原来确定的标准,而是必须按现在的行情价格来评估和执行了,整个费用将大大提高,搬迁难度将进一步加大。另外还有一个因素,这个通道一旦打开,蓝港村就与岚岛新城连为一体,蓝港村因为通道打通了,村民的生活等各方面自然会更加便利,就更不愿意离开村子了,想让村里人搬迁就难上加难,会形成新的搬迁局面和难题。如此这般,不如等整体搬迁之后再开通快速通道,兰波国际应该也是这个意思,管委会可能也是这个想法,不谋而合。

为什么你用了“应该”和“可能”这两个词?刘书雷一下子就听出张正海话里有玄机。

张正海苦笑了一下,我要回答你提出的问题,不说到点子上,你肯定听不进去。但是,这种事情又不能放在桌面上说,谁也没放在桌面上说过,这只是我自己分析出来的。后面的情况似乎也算印证了我的这个分析。

后面是什么情况?刘书雷问。

你真的很直接。张正海说。

我们需要拐弯抹角吗?再说,我想尽快完成吴秘交给的任务，好回去交差。刘书雷说，你别担心我会打你的小报告，我喜欢有自己看法的人。这个世界上任何东西都有自己的独特性，独特性才是它们存在的理由。

不愧是博士和评论家！张正海叹了口气，似乎对刘书雷增加了一点钦佩感。

后来就建成了现在的这条水泥路。张正海接着说，建这条路算是意外的折中选择。

意外的折中选择？刘书雷又不解了。

省委、省政府原来提出三年内完成全省农村公路路面硬化的要求。按规定，省里每公里视情况最高补助十六万元，剩下的一方面由当地政府配套，另一方面由村里自筹一部分。上届省里援岚带队的是省交通厅的马副厅长，这可是个机遇！管委会考虑到蓝港村的实际需求，想为村里做点实事，而且蓝港村的村道按省里要求也必须路面硬化，所以，不想错过。兰波国际当时已经与岚岛接洽商谈，明确提出有意开发银滩。如要开发银滩，就必须有一条能用于大开发的路。早期岛上开发没把蓝港村列入整体规划，特别是建设快速通道时就差这十里，村民当时就提出要更改道路建设设计，接通蓝港村，让蓝港村实现城镇化。但那时城乡壁垒还很难突破，打开通道没有太多依据，同时还面临政策许可、实际运作等诸多问题，管委会当时也比较谨慎，步子不敢放开，所以没有采纳和接受村里的意见，村民的反应就十分强烈，觉得上面没有考虑村里的真正利益。几个方面的因素综合起来，达成了意外一致，形成共识，决定修这条路。资金缺口由几方面筹措，一方面通过马副厅长做了省交通厅的工作，当时省里已经开始全力支持岚岛建设了，所以获得支持没有问题，变通着赶上了村路硬化政策的末班车；另一方面，管委会财政配套给了一部分，算是为民办实事项目，至少初步打通了新城到海边和至银滩的旅游通道；第三，村里的自筹部分怎么办？现在村里有什么财力？不管怎么说，这对原先是沙土路的蓝港村都是个天大的机遇，村里发动多方捐赠，包括家家户户按人头出资，这个村里多数人倒都同意了，只有一些"空户"联系不上，还有一些家里确实困难。但这个问题很快就被解决了，据村里人说，突然有个人捐赠了二百万，这条路就修通了。

没想到，仅一条入村公路的事，还完全是随意一问，背后就隐藏着这么多玄机。基层工作复杂，果不其然。

刘书雷同时想，这里面其实就是几方面的利益难以达成平衡和取得一致的问题。各方都从各自利益的角度出发，如果能找到一个交互点，问题就好解决了。不过，这一涉及各方利益的复杂矛盾，真不是自己这个刚出校门的博士能理解、了解和解决的。

刘书雷想到了吴秘交代的第一件事情，就是查清为什么蓝港村上下会如此一致地反对搬迁。于是问道，这次村民反对搬迁，这里面有没有利益问题？

张正海又停顿下来，过了许久才说，这里面完全就是利益和希望。至少我是这样理解的。

刘书雷说，能不能说说你的理解？

张正海说，我刚开始也没想到，现在的渔村村民其实这么关注政策，特别是与自身利益紧密相关的政策，而且他们解读的与我们不一样。这水泥路建好了,蓝港村与外面的联系畅通了,来银滩旅游的人也多起来了,村里的人气一下子提升起来,村民似乎觉得希望出现在眼前了。特别是总书记第二十一次登岛之后,国务院批准的《国际旅游岛建设方案》再一公布,村民们就意识到今后的生活会有更大的变化和提升空间,这对改变他们的生活处境具有太重大的意义了。因此,银滩的旅游开发项目一经立项,村民们就看到了今后更长远的机会、利益和希望,就更不想搬迁了。

你是说总书记先后登岛二十一次?刘书雷急急地问。

是呀,这个新闻都公开报道过了。包括总书记二〇一四年十一月一日登岛视察所做的重要指示,还有国务院批准的方案,那都是新华社发的通稿,你如今上网查还能查到。张正海说。

刘书雷差点踩下刹车,车速一下子慢了下来。天呀,虽然相关情况刘书雷在入岛培训时都有所了解,省委的一位重要领导还专门讲过如何学习和贯彻总书记关于建设国际自贸港和打造国际旅游岛的重要指示精神,当时还请了国务院政策研究室的一位专家来辅导解读《国际旅游岛建设方案》,但是直到现在,刘书雷才猛然深切地意识到,吴副秘书长派他到蓝港村,使命万分重大;他此次来蓝港村,必须认认真真、扎扎实实地完成好任务,不能有半点含糊!

咋了?张正海关切地问,一脸的不解。

刘书雷马上调整好了,说,你继续说。

刚开始,搬迁工作也不像现在这么僵持,管委会先后派了两个工作组进村,工作力度不能说不大。第一次进村工作还有些眉目，一些村民已经同意了。但就是因为村民后来看到了一系列利好政策，特别是岚岛如何贯彻执行的意见，他们全懂了，不搬的态度坚决起来。一些已经全家外出的空户也感到这是个良机，就陆续回村了；也有回不了的，就把老人送回来住。空户变少了，整体搬迁的工作量反而加大了。张正海说。

有不少人回来？刘书雷又有点不明白了。

渔村的人很实际的，这些人做了最精明的打算，如果不搬，他们今后肯定更合算，即使是空宅，作为资产也会水涨船高地大大升值；如果最后不得不搬迁，到时候也可以多得些补偿。按照原来制定的补偿赔偿办法，为了减少补偿赔偿支出，凡已外出长期不在村里住的，原则上是不补偿的，只给些房屋的拆迁费用；家中主要劳动力长期外出的，已不在村里进行生产经营的，赔偿也是象征性的。但村民们不这么想，他们相信情况一定会有变化的可能。张正海回答道。

完全是利益诉求，是更大的利益诉求，或为了更高的利益诉求！刘书雷听后，心里越发慌了，这些东西他过去真的不懂，不到村里来，不听张正海说，他一辈子都不会这么真切地知道。难怪村里的搬迁工作会一直做不下来！刘书雷的心里突然有些后悔，昨天为什么不坚决拒绝吴副秘书长的安排？他甚至有点想掉转车头回去了。

但是，回得去吗？做一个懦夫？

车开到了一个较高的坡顶，下坡路就是进村路，进村路直通到海边。从车前窗看去，二百多幢石头房屋从山坡沿着海边散落着，错落有致，有的坐落在靠近海边滩涂的坡底上；有的趴伏在海边巨礁之上；当然，大多数还是建在山坡上比较平缓的地方，相对集中地形成了几组石厝群。石厝全都是用清一色的花岗岩石条垒成，一律是方形或长方形，虽然一般都是两至三层，但层高很低，所以整体看上去比较低矮。每幢石厝都很规整，没有弯弯的翘角，也没有伸出的飞檐，窗户如同碉堡的开窗，窗口用两块砖砌成"人"字形，简洁朴素得如同几何图案。斜斜的屋顶全都用黑瓦一片片整齐地铺陈着，瓦片之上放着一块块压瓦石，仿佛围棋棋盘上星星点点的黑子，明显是为了防台风用的。

刘书雷被眼前如此独特的景致深深地吸引住了，就熄火停下了车，从车上下来。

张正海也跟着下来。

站在高处的刘书雷放眼望去，远处的海面与天空连成一片，湛蓝湛蓝的。这蓝是一种纯粹的清澈之蓝、清爽之蓝。初夏的海水，原本是激荡汹涌的，但此时正好遇上退潮时分，海面看上去相对安静，只有细浪翻卷。几座小岛孤立在海中，最绝的是，在海中的一块圆盘状的大礁石上立着两个相依相伴的石柱，东边的一个高，西边的一个矮，状如碑形，远远看去如同一艘大船鼓起的双帆，正在迎浪而行。浪头不停地扑打到石柱上，碰得浪珠四溅，如银珠飞舞。在海岸边，有一如弯月般的港湾，成片的沙滩在阳光的照耀下银光闪闪，那应该就是银滩了。滩上还停着几艘小型的木帆船。刘书雷忍不住掏出手机，拍下许多照片，然后就往群里发了出去。

难怪兰波国际愿意在这里掷下重金，这种天然的旅游资源，现在真是可遇而不可求了。也难怪蓝港村的村民不愿意离开这块故土，这里依山面海，真是占尽了天时地利。

真是太妙了！刘书雷惊叹无比，刚才胸中的重重心事，此刻已烟消云散了。

张正海见状忙接上话，向刘书雷介绍道，岚岛是典型的海蚀地貌，主岛周围大大小小地散落着一百二十六个小岛屿、四百多块礁岩。那对石帆，高的三十三米，矮的十七米，是岚岛的标志性奇景，均由花岗岩石构成。有地质学家来考察过，说那是在漫长的地质过程中，岩石的风化壳层层剥落，剥离出来的新鲜核心部分。如果到了海边，还能看到许多生动的球状海蚀造型石景。明代旅行家陈第曾把这对石帆称为“天下奇观”，而清代女诗人林淑贞则写道：“共说前朝帝子舟，双帆偶趁此勾留。料因浊世风波险，一泊于今缆不收。”许多旅游专家先后来此，都说这是世界顶级旅游资源呢。现在，这边景致的名气越来越大，已开始吸引国内游客前来观赏，省城和周边地区的游客更多。因此，蓝港村靠旅游拉动，村民们向游客卖些自家的海产品，搞些家庭餐饮和民宿等，收入有所提高。可收入一旦提高了，村民们就更看到了机会和希望，更不愿搬走了。这样拖得越久，整体搬迁难度就越大。

听到整体搬迁难度越大这句话，刘书雷的心旷神怡倏忽没了，默然地上了车，发动了车子，往村子里面开去。

在车上，刘书雷突然想起吴副秘书长交代的另一个重要任务，就问，你对这村很熟悉，知道一个网名叫“海上蓝影”的人吗？

“海上蓝影”？张正海说，我也一直在找他。我关注他很久了，但是一无所知，挺神秘和奇怪的。

怎么讲？刘书雷问。

这个“海上蓝影”是从我们进村做整体搬迁工作后才出现的，他了解蓝港村所有的事情。针对搬迁村子，他发了不少议论帖子，在网上带头反对，吁请当地政府能保留村子。在我们进村工作的初期，村子里曾突然来过一个考古学家，去海边的古海道上进行考察。那是一位知名的考古教授，他到村部来找我，请村子帮助租船和安排住宿。我在村部接待了他。我很奇怪村里并没有什么古代遗址、遗迹，他怎么会来村里考古，就问了他。他说是有人给他发了电子邮件，详细地描述了在蓝港村附近海域中的一处大礁群里，曾看到过一个与众不同的石雕像。这石雕像如同一尊佛像，但又不是常见的古佛，它面部呈草绿色，手是粉红色，身为灰白色，头上居然有披发，衣着也与一般的佛像不同，胸前垂着复杂的衣结，身后画了个大大的太阳，光芒四射，一旁刻有看不懂的符号，像外国的文字。教授说，看到邮件他非常兴奋，就知道这绝不是杜撰出来和乱说的，如果不是真的见到，头上披发和胸前挂着衣结这两个特征是一般人想不出来的，就急忙带着几名助手和学生赶过来。我听后十分纳闷，来村之后，怎么从没听村里人说过。小渔村难道还有秘密？我就帮助安排了船只。教授去了之后回来告诉我，果然有所发现，那是一尊摩尼教创始人摩尼光佛的小的石雕像，那些符号是古波斯文，翻译出来是“清净光明、大力智慧、无上至真、摩尼光佛”，是摩尼教的咒语。雕像呈草绿、粉红、灰白等色，那是因为这里的海中岩石本身石材如此，又被雕刻者巧妙地加以利用。教授说，其雕刻年代与早年在闽南古刺桐港一带发现的草庵摩尼光佛像十分接近。教授还说，岚岛是太平洋西岸航线南北通道的必经之路，这个发现的意义就是再次为唐宋时期摩尼教是通过海上丝绸之路传入闽省的提供了有力依据。教授推测，这可能是当年哪位波斯王子或富豪，带领船队航行至此留下的。还有一种可能，就是南宋后期一些农民起义失败之后，小部分义军逃入岚岛隐藏留下的。那时有很多明教信徒参加了各类起义军。教授说，当然这还需要一系列认真的专业考证。我问教授是什么人给他提供的线索，他说他还正想向我打听呢，是一个叫“海上蓝影”的人，他想当面感谢这个“海上蓝影”给他提供了宝贵的线索，这才有了这么重要和意外的发现。我告诉教授，我真不知道这个人是谁。我细想了一下，“海上蓝影”之所以这么做，绝不仅仅是为了提供考古线索这么简单，应该是希望从古海道中发现重要文物，想通过考古发现找到阻止村子搬迁的充分理由。以前经常有因为遇上文物新发现而改变一些重要建设规划的事例。他连这个办法都能想到，可见这人不简单。我问过教授这个重大发现会不会影响村里搬迁的规划。教授说，他是得到线索来进行初步考察的，真正的考古还要经过严格审批，还需要一段时间呢。至于是否会影响村里的建设规划，教授说，因为是在海上发现的，目前没有任何直接的线索可以佐证它与渔村有紧密关系。他在村里也转悠了一圈，也没发现有什么相关的东西。我当时请求教授支持一下，能否暂时不公布这一发现。教授说，在没有考证清楚之前，他也不能公布这个发现。

张正海说到这儿，刘书雷插话问，摩尼教是什么？我可是第一次听说。

你搞文学的总该知道金庸的《倚天屠龙记》吧，那里面写的明教就是摩尼教。我和教授聊天时教授告诉我，古刺桐港草庵的摩尼光佛，金庸先生还去参观过呢！一九七八年，首届国际摩尼教学术研讨会在瑞典的隆德大学举行，会标用的就是草庵的摩尼光佛像，世界摩尼教研究会的会徽用的也是草庵的摩尼光佛像。只是现如今摩尼教的影响较小，一般人都不太了解这些。张正海说着，又显出不解，教授这么一说，我更纳闷了，这"海上蓝影"是怎么知道的？

所以你说他很神秘？刘书雷说。

张正海摇着头说，不只是这些。这个"海上蓝影"虽然坚决反对蓝港村搬迁，但似乎还很懂政策、法律和道理，对于村民们闹事等不理智行为，他在网上并不表示支持。他还劝说村民，现在和过去不同了，有许多正常通道和渠道能让上面听到下面的声音，他相信政府还是能够认真对待下面的反映，只要坚持不搬迁，政府暂时也没有什么办法。因此，蓝港村的村民曾有去上访、信访的，我们都比较好做说服工作。村民们现在虽然仍坚持不同意搬迁，但总的情绪反应还算是可控和比较理智的。他们的信访件也曾批转下来，我也看了，没有太多七七八八的不合理要求，文字流畅，中心意思明确，也不像村里人写的，村里人没有这个文字水平，我估计应该是这个"海上蓝影"代笔的。我曾上网想试着同他联系交流，但他好像知道我是谁似的，保持静默，根本不理会我。我想来想去，实在想不出村子里会有这样一个人。可是他又明显地存在着，像个谜似的，我有点猜不透。

你没问过村里的年轻人？找他们打听打听，或许他们会知道。刘书雷提示道。

怎么没有？我找过村里仅有的几个年轻点的人询问过，他们也不清楚他是谁，只是觉得他说的话很有道理，听得进去，就时常会看看帖子或上网在线应答。这几个留在村子里的劳力，本身也是特殊原因才留下的，真问不出什么。张正海说到这儿，感觉又有些不对，就问，你怎么会关注起他来了？

刘书雷说，吴秘布置我任务时，要求我要关注这个人，最好能找到这个人。这个很重要。前段时间他几次在网上公开广邀在外的村里人，在八月中秋前一起回村，说商量什么大事。到底要商议什么？可以判定一定与村里搬迁有关。村子里现在应该没有比搬迁更大的事了吧？所以吴秘特别担心，希望不要再引起突发性群体性事件。毕竟现在是建设国际旅游岛的大好时期，若再出现那样的事件，负面影响将比过去大多了。昨天吴秘将“海上蓝影”的帖子给我看了，从文字上讲，写得还是很有文采的。

张正海有些领会，说，吴秘给你看的是不是岚岛网信部门向上面报的舆情动态？这个“海上蓝影”自出现以后，很快就成了网信部门关注的对象。实验区拆安办也把这份舆情动态传给我看了，金书记和赵主任都在上面批示了，拆安办也交给我任务，让我密切注意，一有情况，及时上报！

刘书雷说，我们最好尽快找到他。

问题是，他好像在村子里，又似乎不在村子里，真是若隐若现！张正海有点苦恼地说，我还真想不出办法找到他。

四

刘书雷的车直接开进了村委会大院。

村委会也是一座石厝，主体建筑规模是全村最大的，共有四层，墙脚开有几米深，浇上钢筋混凝土和石料配合使用。墙体虽是用石条垒成，却用水泥拌沙勾缝，每层的地面用水泥预制板铺成，内墙用马赛克贴面，门是铁栅门，窗是大开窗，配有茶色玻璃，可以推拉。围墙用石头砌就，院子地面是水泥地面，一看就是二十世纪八十年代的风格。好在不论是围墙还是屋墙，历经几十年，在时光的漂洗下，显现出沧桑的古意来，看上去与村里的老石厝还算协调。

刘书雷下车时，车门外已经站着两个男人，一个年龄较大，体形瘦削，古铜色的脸已苍老得有些转黑，皮肤在海风长年的吹拂下干瘪得没有一点水分，额头上挂满了皱纹，面无表情；另一个年纪算是中年，体形较壮硕，挺着个小肚子，圆脸，眼神有些呆滞，看上去没有一点活力。

张正海给刘书雷做介绍，他指着瘦的道，这位是村里的老支书林定海；又指着胖的说，这位是村主任陈海明。

与海有关，人名中都带着海。

刘书雷与两人各握了下手说，我是援岚办的刘书雷。

林定海咧开嘴，小声地挤出话来说，张支书通知了，今天能来的两委都到了，欢迎刘同志。

陈海明似乎活过来一点，脸上努力地堆出笑来，说，欢迎欢迎，两委的人都在那边等着欢迎省里来的领导。

刘书雷这才看到，有几个人站在村委会的楼下，眼睛正向这边扫过来。刘书雷忙说，我不是领导，到村子里来是搞调查研究的，是临时性任务，还要靠大家支持。

张正海用本地话与他们说了几句什么，刘书雷听不懂。

开始开村两委会了，由张正海主持。他先一一向刘书雷介绍了每位村委，然后简要地把刘书雷的情况和来村的任务说了一下，接着就将会议交给了刘书雷。

要说开会，刘书雷这些年也开过不少，场面大的多得去了，一些重要的文学高峰论坛，什么国外学者、国内专家，还有相关部门领导在场，刘书雷一点也不怯场，侃侃而谈，从容不迫。今天这会，参会人员连张正海在内才九个人，刘书雷却紧张得手心都出汗了。

已经退无可退，赶鸭子上架也只能上了。好在经过在援岚办一段时期的学习锻炼，又经常跟着吴副秘书长参加实验区的各相关会议，以及参与同各有关部门、单位和人员的商谈，刘书雷学到了不少东西。

刘书雷偷偷地深呼吸了一下，调理了一下气息，又喝了一口热茶水，稳定了一下自己紧张的心情后才说，我是受援岚办指派，前来临时驻村，主要是为村里的整体搬迁工作再次来听听大家的意见，并提出相关的建议。刚才在来村的路上，张支书已经将村里的基本情况告诉我了。现在希望在座的各位村两委，围绕村子搬迁工作，都谈谈自己的意见。说到这儿，刘书雷停了一下，又喝了一口水，接着说，关于蓝港村的搬迁工作，其重要性、必要性等，我们大家都很明白了。我这次来，按照领导的要求，主要还是再次倾听大家的具体意见，特别是经过这段时间，大家有没有新的认识和想法，有没有具体一点的补充意见。我们是村两委会，是内部自己的会议，范围小，有什么都可以直说，我保证会负责任地将大家最真实的意见如实地向上反映。现在搬迁问题进入了关键期，时间上可以说进入了倒计时，再不彻底解决，会影响整个建设大局。希望我们一同努力，也希望大家给我工作上的支持。

下面什么反应也没有，村会议室内一片寂静。刘书雷用眼睛扫了一下会场，发现没有一个人有想发言的意思。林定海呆坐着，脸上仍是没有一点表情。陈海明似乎有点犯困了，打着哈欠，不时地用手抹下脸。其他村两委坐姿各异，抽烟的点烟，不抽烟的手端着茶杯，一副沉默是金的样子。

看看哪位先说？刘书雷又催了一遍，自己不由得慌乱起来，感到后背开始出汗了。进村一开始，就这么冷场，村两委的人对搬迁这么重要的事就这么冷淡，看得出来，村两委没有一个人真心欢迎他的到来，更别说配合他的工作了。这可怎么办是好？

张正海"咳"了一声，动了动身子，先说话了。这刘博士是省里下来的，是省援岚办专门派来的。要么，定海老支书说说吧，你有什么意见，或有什么建议？

这等于直接点名林定海发言了。

林定海只好直起身子说话了，还是很小声。看来，他平常就不太爱说，说起话来都比较小声。我没什么可说的，刘博士来村里指导工作，我真心欢迎。村里的意见，上面其实都知道，多次反映了，没办法，整个村子大家都不同意。我一辈子第一次碰上这种情况。表个态，刘博士有什么需要的，我全力支持。林定海就说了这几句，又呆坐在那里。

张正海转向陈海明说，海明主任呢？你说说。

陈海明眼睛转动起来，瞅了瞅其他村委一眼说，这刘博士是从省里下来的，那太好太好了！意见已经讲过多次，大家就是两个字——“不搬”！我作为村主任也没办法，一个人怎么搬得动一座村子呢？这段时间，村里还有几户开始扩建，拦都拦不住。这么大的事，意见是上面拿的，执行起来靠村里。但是，村里人我谁都说不了，说了还挨骂。所以，还是上面定吧！

刘书雷一听还有人在扩建，脸色立刻严肃起来，说，这个不行，村两委要果断制止。不是一再强调过，确定搬迁的村的任何个人建设一律不得再批准。所有扩建，面积再多也没用，赔偿补偿只按《国际旅游岛建设方案》上报批准之前那个时间节点的面积计算，之后的全部都算违建。这些政策要求，刘书雷在援岚办都一清二楚。

这些早都公示过了，村里家家户户都发了宣传单，村民大会开了几次就说了几次，但他就是要建，你怎么办？一个说想办家庭旅馆，一个说要开小饭店，一个说孩子要结婚。还有两个什么都不说，你去看着他时，他就停工走人；你一走，他又回来接着干。找他说,他不应你。我们也没招儿!昨天,张支书接到电话上去时还交代,今天要开会,让我们再议议,再集中集中意见,好向你汇报。我们村两委晚上开到了快下半夜,新的意见也没有,什么结果也没有。我回家时想睡觉,老婆却醒过来说,当什么破主任,别干了。说实话,昨晚我们开会,全部村两委都不准备干了,干不下去了。只有村妇联主任没当场表态,但是你看看,今天通知她上午来村里,她说家里一大堆事,人都不来了,比表态的还要糟!你说大家乡里乡亲、沾亲带故的,这抬头不见低头见,怎么做?陈海明似乎更敢说些,话里明显带着怨气和不满。

刘书雷觉得这种情绪应该及时制止,说,这岚岛的建设机遇是千年一遇,从中央到省里都高度重视,要给村民讲清楚这个道理。退一步说,哪怕就算是为岚岛建设做奉献,也要服从大局全局。再说还有赔偿补偿,又不是没有顾及每家每户的实际利益。我觉得,村两委不能像村民一样认识这个问题,能不能先带个头?

讲清楚?怎么讲?各种会开下来,现在村里再开会,都知道又是说搬迁的事,说来说去就那么几条,听不了,也不爱听,干脆来都不来了。全靠正海支书带着我们一再做工作,村民里勉强给个面子的,也就是从家里派个代表来,还故意挑些女人和老人,跟他们就更没法说了。上次工作组开会,有一个上面下来的干部也说了这个道理,建设岚岛是千年一遇什么的,要有为大局牺牲的精神。一个妇女在下面站起来就干上了,说,领导,这等了一千年,干吗是我们等来什么牺牲呢?你等一千年牺牲给我们看看！我们在这里是住了上千年，千年等一回，等来的是这么个结果？下面很多人都跟着起哄。不靠村民给正海支书一点面子，那个干部可能会下不了台呢！陈海明情绪更明显了，直接顶了过来。

陈海明这么一说，其他村两委的情绪也上来了，东一句西一句插上了话。

是呀，这事怎么敢带头，一说就被我老婆骂，我老婆说是不是城里女人洋气，你急着想去开洋荤？

试过了，我家两个老人就直接指着我说，带头，你自己滚，一个人搬去吧！

我老婆更戗了，说，带头可以，离婚！这城里人离婚对男人可能是个机会，我们渔村人找个老婆可真不容易！

刘书雷被噎住了，感到会场局面失控了。正不知道该怎么办才好时，张正海及时出来打圆场，大家说的这些，上面也了解。刘博士这次来，是再一次听取村子里的意见。大家要正面看待这个问题，为什么不把它当作是个机会呢？也许，事情不是像大家想的那样。上级派刘博士来，我的理解是，说明上面对村里的意见万分重视，不然干吗还要派人下来？而且路上我跟刘博士聊了，这次上级派他来，没说让他来指导和帮助我们村子做具体的搬迁思想工作，只要求他如实反映情况。所以，有什么意见，可以慢慢说，好好说。刘博士是代表援岚办来的。

张正海这么一说，会场又静了下来，在座的各个村委似乎感觉到了什么。

刘书雷心里很感谢张正海，不然，这个场面他还真不知道怎么应对。这头一次开会，还是村两委会，就是如此，下面的工作将怎么开展？这几年开会，刘书雷常常把发言席当作展示自己的一个重要平台，每次发完言都有点春风得意的感觉。可现在，刘书雷的心里第一次装满了深深的挫败感。学界与基层真是两重天啊！

会场是静了，不过又没人说话了，仍然是低头抽烟的抽烟，喝茶的喝茶。林定海仍然呆坐着，无法知道他在想什么。陈海明则歪着头，眼睛斜看到窗外去了。

刘书雷感到会议进行不下去了。

今天，刘博士刚来，主要是和村两委见见面，相互认识认识，表明一下来意。刘博士一大早就出发了，他也很辛苦，今天的会就开到这里吧。张正海向刘书雷投来了征询的目光。

会再开下去确实没有什么意义了。刘书雷便说，很感谢大家今天说了真话。

张正海宣布散会。这话一出，稀里哗啦地，移动椅子的声音、吐痰的声音、脚步声，一眨眼村两委全走了。

林定海和陈海明没走。

林定海说，刘博士，你的住房按张支书的交代安排好了，就住在村部三楼，房间也给你整好了。你同张支书住隔壁，好商量事情。办公室在二楼，也是和张支书挨着。就有个事，村里没办伙食，你看是不是轮流到村两委家里吃？村里就是这个条件，刘博士多包涵。

林定海说这些话时，脸上终于有了点表情，露出真实的歉意来。

这个老支书还是很朴实的。刘书雷立即说，我听从村里的安排，谢谢了。吃饭的事，我自行解决吧。

陈海明在一边说，今天这都到中午了，要不你和正海支书就到我家随便吃点？

刘书雷还没缓过劲来，推辞道，我刚才进村时，看到村里有个小饭店，我中午就到小饭店自行吃点。

没事，我会招待好刘博士的。时间不早了，你们回吧！张正海说。

林定海和陈海明这才走了。

会议室里就剩下刘书雷和张正海。刘书雷有点茫然地坐着，张正海起身给刘书雷续了一杯水说，到村里工作就是这样，脸皮要厚。我刚下来时也遇到过很多这种情况，久了就好了。

刘书雷听出来张正海是在安慰自己，但不想让张正海知道自己心里难过，便强笑着说，今天我有点出师不利之感，但没关系，我心里早有准备。

其实，准备归准备，这种现场感的难受令刘书雷感到自己什么准备都没用。

你可能没到过渔村，这里人说话都是没心没肺的，但他们心地还是善良的，你不要在意。以后可能还有更难听的，他们说他们的，你别往心里去。同他们打交道久了，你就会知道，他们有小心思，但对人是真厚道。

刘书雷不再掩饰了，说，没关系，我也是山区小城长大的，我能理解和承受。今天很感谢你！

有什么好谢的。张正海说，你路上还说我们之间别客套。我是在岚岛长大的，也是农村出身的，后来考上大学，读书不如你，上的一般的学校。再后来考上了硕士。二〇〇九年省里同意岚岛行政区划升格，岚岛面向全国招考公务员，我爸妈也希望我回来。我在外几年了，也感到外面总是外面，还是回来好，就报名了，没想到还真考上了。昨天到实验区党群工作部，领导向我介绍了你的情况，你是北大的大博士，在北京还是很有名气的青年文艺评论家，是通过省人才政策回到省作协当副秘书长的，我听了好钦佩哟！

张正海想说点别的让刘书雷的心情好起来。刘书雷怎么会不知道张正海的用心呢？他忙摆了摆手说，快别这么说。今天来蓝港村，我什么博士的感觉、青年评论家的感觉全没了。过去一直弄不懂社会大学是什么含义，今天算是真切领会了。这村子称得上社会大学的博士后工作站。高尔基说他是社会大学毕业的，我今天有了切身之感。你才让我佩服，比我懂得多。你原来是读什么专业的？

我在桂省的大学读旅游文化专业。我从小在岚岛长大，当时离岛交通靠船渡，岛上过得真穷，我上大学前就没出过岛，渡船要钱，父母舍不得。所以我从小时候起心里就藏着一个无比强烈的愿望，一定要出岛去外面见见大世面，大学报志愿，一溜全是与旅游有关。后来我又报考了浙省一所大学的文化创意产业的硕士。那时完全就是个偶然的念头，感到岚岛为什么不能做点创意产业。报考公务员，我就报了岚岛的文化旅游委，这一干就是七年。去年管委会决定加强蓝港村的村委力量，就把我下派来当村第一支书。岚岛这几年最重要的发展阶段和变化，我全经历了。二〇一四年十一月一日，总书记来岚岛视察，我还亲眼见到了总书记，只是当时离得比较远。但是现在想起来，心里还激动着呢。他跟当地的百姓亲切握手，嘘寒问暖。张正海说到这儿，显得略有些遗憾，可我离得远，没握上。如果说我人生错过一次机会的话，这是唯一的一次。

张正海哈哈笑起来，刘书雷不知不觉地心情也好起来。难怪，经过了这么多的历练，你才会这么成熟。刘书雷从中也判断出张正海比自己大好几岁，可能是二十世纪八十年代初生人。你在文化旅游委是做什么工作的？怎么会来做村支书？刘书雷问。

张正海说，我在文化旅游委，一开始是在业务科室，几年后调整到综合科。去年实验区党工委决定从全区范围选拔下派一批年轻干部到相对比较落后的渔村任村支书，以加强渔村的基层组织建设和带领渔村发展经济。蓝港村因为是规划搬迁的渔村，所以原先并没有被列入下派村里。后来因为要开发银滩，又碰上整体搬迁遇到困难，实验区党工委就决定必须派一位村支书进来，并把任务交给了文旅委，单位就选中了我。蓝港村原来有村支书，我就被安排任第一村支书，我比其他村支书下派得更迟。

张正海也是被单位选中下派的，刘书雷感到与张正海更亲近了。下派村支书，这倒是挺新鲜的做法！刘书雷说。

张正海不解地看了刘书雷一眼，你可能在上面待太久了，刚回省里工作，对情况不了解。这个做法可是闽省最早开始实施并推广的，已被多年来的实践证明是个好经验，现在在全国农村已经成为一个常态性做法。下派前，我也和你一样，感到新鲜又不太懂，就去查阅了一些资料。一查才知道，这可是总书记早年在闽省任职，分管农业农村工作期间，通过对全省农村的深入调研，总结出来的具体做法和经验。那是在二十世纪末二十一世纪初，我们还是青少年的时候，针对闽省农村组织建设比较薄弱，农村脱贫致富急需领头人，农业发展急需科技扶持和智力支持，农民急需获得实用技术普及和指导，就在全省范围内推广实施建立了农村科技特派员制度，同时开展了下派村支书的改革尝试，从机关选派大批干部进村挂职，把城市的大量资源导入农村。那时真是急农民之所急，解农村农业发展之所需，深受农民的欢迎，取得了很好的效果。我还从电脑上搜索到总书记当年发表在《求是》杂志上的就这个做法和经验写的调研报告，有两万多字。我认真读了，深受启发，也汲取了能量，终于明白了下派所担负的责任重大，下来之后就不敢有一点懈怠之心。

你不说，我还真不懂！刘书雷突然感到，这些年来，自己活得真的有些局限。

这没什么。如果没下派下来，我和你一样，对这些也是一无所知的。刚来时，我也挺不适应的。正好上面给我们下派干部都配发了总书记在闽东任地委书记时写的《摆脱贫困》一书。那时，我对怎么开展村里工作挺没数的，也很烦恼，就拿起这本书认真读了一遍，才知道，那时的总书记就是和我现在差不多的年纪，就已经敏锐地洞察到农村和农民存在的一些问题，就十分关心农民的疾苦，就致力于破解农村农民的问题，思考了一些很具体又很根本的东西，提出了很多切实可行的办法，里面有很多很深刻的真知灼见。我真感到，我的差距太大了，无论是心胸还是情怀，一下子就有了要干好的暗劲，我才有信心在这里撑下来。张正海说。

《摆脱贫困》这本书你现在手边有吗？我想看。刘书雷说。

我的房间里就有，村部的图书室里也有。时间不早了，要不我们先去吃午饭，回来我再拿给你。张正海说，今天中午我请客，请你吃这边的特色菜，一来算我代表村里为你接风，二来也算我替上午村委们对你的态度赔个不是。

刘书雷说，如果请客要讲理由，那还是我请吧，我的理由比你的更充分，一是感谢你今天一直替我解围；二是你的工资要养家糊口，我目前还是一人吃饱全家不饿；三是我每月还有省政府给的引进人才补贴一千二百元，今天我深感受之有愧，你才是真正的人才！

张正海说，听你这么说，你还没有女朋友？难以置信，你可是一个大博士啊！

刘书雷说，这似乎跟学位没有必然关系吧？这年头，知识既是财富也不是财富，看对谁说了。至少对婚恋双方来说，如今知识和学位肯定不如一套房子和一部车子。

两个人大笑起来，感到相互很投缘。

刘书雷和张正海来到村里的一家小饭店，这饭店其实就是那种在自己家里腾出个小地方收拾而成的农家饭馆。小饭店的老板是位中年妇女，看起来和张正海很熟，一看到张正海走进来就迎上去说，哟，张支书，今天什么风把你给吹来了？

张正海笑了笑说，老板娘，这是刘博士，省里派到我们村搞调研的。他就是那阵风。我请他来吃你这里的海边土菜。

女老板把刘书雷上下打量了一通，那眼光让刘书雷有点吃不消和莫名其妙。女老板有点冷淡地说，你是省里派来的？又是冲着让我们村子搬迁的事来的？

刘书雷点点头说，可以这么说，看来老板娘很有见识。

女老板不以为然地说，这要什么见识！现在来村里的，只要是政府派下来的，就是冲着搬迁来的，好像除了搬迁，村子里什么事都没有！全村除了呆子傻子不懂，谁不明白。听张支书称你为博士，你是博士，是文化人，那最好，你看我这饭店开得好好的，干吗不让我做下去，要搬到什么新城去？

刘书雷愣了一下，没料到女老板这么敏感和直接，就说，你到新城去开饭店不是更赚钱吗？城里客人多，客源多不就等于财源多吗？

女老板连连摇头说，话是这么讲，但也只有你们上面来的人爱这么讲。我告诉你，还真不一样！到城里，我可能就做不来了，我这种小店怎么做得过城里的呢？小本经营，做的是粗茶淡饭，城里人不一定喜欢。再说，我喜欢在这里开店，不一定就喜欢到城里赚钱，还是不一样的！这里做，我踏实；城里做，我没底。没底气，怎么做生意？另外，再怎么开发，这里总有人要吃饭呀！一旦真开发了，这里要吃饭的不比城里的多？我这小店最适合城里那些爱来尝鲜的，最不应该搬走才是！你是省里来的，你能不能帮我们给那些大领导反映反映，我是真的不想走，有些东西与钱没关系！

刘书雷坐下来，一下子就被这句“有些东西与钱没关系”触动了，就问，你说说看，什么东西与钱没关系？

女老板呆了一下说，我没文化，但这些东西我有感觉。我们祖祖辈辈都住在这里，这里的海风、这里的石头房子、这里的木麻黄树、这里的人，离开这岛，心会放不下，就像丢了魂似的。你们有文化，不是更应该知道？

刘书雷说不出话来了，这位妇女说得太有文化了。

女老板转头对张正海说，张书记，今天你来得好，正好有头水菜，像是等你来似的，我去给你做。

张正海笑起来，说，真这么巧？那是等刘博士来的。

女老板进里面厨房忙去了，张正海轻声地说，村里像这种饭店，没执照，也没办任何许可手续，完全家庭式的，搬迁是没有列入赔偿或补偿计划的。如果进了城，她也许真的就断了生计，所以她意见更大。

张正海这么一说，刘书雷就明白了。刘书雷说，你快点菜吧，今天说好我请客呢。

张正海说，村里不能办伙食，我有时去开会或回村迟了，就到这里自掏腰包吃便饭，我给她说海边土菜，她知道上什么的。

刘书雷又问，刚才说什么头水菜，那是什么？

张正海说，就是紫菜，每年从海里第一拨剪下来的紫菜细如发丝，产量很少，只有碰得巧才有。

正说着，女老板就端着菜上来了，头水菜和五花肉一起炒，上面撒几点葱花，黑白相间中点缀着绿色，香味扑鼻而来。

张正海说，你尝尝，看来蓝港村的土地公都欢迎你来，我来了多少次了都没碰上，你今天第一次来就碰上了，相当于中奖。

刘书雷夹起菜，送入口中，有点咸，但一下子就变得鲜甜，味道实在可口。接着是一盘清蒸小杂鱼，张正海熟练地掰掉鱼头，沿黑褐色的鱼脊撕下，鱼骨与肉恰到好处地分开，他把鱼肉送进嘴里，美滋滋地吃起来。

刘书雷笨拙地照着学，但撕得并不顺利，放入嘴里，一股鲜腥味直冲过来。原来这蒸鱼什么作料都没放，原汁原味。山区长大的刘书雷不适应，连忙跑到外面吐去了，吐完走进来说，这吃不来！吃不来！

张正海大笑起来，这是现在最时尚的原生态煮法，吃几次你就永远都想吃了。

红烧带鱼、鲜蛏滑汤、八珍炒糕，有两道菜刘书雷感到美味无比。但像鲜蛏滑汤，因为加了泡酸笋，有股特别怪的酸臭味，刘书雷暂时还接受不了。一生当中，刘书雷第一次吃到印象这么深刻的午饭。

刘书雷要去结账，女老板说，今天我不收你的钱，就求你一件事，行吗？

刘书雷有些愕然，什么事？不敢说求，能做的我一定做！

女老板说，你是省里来的，又是冲村子搬迁来的，上面已经好久没再来人了，你这次来肯定不简单，就帮我们一下，哪怕传传话，求求他们别让我们搬了。我们真的离不开！

女老板说着，眼睛红了，眼泪就要掉下来。

刘书雷被深深地打动了，说，我一定如实帮你反映意见，但这与吃饭无关。饭钱一定得给，我们有纪律。你不收，我就犯错误了，也就没机会帮你反映了。

女老板一听就说，那好，我收！你随便给五十块吧，一人二十五块。

刘书雷掏出一百元放下，转身拖着张正海就走。女老板在后面喊，你给多了，真没这么贵！

刘书雷应道，没关系，我还会再来吃的！

离开小饭店，刘书雷说，这里的人心地真的很善良。

张正海看了刘书雷一眼，深深地叹了口气说，他们真的生活得不容易，他们也很质朴，就看你怎么看他们、对待他们了！

五

刘书雷和张正海往村部走去。刘书雷发现，这沿路的石厝外墙的条石，天然地形成青、白、红、黄、黑等色彩，近看煞有视觉冲击力。石头表面并不光整，密布着点状的凹凸面，那是打石凿石留下来的，在阳光的照射下，明暗有致，浑然天成，像一幅幅斑斓的印象派画，散发出一种历尽沧桑的气息，显现出一种深沉动人的质感。一些盖在山坡之上或之下的石头屋，墙脚下长着鬼针草、艾草、畚箕草、藤山七、刺苋等，有的种着仙人掌、紫薇、绿萝。石屋的墙基上，有的长着墨绿色的苔藓。屋与屋之间的小径大多用鹅卵石铺就，一直伸到海边沙滩。

真没想到，这里的石厝这么有特色！刘书雷边说边把手机递给张正海，你帮我拍几张照片，我可要留个纪念。

张正海帮刘书雷拍了一些照片，刘书雷时而站在石墙边，时而倚在石墙上，时而走在鹅卵石小径上。拍完后，刘书雷拿过手机，又选了多个角度拍了些石厝、石墙和小径的空景，一口气全发到了微信上。

张正海见刘书雷兴致盎然，就介绍说，这些石厝都是用花岗岩石条砌成的。花岗岩历经风雨，会逐渐蜕变为土黄色，呈现出一种斑斓的色彩来。蓝港村现有的石厝大多数建于明清时代，经过这么长的时间，色彩有些暗淡了，不然会更好看。我接触过一些文化考古专家，他们认为，这么大的一个石厝群，可能是国内现在唯一的，可以申报文化遗产。

刘书雷非常赞同地说，我觉得真的可以。要不，你干脆带我到银滩走走？

张正海说，我正想问你要不要先熟悉一下村子的环境，认认路。

银滩展现在刘书雷的面前，光洁平坦的沙滩，飞波涛涛的海水，到了海边，海水在视觉中从远处的蔚蓝变成了近处的深蓝，呈现出一种暗黛的颜色。

走在沙滩上，张正海主动介绍说，岚岛海岸线长达四百多公里，有一百多公里的优质沙滩。其中银滩有十公里的海岸线，岸上都是优质的海滨沙滩。这里地势开阔，沙子均匀，沙质晶莹洁白，加上雅丹地貌和风棱石地貌，周边的海蚀崖、海蚀洞、海蚀穴、海蚀平台、海蚀阶地星罗棋布，形态各异，旅游资源令人叹为观止。

刘书雷在一处礁石边停下，问道，金滩、银滩、铜滩是不是有明显的区别？

张正海说，金滩和铜滩都是后来人们的称呼。岚岛原来是前沿地区，岛上驻有海军和炮兵等。当年驻军在岚岛进行军事工事建设，金滩那边主要是海军驻地，铜滩这边主要是炮兵防区，整个岚岛地下挖建了两千多条隧道，岛上居民是当时隧道建设的主要劳动力。因此，后来民间戏称岚岛人是天下第一打洞人。你想想看，军事设施对隧道建设的要求比民用隧道高多了，也难得多，岚岛人通过挖建军事隧道，怎么还会把其他民用隧道建设放在眼里？技术、能力理所当然是天下第一。因为是驻军防区，金滩有固若金汤的意思，铜滩有铜墙铁壁的含义。其实，它们的沙都是白沙。不知是否是光线和光照的原因，从高处俯瞰，金滩所发出的色泽，略偏淡金黄色；铜滩所发出的色泽，略偏铜黄色；银滩是真正的浑然天成，发出的色泽银光闪闪，最具原始生态样貌。但不论金滩、银滩、铜滩，地质地貌其实是完全一样的。

海风吹过来，带着点海的咸腥味。刘书雷继续问，建石头房子只是为了对抗台风吗？

张正海说，岚岛海岸线长且地势开阔，对抗台风当然是生存的首要了。海面上每年有三百天左右时间是七级以上的大风，其中一百多天是八级以上的大风。从生活的角度说，岚岛海风含高湿、高盐比较明显，这是岚岛的缺憾。据说当年外国人逼我们开放通商口岸时，清政府想以岚岛应付，但洋人也是很鬼很精的呢，就是不同意，坚持要选更宜居的厦门岛。用石头建房，更重要的原因是可以抗高湿、高盐侵蚀。石头的耐侵性和耐久性强，这是岛上居民在长期生活中认识和摸索出来的。但后来发展了，生活改善了，时尚也出现了，居民开始大量使用现代建筑材料，毕竟舒适度更高嘛。岚岛早期拆建，去旧建新，谁也没有想太多，当时没有现在的保护意识。岛上的石厝都被拆了，只有蓝港村的石厝群保存了下来，因为蓝港村当时没被列入前期的开发计划。

刘书雷听后，望着海面若有所思了许久，又拿起手机，沿着海边拍下了许多风景，全发到了微信上。

回到村部，已是下午。

张正海帮着刘书雷从车上拎下行李，上了三楼。刘书雷住的房间里，床被之类的日常用品都由村里帮助准备好了。放好行李，张正海问，你要不要休息一下？

刘书雷说，现在怎么睡得着？去办公室吧。

刘书雷和张正海就下到了二楼的办公室。两个人的办公室紧挨着，挺方便的。刘书雷就说，我们商量一下，接下来该怎么办。

这个你说了算，你想怎么开始，我就怎么配合你。张正海说。

刘书雷说，你有什么好建议吗？

这个我真无法给你建议。张正海做了个无奈的表情，我只说个情况供你参考。搬迁工作组前后进村两次。第一次来时，村民们的反应还比较好，不用挨家挨户地走，村民自己就往村部里来，都是主动找上来了解政策，打听情况，做些咨询，诉苦，反映诉求的，干什么的都有。但是大多数人都是试探性地反映能否不要搬迁。后来看工作组的态度没有任何商量的余地，村民的心就冷了。第二次进村时，就很少有村民主动来了。工作组就按任务要求，耐心细致地入户做宣传发动工作，一户户地进家动员，镇里也派来挺强的本地干部配合，但实际效果很差，村民的抵触情绪已经很明显了，工作基本没有什么进展。工作组组长每天都要在电话里把进展情况汇报给秦副主任，管委会是秦副主任分管抓这块。得知没什么大的进展，秦副主任急了，亲自来指导了两次。第一次来，村民们对他还比较尊重和客气，因为来的是管委会的大领导，他们觉得可能还有些机会，还抱有希望；第二次再来，秦副主任情绪上有点急了，态度上也比较强硬，特别是对一个突击违建户坚决要求他拆除临时违建，与这个渔户产生了争执，就被村民借机围了起来，最后靠镇里干部和村委全力帮助，好不容易才脱身而走。可以说两次进村，工作组在户数上真的是全覆盖了，搬迁的重大意义反复讲，相关政策反复说；软的话也说，硬的话也讲，结果村民就是不接受，软硬都不吃，还是不同意搬。本来刚开始，村里的意见也没这么集中统一，还各有各的想法，比较容易突破，有的已经开始谈搬迁的附加条件和具体诉求了。但是，这么两轮工作做下来，可能是村民发现没有商量的余地，反倒让村民齐心起来，形成了一致反对。这是谁都没有想到的结果。

你的意思是，反倒适得其反，工作没进展，村民们却更抱团了？刘书雷问。

是的，博士就是博士，总结能力就是不一样。这个怪现象让我也百思不得其解。按说，我们全都是从为了岚岛的发展前景的角度着想，无论是在初衷还是在具体措施上，真的都是出于公心，充分考虑到村子、村民的方方面面，工作细致再细致，全力以赴。但是，村民们就是不理解，不领情。张正海说着，显得忧心忡忡，又无可奈何。

刘书雷说，形成了僵持状态？

是的。张正海点了点头，当然，蓝港村还有个情况得让你知道：这海边台风多，自古以来就有个传统，只要是台风天，住在小厝里的村民就可以带上自己的一些日常用品，到住在大石厝里的人家避风，任何一家都不会拒绝，也不能拒绝。有时风大要刮好几天，就住好几天，没人敢像城里人那样嫌麻烦，把人拒之门外。不然，以后你家有什么事，全村就没人来帮你了。所以村民们平常相处，感情都很好，患难与共嘛。如此一来，只要他们认定了什么，就非常容易齐心。这本来也是好事，但就这次搬迁来说，反倒增加了我们动员工作的难度。

刘书雷思考了一下说，这一点我今天有感受，也领教了。我感到首先村两委的思想就明显不通，林定海似乎发挥不了什么作用，畏难情绪显而易见；陈海明是村主任，今天发言时却明显带头抵触。这个做村支书的我感到太软弱了，另一个做村主任的太不应该了。他们的思想都不通，态度跟不上要求，不能同上级的指示精神保持一致，村两委都不能带头贯彻执行上面的指示精神和工作要求，村子的整体搬迁肯定就带不动了。

你还真敏锐，一下子就抓到要害，说到点子上了。张正海挺服气的，同时也挺愧疚地说，村两委的这个问题是我下派到村后最大的心病，这方面的工作我没做好，我有责任。

刘书雷说，我不是说你，这里面是不是有什么特别的原因？

张正海对刘书雷的理解有点感激，说，林定海是个老支书，他原先做过远洋航运，最多时有三艘大船，这在村里算了不得的，在岚岛都很牛。他算是个见过世面的人，也可以算是当时村里的能人。后来有一次，他的三艘船运货去非洲一带，遇到了那边的海盗，货和船全没了。他那时是和对岸的商人合作，走民间的出海渠道，经此一难，他的航运全没了，人也经受了重大打击，回到村里。他是党员，那时算有见识有能力的，镇里就让他做了村支书，村里人也拥护。担任村支书后，他可能心情还没缓过来，工作的干劲不是很足。我来村时他就是这种精神状态，已经不太有干劲了。陈海明年轻时外出打过工，也赚了点小钱，回到村里翻盖了一座大厝，搞起海边养殖，又租了一间空厝，做海产品的小加工。他人有点小聪明，高中辍学，在村里算有文化了。选村主任时，他年富力强，村民就选了他，镇里也同意了。现在的村两委前年年底就到届了，林定海年龄超了，陈海明也做了两届，乡里原来有加强配好的想法，但当时整体搬迁的初步意见已经出来了，谁都知道村子拆搬是个难事苦事，换届就没人参选了。但没搬迁前又不能没有村班子，乡里也挺两难的，不换吧，是弱了点，真要拆搬，班子的战斗力不足；换吧，如果没人报名参选，结果事会更大。镇里原先有让陈海明当村支书的考虑，但陈海明又是最早反对村里搬迁的人，因此这个想法就被否决了。最后，选了个先绕过去的办法，反正拆搬还没有实施，村两委就暂时维持不变，先顺延下来，理由也还说得过去，基层有时不得不这样。其实，村里的壮劳力全都外出打工了，年轻的出去读书后也不回来，多年不回村的有，几年没回村的就更多了。村里又没有什么财力来源，村委补贴就那么一点，也没吸引力。要想选个好的村干部，还真不好挑呢！这是挺现实的事，我下来后才终于明白了，这也不能怪镇里。

陈海明是最早反对的？为什么？刘书雷问。

张正海说，原因有两个。一个原因跟那个小饭店的女老板的差不多，搬进城，陈海明就没法做海边养殖了。他那个海产品小加工厂也属于民间作坊，没有进行相关注册登记，不能纳入赔偿范围，无法进行资产评估。这几年来蓝港村的游客量不断增加，他那些海产品如海蜇皮、海带干、蛏干、海蛎干、小鱼干、目鱼干等，就出自当地海边，原地产品，游客喜欢买，销售不错，又算农产品，不需要缴税，收入很好，他怎么肯放弃呢？另一个原因更关键，他是个比较有主见的人，当了两届村主任，很了解上面政策的重要性。他想过了，岚岛要建成国际自贸港和打造国际旅游岛，就必然会加速大发展，修通村里的路，很快就能与环岛大道连接起来，这会拉动村里个人固定资产如房屋等的增值。他家是座大厝，租下的空厝又是签了长期合同的，不搬迁肯定划算多了。现在不能用老眼光看这些渔村人了，如今信息来源更方便，各种流通更便利，村里人的目光也不短视了，他们也学会了长远地看问题，只不过落脚点还是在自身利益上，这是绕不过去的。其实真正反对搬迁的主要阻力是陈海明。定海老支书只是老了不想走，又不愿意违背村里大多数人的意愿。那些村委都是跟着陈海明的，跟押宝似的。我曾想过，要不要建议撤换陈海明的村主任，但想了想，事到如今，撤了陈海明已经于事无补了，不小心还会让村民以为陈海明是因为坚持不搬而被撤职的，这会引起两个更难处理的后果。一个是村民们会更抵制村主任的选举，这是政治后果；另一个反倒会提高陈海明的个人威望，他将更敢公开和坚决地反对搬迁，村民们会更加坚定地跟着他，搬迁工作将更难进行下去，这是时机问题。

这些情况是刘书雷在学校、在援岚办所了解不到，也无法接触到的。今天来到实地，刘书雷算真正领教到了，这个小小的渔村也不是个简单的天地。这一明白使刘书雷更有点钦佩张正海的成熟了。此外，他的心里反而生出了更没着落的感觉。张正海比自己思考得多，老到得多，自己下村来，真能起什么作用呢？

刘书雷一时无语。

张正海明显看出了刘书雷此时的心思，在一旁沉默了一会儿又说，你也不要太着急，村子搬迁的工作已经攻坚许久了，想了许多办法，做了大量工作，都暂时没有根本性的改变，反倒越来越僵持。我在这村子里任第一支书，做其他事情都能得到村民的支持，唯独说起这事，村里人都不愿和我说下去，听都不爱听；要么直接对我说，张支书，你反正是来做好事的，那就好事做到底，帮助我们争取一下，让管委会同意我们不搬迁。他们的这个重大诉求，恰恰与实验区党工委和管委会交给我的到村的最重要的任务相悖。

所以，其实你心里非常非常痛苦。刘书雷说。

是的，刚下来的那一阵子，我痛苦得彻夜难眠。这苦还不能说，也不知道找谁说，只能一个人扛着。张正海说到这里，又苦笑了一下，不过，现在我适应了。

适应了？你后来想通了？刘书雷急急地问。

张正海本不想说，但刘书雷问得这么直接，便锁起眉头来说，秦副主任第二次来村后就严厉批评过我，说我工作不实不力，简直没有作为。前一段时间，兰波国际向综合实验区管委会递送报告，请求尽快完成蓝港村的搬迁工作。管委会开了个专题会议进行研究，把我也叫了去。会上秦副主任再次不客气地狠狠地批评了我，说我工作至今毫无进展，下令要我们村两委限期必须完成这个任务，最后只给了三个月的时间，否则，不换思想就换人，他将向党工委建议撤换我这个下派村支书。我是带着非常沉重和难过的心情回到村里的。我又开了次村两委会，用了整整一天的时间，嗓子都说哑了，但实际与你今天上午遇到的情形如出一辙。在这项工作上，村两委没有一个人表态支持我，我是孤掌难鸣。会后，我心里十分绝望，也感到委屈。一段时期以来，我天天待在村里做村民的思想工作，半个月没回家一趟是常有的事，累得半死，但对得起良心。撤换就撤换，也没什么，我刚好不想干了，反正我这个村支书又没有行政级别，最多就是回去没面子。后来又想了想，任务根本无法完成，与其被撤了，不如自行辞去。说实话，我连夜写了辞职报告，准备递交上去。过了几天，党工委办公室来电话通知我说，金书记要听取关于蓝港村情况的汇报。我想是不是秦副主任真的建议撤换我了，不然金书记怎么会亲自找我这个小支书？我就带着辞职报告去了。去时才看到管委会赵主任也在，就这两位岚岛最高领导听我一个人汇报。金书记说，今天是关门小范围说话，什么情况都可以说，但必须是最真实和最根本的。我已经破釜沉舟了，就在金书记的办公室里向他们放开了说，做了详细如实的汇报，也把苦水都倒出来了。整整一个小时，金书记边听我汇报边细致地询问了很多情况，一一记在本子上，像我给他做指示工作似的。我汇报完后，有种如释重负的感觉。金书记和赵主任两个人思考了很久，金书记后来做了几点指示：一是要我回村继续做好村里的稳定工作，村民思想如果真的很难做通，可以暂时先放放，重点把其他工作先抓好，确保渔村正常运转；二是两个工作组下去也都没取得进展，管委会要理理是不是思路、决策有问题，要重新认真研究考虑，这点是对赵主任说的；三是对我说，你一个人做不下来，这是可以理解的，但不要灰心，岚岛必须坚定不移地执行中央精神，按中央要求打造国际旅游岛，这个发展目标必须毫不动摇，无论有多大困难，也要有信心迎难而上。遇到困难和问题，一起想办法解决。赵主任要求我按金书记的指示，回去做好村里的第一村支书，继续完成下派给村里的各项任务，并将当天汇报的情况写出一份报告报送给管委会，等管委会研究之后，再按党工委的具体要求开展相关工作。我那时真不想干了，拿出辞职报告递了上去，说我干不好，有负组织信任，怕误了工作和大事，所以想辞去第一村支书的职务。金书记看了看，递给赵主任说，老赵，这个小张想撂挑子，这个报告我不批准，你的意见呢？赵主任严肃地对我说，张正海，你这叫临阵脱逃。战场上如果都是逃兵，那怎么办？遇到难题不是想办法解决，而是想着绕开躲开推开，或者干脆走人。你是共产党员吗？你是岚岛干部吗？你的思想觉悟和认识都有大问题，这是对岚岛建设没信心的表现。你不应该递交辞职报告，而是要向组织做深刻检查！金书记说，下派干部的辛苦和委屈我们心里都有数，特别是你一个人在蓝港村，那里问题突出，任务重大，工作压力巨大。金书记走上前拍着我的肩膀又说，我了解过，你的工作表现很好，村民们对你下派到村里都挺满意的。检讨书也不要写了，辞职报告收起来，我当你没交过。正海同志，你要相信组织！就是在那个时候，我听了这话，泪水都流下来了。“要相信组织”，这是多么温暖的金句啊！

刘书雷认真地听着，有些被感染了。原来张正海这么不容易！与此同时，刘书雷仿佛捕捉到什么似的问，听你刚才说，金书记要求管委会重新梳理一下关于蓝港村的思路，你后来有没有递上报告？你怎么建议的？管委会对你的报告有什么具体意见吗？

张正海不明白刘书雷的意思，说，我后来当然要按赵主任的指示办，两天后就向管委会呈送了一份《关于蓝港村整体搬迁存在的问题和困难的反映》。这份报告按程序先报送到管委会岚岛旅游建设拆迁安置领导小组办公室那里，这个办公室是个临时机构，由相关单位抽人组成，主任是由秦副主任兼着的。秦副主任看到这份报告，专门给我打了电话，问我送上这份报告是什么意思。我说是按照赵主任的指示上报的，他就把电话挂了，这段时期也没有听到什么反馈。不过，前些天，我刚好到上面办事，遇到了我们文旅委抽派到拆安办帮助工作的一个科长，这位科长当过我原来所在的事业科的副科长，跟我关系很好，就对我说，拆安办已经将我的报告转报呈赵主任和金书记，赵主任在我的那份报告上写了一大段批示，说这份报告虽然是仅就蓝港村的个案问题提出来的，但是却反映出一些值得我们在建设推进工作中需要高度重视、认真反省的根本性东西，要求拆迁安置领导小组先进行研究，提出意见。目前领导小组开过几次会，争议很大，还没有形成正式意见。

原来是这样！难怪秦副主任在吴副秘书长的办公室里敢把这球踢给援岚办。这球现在可是个火球，谁接谁烫手。秦副主任的手已经被烫焦了，也真没办法了，能这么脱手，由援岚办接过，这对上对下都好交代，应该是最佳选择和最好出路了。

刘书雷若有所思地说，看来岚岛的金书记和赵主任都是很实事求是的人。说到这儿，又说，能不能让那位科长把赵主任的批示完整地弄份过来，我想看看。

这没问题。按说这个批示很快就会传下来，据说是秦副主任说要考虑一下如何贯彻落实，就先放着，暂时还没让在更大的范围内传阅。张正海说，我晚上就打电话，看看能不能尽快传给我。

刘书雷又想起什么似的，说，你刚才说，你还没行政级别？我来岚岛后，知道岚岛也在实施人才工程，你不是硕士学位吗？工作也七八年了。

这么一说，张正海的心思又被挑起来了，有点感触地说，岚岛升格时，核定的干部职数总量很少，当时正好碰上从严控制干部编制，省里没办法立即解决那么多干部编制和职数，要求总量不能突破，待后面再解决。公开招聘时，也承诺像我们硕士，来岛工作满一年后，表现优秀的话，可以优先提拔。只是因为这个职数总量问题没有解决，所以一直拖到现在。像我这样情况的干部，岛上还有很多。也因此，岚岛现今是升格为地市级别了，但还保留了岚岛县行政建制。我现在也想通了。过去我上大学，同学们问我是哪里的，我说是闽省岚岛，很多同学都没听说过。我就说是原来的前线。一听前线，不少同学都好奇地问，那能看见对面的碉堡吗？真的可以游泳过去吗？我都烦死了！能吹的只有，仅一次大军事演习，就来了上百个中将和上将。这些将军站在一座山上，那座山因此就改名为将军山。回来工作的这几年，我像你一样，常把岚岛的一些风景发到微信上去，我过去的那些同学都纷纷点赞，说我是天天"面朝大海，春暖花开"，爽死了！到了节假日，他们就来不少，一见面，个个羡慕我，我心里也就很骄傲了。家乡如此巨变，我们还有什么怨言呢？就心安了！

刘书雷有点感慨，自己一被引回省里，就按人才绿色通道直接成了副处级，跟张正海现在连副科级都不是相比，真是太幸运了！想到这儿，刘书雷觉得自己如果不干出点什么来，实在有愧。要不，下午我看就先按吴秘的指示，入户再走访一遍吧。你这里熟，你说先走访哪户比较有代表性？刘书雷想抓紧开始工作。

张正海有点意味深长地笑了笑说，从哪户开始都可以。现在村民有点死心了，你到哪户都得有个心理准备，他们一听搬迁的事也许就不会和你多谈，回答肯定是一样的，坚决不愿意搬迁。这个村子里的人已经形成统一意见了。老实说，今天上午村两委会上村委们说的，确确实实是真实的民意和心声。

刘书雷愣了一下，想了想说，你是提醒我，不要重复再去挨户走访?

倒不是，你可以自己决定。张正海说，我说了你别受打击，你想想，先后两个工作组进村全覆盖，摸到的情况都是一样的。如果再去征求村民们关于整体搬迁的意见，你不觉得是重复劳动吗？村里存有每户人家的搬迁征求意见表，上面张张都按了红手印，意见栏里全填的是不同意，你要不先翻看一下，理由五花八门，但意见是一致的。现在连村民都烦了，你再去，拉家常，加深感情，这可以。但一说到搬迁，他们肯定给你脸色看。张正海说到这儿，似乎觉得有些不妥，又说，我这么说，是不是不应该？但不如实告诉你，我心里又过意不去，我感觉你是个很直爽的人。

刘书雷相信张正海说的是真的，一时没了主意，坐在那里发愣，不知道该怎么办了。又是深深的挫败感，刘书雷有点沮丧。

张正海起身给刘书雷倒了一杯茶，说，先喝点茶吧。我想了想，要不，你去碰碰看，看能不能见到一个人。

什么人？刘书雷问。

大依公！张正海说，工作组进村两次，村民里唯一没正式表明态度的，就是大依公。两任组长工作都做得很细了，第一任连着去了几次都吃了闭门羹，老人拒不出来见面，说生病了；第二任带着镇里村里的干部一同去，终于开了门、见了面，老人就坐在那里，一句话也不说，任你说破嘴皮，他就像老僧入定一般。

还有这样的人？刘书雷一听来了兴趣，喝了口茶，说，你能不能给我介绍一下大依公的情况，详细点？

岚岛过去是孤岛，海边的村民都是以海为生，向海讨生活是年轻男人必会的事。讨海有两样东西很重要：一是技术和经验，年轻的需要向年老的学习祖辈流传下来的各类出海技术和经验，这年老和年轻的关系，就像师徒。二是过去出海有不测和风险，海毕竟还是我们人类过去一直难以驾驭的东西，经常会出现一些不测。因此，村子里能留下的老人，基本都是年轻时的讨海能手，可以说是在海中九死一生拼出来的人精，威望自然极高。在那种条件下形成的生死感情，不是我们能理解的。久而久之，也没法弄清楚，从什么时候开始，海边渔村里出现了老人会，村子里很多重大的事都要经过他们认可；家里族里有什么纷争，都要找老人会来主持仲裁，裁定的结果比法院判的还管用，没有哪家敢不听。后来又多了个因素，年轻的虽不讨海了，但都离家外出打工，家中的事情多是由留在家里的老人说了算。就这样，老人会在一些村子里有着极大的发言权和决定权。以至很长一段时间，村子里谁家有个婚丧嫁娶、建屋上梁、婴儿满月、家人过寿、孩子上大学等，只要有事请客，小规模的，邀请几位老人会代表到场；规模大的，必须请老人会的全体到场。到场来必须待为上宾，每人还要给一个红包，钱多钱少倒是根据各家情况。家境不好的，三、五、七、九元都可以，钱数要单，但不能没有红包。如果哪家有重要重大的事，请不到老人会的人到场，那说明这家有问题，会被人看不起，到场的村里人都会自行离开。当然，近些年来，岚岛今非昔比，农村治理情况有了很大改善，村两委力量得到加强，村民的法治意识也明显增强。最重要的是，现在外出的人多了，见识广了，没外出的也有了手机，可以上网了解很多；年轻的大多有些文化，只是文化程度高低不同而已，生活方式、生活观念都发生了很大变化。很多村子的老人会，有的人老走了，人数越来越少，散去的散去，少数存在的影响力也大不如从前，有的就是作为风俗留存，变成一种敬老的象征。大依公早年是这边远近闻名的讨海高手，只要在海面上，没有人不服他的。他当过乡里的海上民兵营营长，也当过蓝港村的村支书，后来是村里老人会的会长，原先在村里真是一言九鼎。这些年，村里的老人会衰落了，老人们有的故去，有的跟孩子出去。讨海也不再以经验为主，而是靠船，大船上的技术都很先进，老人在年轻人面前就远不如过去了。不过，在村里，他仍然威信很高，算是历史形成的。

还有这么个人物？既然工作组都很难啃下来，如果能见到这个人，从这个人身上开始，倒是个工作切口呢！刘书雷一下子振作起来，立即就想见到大依公，说，好，我们要不就去走访一下这位老人家。只是，你说大依公这么难见，我去了，他会见我吗？刘书雷又有些顾虑了。

不知道为什么，大依公不肯见上面派下来的人。我下派之后也一直想去见他，和他单独坐坐聊聊，听听他对村子工作的意见，但是大依公都拒绝了。后来我见过他几次，都是村里一些场面上的事，他只对我点点头，也没直接说过话。张正海说，你去能不能见到,我也不敢保证,碰碰运气吧。

那怎么办? 刘书雷问。

我去安排一下,要不让林定海去问问。村里如今只有林定海能直接见上他,也不知道为什么。张正海说。

也好,要不我先看看你说的那份上呈的报告。刘书雷说,还有你那本《摆脱贫困》也借我学习学习。

刘书雷看完张正海的那份《关于蓝港村整体搬迁存在的问题和困难的反映》报告后,天色开始暗了下来,已是临近傍晚了。

张正海的报告写得很翔实,先后走访了多少户渔户,发放了多少张征求意见表,征求了多少村民的意见,召开了多少次村民大会和多少场村民恳谈会,征集到多少条意见,对在外的村民通过电话一个个联系征求,村民的主要意见是什么,村民的焦点问题是什么,工作的难点是什么,等等,但是就是没有写建议。

刘书雷把报告收进抽屉里,这时张正海带着林定海走了进来。张正海一见刘书雷就说,林支书去找了大依公,大依公说身体不舒服,起不了床。

村委会的石厝在山坡的半山腰上,刘书雷有点苦恼地走到窗前,外面的夕阳挂在海平面上,晚霞把天空的云朵染成了淡红色。远远望去,浑圆的太阳仿佛漂在海水上的一个大彩球,周围的海水有如耀眼的一块大金毡, 努力地托着彩球漂浮着,四处波光闪闪。在近处,海潮冲击着礁石,冲上了岸边的沙滩,又卷着细浪退回去，像一个调皮嬉戏的天真幼童，还发出欢快的笑声。

山区长大的刘书雷看呆了。这海跟山真不同，山总是那么一副面孔，最多一年四季变化一点颜色；而海却是在千变万化着，气势恢宏，惊心动魄。

刘书雷想到了个由头，大依公既然卧床不起，我们不是更应该去探望一下他老人家吗？

张正海在一旁说，大依公坚决不会接受探望的。他在村里德高望重，又是几十年党龄的老支书，原先县里镇里春节来慰问老党员老村干什么的，他一律不接受，村里安排也没用。镇里村里所有的慰问呀补助呀什么的，你排上他，他也同样坚决拒绝。

林定海脸上带着不安的表情说，要不再过些天吧，大依公这段日子心情一直不好。现在要吃晚饭了，你俩就去我家吃饭吧。

刘书雷一听，突然有了个好主意，就从窗前走过来说，林支书，不必客气，你的心意我们领了。

林定海的声音还是小小的但有些急切地说，家里吃什么，你们就吃什么，又没搞特别的。在村里吃饭，谁家不就是多摆上双筷子，饭都是早上就蒸好的，菜也是自己在山坡上种的，从海里淘的，不会坏规定的！看得出来，林定海是真心的。

刘书雷说，你家的饭我一定会去吃一次的。但今天，我想去大依公家吃饭，这总行吧？

林定海没想到刘书雷会这么说，抬起眼把不解的目光投向刘书雷，说，在村子里，你去谁家吃饭，他家都不能拒绝的，这是村子里多少年传下来的规矩。只是从来还没有人提出过要去大依公家吃饭。

刘书雷的心头总算亮起来了，他高兴地问，大依公能喝酒吗？

林定海说，这出海的人，谁不会喝酒！大依公过去喝酒那是海上出了名的！

刘书雷就对张正海说，正海，我们今晚去大依公家吃定了。我车上正好有酒。刘书雷想起来，那天退了省城的租房，收拾东西时，把四瓶酒放到了车后备厢里。那是他去省城报到时，母亲硬要他带上的四瓶"福茅"，说是好酒，放在家里没用，让刘书雷带到省城，请领导吃饭，感谢一下人家领导引进。母亲不知道，现在不兴这个，领导怎么会出来喝什么感谢酒呢。刘书雷就一直放着了，今天正好可以用上。

张正海此时反应过来，点点头说，我实在是服了你了，这招我怎么到村这么久就没想到？这就去？

刘书雷说，对，请林支书一起去，我去车上拿酒。

六

刘书雷把四瓶"福茅"全带上，路过村里的一个小卖店时，又买了几包五香花生米和牛肉干。付完钱后，又想到大依公那么大的年龄，可能吃不动花生米和牛肉干了，就看了看，小店铺东西不多,左看右挑的,只能买几袋包装好的鱼松和肉松。这鱼松肉松,老人家总吃得了。

来到大依公家门前,林定海用本地话喊了一声,一个中年女子走了出来,林定海与那女子小声说了几句话,那女子惊奇地向刘书雷看过来,边听边向刘书雷点了点头,算是打招呼了。

那女子与林定海说完后,就急急地进去了。

大依公家的石厝是大石厝,有三层,前有庭,后有院。前庭靠左墙角处堆着米筛、大小陶罐等一些杂物;右边有个卧式楔子榨油机,看得出多年未用了,有些历史。

进了大堂,中间摆着个老旧的八仙桌,大堂一边有个神龛,供着一个黑脸妈祖像;另一边挂着一张松鹤图,这图一看就是从街上买的那种,纸质都有些泛黄了。

那个中年女子端着盆水出来,把八仙桌和椅子擦拭了一遍,转身又进去了。

刘书雷把酒放在一边,把花生米和牛肉干放到八仙桌上。林定海直接往楼上去了。

很快,那个中年女子从里面端出了碗筷和酒杯,在桌上摆开,又从厨房里端了几小碟冷菜出来,有凉拌海蜇头、小黄鱼干、小腌螺等。

几声干咳后,是比较缓慢的脚步声,一个姑娘搀着一个老人从楼上下来,后面跟着林定海。

那老人一头白发,剃得很短,粗粗地竖立着;一张四方脸棱角有点收缩了,脸色黑黑的;腰板还挺直,只是走动时步伐明显僵硬,步幅迈得很小,看来腿脚的关节有问题,这是长年在海上落下的毛病。老人的眼睛非常精亮，一看那双眼，就知道这老人的思路还清晰着呢！

这肯定就是大依公了！刘书雷赶忙起身，走上前去，握住老人的手说，大依公，今天打扰您了！

大依公的手掌有点冰冷，可能是年老血气不足所致。

大依公动了动嘴角说，听说你是省里来的，还是个大学府里的博士？果然不一样，为了能见到我，拿村里的规矩把我套住了，主动要到我家吃饭，就你这一招，我就想你这博士不简单！

刘书雷发自内心地高兴，笑着说，我只是多读了几年书而已，哪敢在大依公面前耍什么。只是一来村里就听说了大依公的大名头，所以到了就觉得必须来拜见大依公。大依公能见我，那是我的荣幸！

大依公声音有点大了，说，好，我这辈子就没见过博士，听说你这博士要来我家吃饭，我想看看博士是什么样。看来，你还真像我想的那样！

大依公耳聪目明，刘书雷心头暗喜，这下好交流了。刘书雷说，大依公客气了，您老在村里可是德高望重，我小辈一个，只有恭敬您的份儿！刘书雷指了指张正海说，张支书也是个硕士。

张正海连忙上前，躬身说，大依公好！

大依公说，你是下派我们这里的第一支书，我知道。硕士，算举人吧？我家里有，这是我最高兴的事。过去海边小渔村，能认字的都不多，哪里还敢指望出个举人。大依公指了指身边的姑娘，说，这是我孙女，海妹，她是在读硕士。

刘书雷认真地打量了一下海妹——一身的牛仔衣裤，内着一件圆领衫，头上扎着个马尾巴。可能是长在海边，从小吃海产品的缘故，她的身材十分窈窕。最奇的是她肤色细白，一点也不像被海风吹过。海妹有点冷脸，朝刘书雷完全是礼节性地点了下头。刘书雷不知所以，只觉得这女生对自己有点怪，心想是不是嫌自己劳烦了大依公，也就没在意了。

大依公坐下后，刘书雷拿起酒瓶，拧开瓶盖，斟上酒，举起酒杯，说，大依公，我和正海敬您一杯，祝您健康！

刘书雷和张正海一饮而尽。

大依公端起酒杯，用鼻子嗅了嗅，先抿了一口，在嘴里吧唧了几下，然后一口喝下去，说，好酒！没想到你这博士喝酒豪气啊！

刘书雷说，这是我老家那边产的酒，也是我们省最好的白酒。边说边给大依公又满上了一杯，自己也斟满一杯，端起来说，大依公，再敬您一杯，祝您长寿！一口气把酒喝了。

大依公端起杯子，也一口喝干，说，你小子喝酒，还真像我们海面上的人！

刘书雷并不会喝酒，一直做学生，哪里有锻炼喝酒的机会。但是，今天他已抱定醉就醉了的决心，就又斟上第三杯酒，说，大依公，第三杯酒，祝您快乐！喝下第三杯酒时，刘书雷感到酒劲直往头上冲，心脏跳得很快，脸颊开始发烫，人有点飘了。他看了张正海一眼，张正海看来很能喝，坐在一边，毫无酒精反应。刘书雷倒了第四杯酒，说，正海，我们敬下林支书！

林定海不安地赶紧端起杯子，说，不敢，我敬，我敬你们！

四杯酒下肚，刘书雷感到全身发热，有些不胜酒力了。好在热汤热菜上桌了,他也不客气,赶忙给自己盛了一碗干贝紫菜汤,把汤全灌进肚子里。

大依公这时对海妹说,妹丫,你把他们的杯满上,我要敬他们三杯。

海妹不情愿地说,依公,你身体不好,不能这么喝!

张正海见状就拿起酒瓶说,我来斟酒,我来。

刘书雷有些吃力地说,大依公,保重身体,您就一杯,我和正海三杯!这样海妹也就不担心了。先干为敬!

海边的人粗犷,喝酒的酒杯是大酒杯,一杯可是有一两。

刘书雷再把三杯酒灌进肚里,脸色已经通红,如火烤了似的。"福茅"是五十六度的酱香型白酒,刘书雷喝完站不住了,一屁股坐下。

大依公的情绪被酒点燃,说,我好久没这么喝了,你们两个小子这么爽快,我也来三杯!

海妹在一旁想拦住,说,依公,你别喝了,我替你!

大依公说,妹丫,干吗?我今天高兴,想喝了!

刘书雷开始头晕了,不会喝,又喝得这么急,怎么受得了。

大依公将这三杯酒喝下去后,也显醉意了。在喝第六杯时,端酒的手都有点颤抖。但大依公依然豪情十足地说,你这个博士可能不知道,当年我在你这年龄时,这海上还没人能喝过我,我是用瓶喝,一大口就是半瓶!

刘书雷想说些什么,但被酒噎住了,说不出来。

海妹拦不住大依公喝酒,就有点把气撒到刘书雷身上的意思,拿起一瓶酒,哗哗地倒进两个碗里,一手端着一碗,走到刘书雷面前,说,来,我敬你这个大博士,我陪你喝!

不等刘书雷接过碗,海妹咕噜地把自己的一碗喝干,然后把剩下的一碗往刘书雷面前一推,说,轮到你了!

张正海看出刘书雷真不行了,站起身来,说,我来!

海妹秀眉一竖,说,这碗跟张支书你无关!我等下敬你!

刘书雷一听,端起碗,硬生生地把酒喝了下去。喝完,直接瘫坐在椅子上,喘了口气,努力压着肚子里往上蹿的酒劲。

海妹见刘书雷真的瘫倒了,表情又变得柔和起来,但还是有些生硬地说,刘老师,你贵人多忘事,我们可见过面呢!

刘书雷惊得想站起来,但又站不起来,就含糊地叽咕道,有吗?什么时候?

两年前,在闽省师范大学文学院,你应邀来给我们文学院开讲座,你的讲座题目是《人的文学与文学的人》。提问的环节,我举了手,你点到了我,我起身问了你一个问题,捷克作家米兰·昆德拉说过,“每一个人都遗憾他不能过其他的生活。你也会想过一过你所未实现的可能性,你所有可能的生活”,应该如何理解?是不是可以说,作家在文学作品里表达的体验,就是让人看到自己不能过的生活,从而在文学的体验里实现了未实现的可能性?由此,是不是可以说,文学应该是真实和严肃的,否则会误导读者对未实现的可能性的正确认识?

刘书雷想起来了,这个女生问的问题是他没想到的。他真没读过昆德拉的这一作品,如果单从字面来解释这句话,他也不想在那个场合谈这个问题。再说,这个女生的问题不是一两句话就能回答清楚的,她在阅读和理解过程中已经有了很深的思考。刘书雷就说,你问得真好,我也就比你大几岁,对这句话的认识,目前可能同你站在一样未实现的可能性上,等我有了答案,有机会我们再进行交流探讨。只是我想知道,我有这个可能性吗?

这是个有点耍赖的回答,下面的学生居然哄堂大笑,鼓起掌来。这是刘书雷在多个省级大学和大学生交流时,唯一没有直面回答的问题,所以刘书雷记得很牢。回到北京后,他专门找来一堆昆德拉的书,细细读了。他当时就觉得,有点对不起那位女生,也希望有机会再见到时,真诚地向她道歉。

那天对不起,请你原谅!刘书雷真心地抱歉道,同时有点明白了,难怪今天海妹对自己的语气有些不对劲。

我不需要你道歉,你那时可能也只能那么说。海妹的脸颊被酒染出些许红晕,她借着酒劲说,听说你这次是代表省里来村里了解意见,并且是最后一次来征求村里人的意见。我希望你能对得起我这家乡全村子的人!这次来,你可不是来开讲座的,不要再用那种方式回答我们了!海妹的这番话,刘书雷虽醉却听进去了,迷糊之中感到海妹似乎话中有话。

大依公又开口说,妹丫,你原先认识这个博士?那很好!博士不就是古代的状元吗?刘博士,我们这里明代有个书生,他连秀才都不是,却敢为百姓冒九死一生的危险,给朝廷上了一个奏折,叫什么来着?

《奏蠲虚税疏》。海妹在一边说。

大依公说,对,这个挺难读的,我一直记不住。他这一个奏本,让他坐了十九年的牢,但最后终于让朝廷解除了三省沿海移民的虚税之苦。你这次来，既然想着法子来见我，那我也说个要求，你能不能帮帮村里想想办法？一直这么下去，对村子也不利呀！村子也会被拖累的！

刘书雷虽然醉意迷蒙，但心头还是清醒的，就说，大依公，看来您心里仍然惦记着村子！您放心，如今中央和省委一再强调，凡事都要实事求是，从实际出发，唯真务实来解决问题。我向您保证，只要是村里村民的真实民意，我都会认真对待的！

真的吗？你讲话算数！大依公颤抖抖地举起一杯酒，说，冲你这句话，我喝了这杯酒，你可不能反悔！

刘书雷听到这句话，来不及回答，就彻底地醉了。

刘书雷醒来时是第二天上午，一看时间，已经快十点了。刘书雷活到三十岁，喝过的酒全部加起来，可能都没昨晚喝的那么多。

残酒还在肚子里翻腾着。刘书雷想吐，就起身跑出房间，到楼道最里边的卫生间里大呕起来。声音惊动了张正海，张正海从二楼办公室上来，看着刘书雷痛苦地呕着，不知所措地站在一旁。

喝白酒有个特点，喝多了吐掉反倒没事了。“福茅”算是好酒，喝多了不上头，不口渴。刘书雷吐时，翻江倒海的，胸腔里面难受得很，像被刀砍火炙盐腌了一般，但吐完了，立即就感到轻松了很多。

刘书雷看见张正海就问，我昨晚是怎么回来的？

张正海说，是定海支书叫了村里的四个人，像抬船一样把你抬回来的。

刘书雷说,好丢脸！会不会有不好的影响?

张正海见刘书雷没事了,就笑起来说,你的担心多余了！你是为了让大依公高兴,也是为了村里的工作才喝醉的,这真没什么。他们心里都明白,你根本不会喝酒,看得出你也不好酒,那样不控制地豁出去喝,谁都知道你不是为自己。你豁出去了,大依公见了你,你敢跟大依公喝醉了酒,村里人估计今天会把它当作新闻传开的。这是好事。从今天起,我估计村里人可能会非常尊重你,会另眼看待你。这村里的事就是这样。

真的?刘书雷说。

张正海说,不信,你等会儿去村里转转证实一下。

刘书雷呼了一口气,就去洗漱了一下,喝了点张正海端过来的泡好的茶水,人舒服多了,就对张正海说,我们去村里走走如何?

正准备出去,“咚咚”的脚步声从楼下传上来,海妹出现了。

海妹今天换装了,上身一件淡紫色紧身便衣,下身一条黑色便裤,脚穿一双白色运动球鞋,长发披肩,显得大方朴素又朝气柔情。

大博士,昨晚真对不起,让你喝醉了,现在好些了吗?海妹见了刘书雷就说,神情也不像昨天那么冷淡了。

是我自己要喝的,没事。刘书雷说,你看,我现在好好的！

海妹说,我依公念着你呢,一早就催我来看看你,怕你有什么闪失。我就说嘛,你就是喝醉了,会有什么闪失?一大早去,人家还没醒呢。他才不催了。刚刚前面看了日头,又来催我,说时间差不多了，醉了也该醒了，要我一定来看看，他才放心。人老了，你拿他没办法。

刘书雷的心里袭来一阵感动，多好的一个老者啊，就说，你一定替我谢谢你依公，告诉他，昨天他说的话，我会记住的。

海妹怪怪地看了刘书雷一眼，说，你真记得住？

刘书雷说，你不相信？他后来不是讲起了《奏蠲虚税疏》？

看来你是装醉！海妹有点高兴，脸上的表情又柔和起来。

刘书雷说，能不能给我讲讲那个《奏蠲虚税疏》？我还真不懂这个。

海妹的脸上亮了起来，说，可以呀！这是发生在明代的事。明朝洪武初年，倭寇经常侵犯东南沿海，闽、浙、粤三省的沿海受害最深。洪武二十年，朝廷下了个诏令，要三省沿海岛民迁徙内地。那时的岚岛还只是闽都下辖的一个镇，叫海坛镇。闽都一个姓李的指挥使奉命来到海坛处理此事。岛民得知后，纷纷要求免迁。他们虽然不断受到倭寇侵害，但是已经在海边生活惯了，不愿离岛去内陆生活。这个指挥使就趁机敲诈索贿，贪得无厌，由此激起了民愤。林杨出面，率领岛民将这个指挥使赶离了海岛。这个指挥使就怀恨在心，以“海坛远离内陆，距琉球仅一日航程”为由，奏请朝廷徙民。于是，朝廷再次下诏，勒令三天之内全岛内迁，并规定原有的田赋各税仍然照旧额征收，生者代死者之纳，存者代亡者之偿。岛民无奈内迁，但是所有的内迁户都不堪这种不合理的“虚税”重负，为此卖儿卖女、投水自杀者很多。林杨见此愤慨无比，挥笔写下了《奏蠲虚税疏》，千里迢迢上京告状，却被以抗税大罪投入牢狱，坐牢十八年，等出狱之后，母逝弟亡。到了宣德元年，鉴于实情，朝廷终于复勘准奏，下诏豁免三省移民的赋税，全岛内迁户无不称颂林杨的这种为民请命的义胆侠肠。出狱后的林杨深受岛民尊敬，有人请他去做官，但他断然拒绝，没几年就在岛上病逝了。后人为了感恩他的“一言泽三省”，就在这岛上的村子里为他建祠立碑，林杨名垂青史。海妹说完，一双秀眼盯着刘书雷，观察着刘书雷的反应。

刘书雷一边听着，一边顺着打开的窗望向窗外的大海，细思了一下，说，原来大依公是话中有话，我明白了！

海妹收回了目光，说，你真明白了？真明白就好！大博士，你昨天喝酒的样子，与那次站在讲台上侃侃而谈的评论家形象好像不一样了，几年不见，你有变化了。我不替你做传声筒，要谢我依公，你自己同他说去。依公要我传话给你和张支书，说你们昨天根本没吃东西，不算是在我们家吃过饭。昨晚的菜都剩着呢，不能浪费，叫你们去我家吃午饭，只吃饭，不喝酒。你要是不同意，也自己去同他说吧！

刘书雷看了张正海一眼，想征求一下张正海的意见，张正海却当没看见似的，一脸若无其事。刘书雷只好自己决定，说，那好，恭敬不如从命，中午我们就再去打扰！

海妹听后，眉头上透出了一点欢喜，转身就准备走。刘书雷想起了昨晚海妹说起的那次提问的事，就叫住海妹，说，你昨晚提起那次提问的事，就是关于昆德拉的那句话，当时我真没认真读过昆德拉，但我那时比较虚荣，不想显出自己阅读的局限，就那么回答了你，真对不起。说来好像天意，欠了你这个回答，没想到又碰上了你，还好我后来恶补了一下昆德拉，你现在想让我还你一个回答吗?

海妹连忙摇了摇头,深叹了口气,又显得忧心忡忡,说,不必了,现在哪还有心思去理昆德拉,没有比村子搬迁更大更重要的事了。我今天没心思谈,反正这个回答你欠我两年多了,让你再欠着,以后有机会再说吧!

刘书雷愣了一下,许久才说,你就这么耿耿于怀?也好,你现在在哪所大学读硕士?

海妹说,我还在母校师大,不过改读新闻传播专业了。

刘书雷说,我去年从北京回省城工作了。这次是被单位选派来援岚。

难怪我还想,怎么会是你来蓝港。开头我还以为是与你同名同姓的人,就没在意。海妹说,昨天见到你,才知道真的是你。不敢相信,你怎么会来!

你不是也来了?刘书雷说,我也没想到会在这里见到你。听你刚才的话,你现在非常关心村里搬迁的事,而且把这事当作你当下最重要的事。

刘书雷想从中捕捉点什么。海妹却淡淡地说,我这次回来,是我妈打电话给我,说依公身体不好,依公想我回来。我从小在我依公跟前长大,他最疼我,现在从省城回岛又这么方便,我没理由不回来呀,只好停下手边正在做的硕士毕业论文,赶回来了。回村后我才知道,是村子要整个搬迁的事让依公心里有点崩溃了。我妈说怕依公受不住,只有我回来陪他才行。海妹的眼里闪过深深的忧郁,继续说,我也想过了,真不明白,好好的一个村为什么要村民们搬迁?搞大建设,反正都是建,为什么不能我们自己建？我们难道不想或不能把村子建设好吗？

刘书雷一时无语。

海妹说完，又看了刘书雷一眼，说，中午见吧！转身就走了，那个窈窕的背影显得幽幽长长的。

张正海见刘书雷有点发呆，就说，你真行，大依公让海妹来请你去吃午饭，这可是蓝港村历史上的第二次！

刘书雷这才回过神来，说，什么？你说第二次？那第一次大依公请的谁？

张正海说，我也是下村后才听说的。第一次请的是一个台湾老板，姓胡的，据说是我们闽省东山那边人，他父亲曾是东山那边过去的海军老兵。二十世纪八十年代初期，这个胡老板在一艘台轮上做大副。一次海上遇到台风，轮船进岚岛避风，正好开进蓝港村这边停泊。胡老板突然得了个什么急病，岚岛那时的医疗条件太差，必须立即送到大医院治疗才行。但那时因为台风，出岛轮渡都停开了。台轮上的人急死了，就找到村里的人，愿意出大价钱找村里人驾船过海。那种天气条件下没人敢接。他们听说了大依公的名头，就去找大依公。大依公看了看病人的情况，发现如果再不送去救治，病人真的必死无疑，决定自己出船冒险一试，一分钱都不收。大依公带着村里的一个年轻人，把病人抬上船，就这么出发了。那天风高浪急，十分危险，好在出海不久，就被驻岚的海军及时发现，海军以为是岛上渔民遇险，就出动舰艇救援。大依公那时是海上民兵营长，正好与海军军舰上那天值班的领导认识，就向舰长说明了情况。重病危急，又是台胞，舰上的领导紧急请示上面，获准立即接人上舰，把病人安全送到了对岸。那边派救护车和医生等着，接上人就往大医院送去了。这个胡老板获得及时救治，死里逃生，对大依公和村里人感激不已。后来，胡老板在那边做生意，越做越大。前些年岚岛台商投资区开建，胡老板第一时间就来投资，并且专门来到蓝港村找大依公，再次提出要报答当年的救命之恩，说要给大依公在城里买套房子，搬到城里去住。但是大依公坚决拒绝，还在家里请了那个胡老板吃饭，把村里当年的几个人全都叫上了。这个胡老板对大依公敬重无比，现在每年都会来看望大依公一次。除此之外，大依公从未主动请人到家里吃过饭。只有村里人请他去的份儿，他去还是给人家面子。

大依公在村里有这么高的威望，看来靠的还是为人处事。刘书雷听了感慨道，并从内心里对大依公更加肃然起敬。

那是自然的，这岛上的渔民都是很朴素的。在茫茫海上，仅靠一个人是不行的，所以他们的团结协作精神很强。做人做事清楚，就容易受人敬重。不过，看来大依公对你的印象很好。张正海说道，还有那个海妹，对你也不错。海妹回村有段时间了，对上面下来的人都不太理睬，在村里遇到我也就点点头。

你这话怎么说？刘书雷问，你说海妹在村里已经待了一段时间了？

张正海说，是的。这段日子，海妹都在村里。你看她今天来，明明希望你去她家吃饭，却口口声声说不替你做传声筒，你如果不去，要你自己去她家和大依公说。在这村里，谁能被大依公叫去家里坐坐，那已经是很有面子的事了，谁会拒绝大依公请吃饭呢？再说，你都去她家了，还跟大依公说你不吃？这显然是告诉你必须去,她也欢迎你去。

海妹的父亲呢?刘书雷问,怎么没见到?

大依公年轻时,妻子得了病,但刚好遇到大依公出海了。这一出海,就得有些天。因为那时离岛不方便,送治不及时,等大依公回来时,人已经走了。大依公实在觉得愧对,从此就再也不娶,所以只有一个儿子,就是海妹的父亲。海妹的父亲也是出海的一把好手,定海支书当年搞远洋贸易时,就把他请去做远洋的船长。在那次遭遇海盗时,海妹的父亲遇难了。张正海感叹地说,大依公其实也是挺不幸的,年轻时丧偶,老年时丧子。

真是个坚强的老人!刘书雷说,不过,我昨天见到海妹的母亲,她好像不是本地人?

张正海说,她是外省人,是海妹的父亲一次出海之后,从外省带回来的。那是个安静、贤惠的女人,整个家后来都是靠她撑起来的。不过,她是外面来的人,从来不参与村里的事。

刘书雷"哦"了一声,转开话题说,现在还有点时间,我们去走走?

行呀!张正海应道。

因为是大半个上午了,村民们大多都在户外活动或闲聊,沿路碰上不少村里人。果然,正如张正海所说,一些村民主动地向刘书雷点头打招呼,一脸尊重的表情。张正海笑着说,我没骗你吧,这村里人还没几个敢在大依公面前喝醉酒,你可能是岚岛升格为实验区后的第一个。村里人还是认大依公的!

张正海这次似乎有意带刘书雷去看村子的另一面,山坡边、山坡上，生活垃圾到处乱倒乱堆，一些死角里污水烂泥恶臭熏人，一些空户的石厝久不住人了，长满野草，院墙破败，偏一些的村道小径还都是泥土路，有的路段积满臭水泥泞。

可能因多喝了茶水，刘书雷突然感到内急，就问，这村子里哪里有卫生间可以方便？

张正海说，这边暂时还没有建公共厕所，要去私人家中。

怎么，村里没建公共厕所？刘书雷感到十分意外。

张正海说，村里家家户户都有用石头砌成的私厕，你看那些在石厝后建的有点像山区农村猪圈鸡舍的小石厝，都是私厕。村子里原来的人也少，有来的也是走亲访友的，所以村里没有建设这些公共设施。现在外来的游人不少，我下派后曾想在几个居住比较集中的村小组，每个地方建一座公厕。但村财政没钱，村子也要搬迁了，村民表决时大多数人不同意。我反复做了工作，最后才同意在海边建几座小公厕，主要供游人使用，钱还是我到处争取来的。但建成后，因为没有进行日常化管理，也就很脏乱了。

刘书雷说，你快带我去哪家解决一下。

张正海说，只能到前面的石厝去了。

刘书雷在一家渔户的私厕方便。可能是为了省工省料省事，这个私厕上面没有屋顶，抬头见天；下面就是在地上挖个坑当池子，没有排污处理；墙高只到人的胸口处，十分简陋。

刘书雷走出来时，远远听到吉他声和手鼓声，一开始还以为是谁家电视里播的，但仔细一听，是有人在低声浅唱着，就问张正海，这村里还有歌手？

张正海说，怎么会呢？这些年村里连戏带电影都没看过。你听到的是台湾那边过来的一个女音乐制作人，她在我下派来之前就租下了海边大礁上的几幢空厝，自行改造了一下，做成了音乐创作室。

刘书雷说，你说村里好多年没放过电影、看过戏了？

张正海说，过去是因为进岛出岛不方便，逢村里有大事喜事才邀个民间小剧团来唱唱戏。现在进出方便了，却没人请戏班子来了，老人想看怕花钱，年轻人又都不在村里，回村也不看这个。

刘书雷说，我想去看看那个音乐工作室。

走过去刘书雷才发现，这是处好地方。石厝建在海边的一处大岩崖上，岩崖下面就是海，海水冲击着壁立的岩崖，发出令人震撼的声音。平时站在岩崖边，可以远眺茫茫大海，坐看海上日出日落。岩崖上有五六幢石厝相互挨着。石厝前面有一块大小如操场一样比较平整的岩面，上面用沙石铺着。

刘书雷和张正海循声进到一幢石厝里，这幢两层高的石厝，里面别有天地。进门的两侧墙面，全都用小个儿的形状不一的鹅卵石铺就。右边墙上挂着高低错落、大小不等的木盆，木盆向内倒扣，盆底朝外；左边墙上不规则地挂着几幅小框的油画，有的是风景，有的就是色块。外面看似平顶的屋顶，里面抬头看却呈人字形，用几根榆木做梁，再用钢结构加固，下吊着长短不一的多个吊灯，灯罩是用草编的。正对门的墙嵌着厚木板，木板从墙面伸出十多厘米，上下错落，摆放着几瓶洋酒、红酒和一些小摆件，左右有两个射灯打向墙面和酒瓶，让人一进门就感受到琳琅的光彩。房内放着几张长短桌，用白布巾落地罩着，把桌子包裹得很严实。

实在有特色！刘书雷感到这种装修风格极有创意。

一个年轻女子正坐在一个木墩上弹着吉他，双腿夹着一个立式手鼓，面前立着一个谱架。

女子见来人了，便停止了弹唱，用眼瞅了一下刘书雷，然后热情地对张正海说，张支书来了！

张正海上前介绍说，余小姐，这是我们省文联作家协会的副秘书长刘书雷，他听到你弹唱，就过来参观一下。

女子看来已经很熟悉大陆的情况，一听是省文联的，就把刘书雷当成了同行。她放下吉他，站起来说，刘副秘书长，我来自台南，叫余望雨。

刘书雷说，台湾的作家、艺术家与我们省文联来往很多，我们每年都合作联办海峡诗会、海峡合唱节、海峡舞蹈嘉年华、海峡曲艺欢乐会、海峡两岸主持人大赛，还合办过闽南语歌手大赛。这些活动都是刘书雷在省文联工作报告上看到的，没想到现在用上了。

余望雨放下手中的吉他，迎上来与刘书雷握了握手说，是，我就参加过闽南语歌手大赛，那是好些年前在漳州举办的。欢迎您来指导，能在这里遇到同行，非常高兴！

刘书雷说，我听说你把这里的几幢房子全租下来了，一个人来这里住了一年多？

余望雨说，真不好意思，这与我的个人情况有关。我自小就经常会在梦里梦见一个海边，海边有石头房子，海涛会发出一种很独特的声音。这个梦一直到我长大了还经常出现。这些年，这个梦一醒后，就再也无法入眠，没完没了地失眠。我很苦恼，也去看过医生。医生查了半天，说我没有身体原因，可能就是神经衰弱。我阿爸就让我到处旅游看看，说会不会是体内磁场出了问题。几年来我游历了世界上很多地方，都没有找到那个梦中之地。后来我有一个朋友来这里旅游，给我发来了一组微信照片，我看到这些照片，一下子就被吸引了，不仅是照片里的景美，主要是其中有个地方让我觉得好像非常熟悉似的，特别是海边的那些石头房子。我激动地打电话问她，她告诉我这个地方叫蓝港村。真是太奇妙了，我的梦境里总出现一种深蓝色，十分干净的深蓝色调，与图片里的天空和海面几乎一模一样，我就急急地赶来了。到这儿一看，这里就是我梦中的那个地方，蓝天、岩崖、石房，还有那涛声，海水冲扑到岩壁上被摔碎的声音，跟我梦里的涛声一样。我感觉就像是在梦中来过，来后也感到如进梦境，实在吻合。我当天就找村里人租下这几幢石房，住下来了。住下之后，我不再有那个梦了，每天晚上都睡得很好，不再失眠了。这事连我自己都不敢相信。

刘书雷感到有点不可思议，就说，不是听你亲口说，我真不敢相信还有这事呢！

余望雨笑起来，说，我自己也感到神奇，还专门找过我们那边一个著名的命相大师求问。那位大师就说，我命根缺土，望雨泪飞，但祖上积德，自有轮回。然后又对我说，心为魂眼，梦为心求，梦之灵土，即为福地。让我自己去悟，既然有缘，即是注定。还说天机不可泄露。

刘书雷细细品味着那几句话，觉得那位命相师挺会说的，这还用算吗？但又不好明说。

余望雨好像知道刘书雷的心里所想，又说，不过，后来我遇到了一位心理学教授，向他请教了这件事，他说，可能是我小时候有过海边遇险的惊吓经历吧。我问了我阿妈，我阿妈说是有这回事，在我三岁时，一家人到海边度假，我差点被突然涨起的浪潮卷走，是我阿爸拼死把我给救回来的。我吓得失语了几星期。当时为了让我开口说话，一位医生建议我阿妈让我天天听歌。一直到有一天音乐响起，我突然开口唱了起来。从此，阿爸就让我学音乐了。

刘书雷也笑起来，说，这么说，余小姐到这里来是找到了福报？

余望雨说，也可以这么说。我们那边也有这么美的海边，我试着回去住过，但就是不像这里的海边让我有种特殊的感觉。所以这里还是很神奇的。刘副秘书长去过我们那边没有？

刘书雷曾在几年前参加过一个赴台的文学交流活动，就说，我去过一次，走过台北、台中，也到了阿里山。但真没到过你们那边的海边。听张支书说，你想在这里建个音乐工作室？刚才听你唱，在这海边，真是很有感觉。你找对了地方。能不能听你弹唱一曲？

那见笑了。余望雨很大方地抱起了吉他。

清风吹落秋天的枫
思念压心头

想问问清风有没有
带来远方的梦
我想偷偷地藏在
你背后跟你一起走
跟你一起走过山头
走到天的一头
有风有雨有感受
你在我前头
想问问自己有没有
学会些什么
当我回头看看
走过的路
一路你陪我
也许过程一路滑落
让风带我走

让风带我走！刘书雷很受感染，写得好，唱得也好！

余望雨说，你客气了，这是我刚写的一首歌——《让风带我走》。住在这里一年多了，我写了几十首呢。

那你能否再弹一首让我们饱饱耳福？刘书雷说。

好！只要你们想听。余望雨又弹唱起来。

放了手就不要回头
飞往天空

就不要留恋地上的生活
我们的路
是大地变化的气候
好像空中的候鸟
风中旅行
趁着风
飞向遥远的目的地
好像生命的注定
要遇见春天的来临
不要怕风中的孤独
我们的路
是大地变化的气候①

这次，余望雨一边弹着，时而用手敲着手鼓，唱得更投入。

刘书雷不由得鼓起了掌。

余望雨连声说，谢谢。放下吉他，她就向在一旁的张正海问，张支书，你好久没来了，今天来，我正好问个事，我前一阵子听村民说，这个村子很快就要整个搬迁了，是不是真的？我不能在这里住了吗？

张正海不知道怎么回答，就看向刘书雷。

余望雨的神色一下子黯然了，说，真的遗憾，我找了很久，才找到这个地方的。我还给我台湾的一些好朋友发出邀请，请

---

① 以上两首歌词，系引用在岚台湾女音乐人王子珠所创歌词。

她们暑期过来度假。她们说也想学我，在这里住下，都约好了。我们学班得瑞，把这里当作阿尔卑斯山。班得瑞从森林、湖泊、阳光、鸟鸣、落叶里获得音符，我们想从大海、沙滩、石厝、渔船中寻找旋律呢！

刘书雷问，余小姐真有这打算？

余望雨说，是的，你没看我租下了这里的六幢房子，我跟房东签了五年的协议，我正计划把另外两幢大石厝改建成一个乡村咖啡馆、一个海边音乐酒吧。如果可能的话，我想再租下一些空的石头房子，把它们整体联结起来，改造成海边音乐旅舍。我和我阿爸都说好了，不够的钱，他借给我。我过一段还准备请一个做设计师的朋友过来帮我设计一下。这么说，我真没机会了！

余望雨说到这儿，非常地失落，眼睛里一片迷茫。

刘书雷说，你刚才不是说了，梦之灵土，即为福地。你也别难过，如果你是想来这里创业，我想办法一定会有的！

真的吗？余望雨的眼睛明亮了许多。那我到时就找你帮忙，你说话要算数！余望雨的心情明显地好了起来。

刘书雷看了一眼张正海说，你到时还是找张支书吧。

张正海惊讶地望着刘书雷，本想推辞，可能觉得当着余望雨的面不合适，就说，到时再商量吧。

告别时，余望雨把刘书雷和张正海送到门外，说，欢迎刘副秘书长有空常来小坐。张支书，你也要经常来。

才走了几步，张正海就迫不及待地问，你刚才对余望雨那么说，这真搬迁了，我怎么答复她呢？

刘书雷说，我觉得她的想法很好。搬迁工作当初没有征求她的意见吗？

张正海说，我们的征求范围是本村在册人员或有固定资产在本村的人员。

刘书雷说，她也可以算上，她在村里算有投资吧，至少，她的意见也是我们可以参考的。

七

刘书雷和张正海到大依公家时已是中午了。大依公把林定海也叫来了。大依公坐在八仙桌的主位上，林定海坐在对面座位上，刘书雷和张正海在大依公左右两边的座位上坐下。

八仙桌上已经摆好了菜，有凉拌紫菜、醋腌虾米、清煮杂鱼、海蛎煎、红烧带鱼、插蒸海蛏、葱炒花蛤、淡菜汤等。看上去都是海边的家常便饭，但如此组合显然是经过了精心准备的。

见刘书雷和张正海坐好了，海妹在一旁给每个人端上一碗米饭。刘书雷上午把肚子里的东西吐干净了，又在村里走了一圈，肚子正饿着，也就不客气地吃了起来。

刘书雷吃了两碗米饭才感觉饱了，就说，今天吃得真饱！

大依公一直坐着看着刘书雷吃，见刘书雷放下筷子，这才说，看你这吃相不客气，把我们当自家人，不错不错！

刘书雷说，大依公，蒙您如此厚爱，我真感到像在自己家一样，怎么会客气！

大依公说，我看你吃了两海碗，应该饱了，现在我们说事。

你昨晚来找我喝酒，我看得出你小子根本不会喝，你那么拼命地喝不就是想讨好我！你是博士，能把我们当自己人，也不容易。今天我让你来吃饭，就是给你一个机会，你想和我说什么？

大依公真是洞若观火，心里有数得很。

刘书雷说，既然您这么说，那我就直说了。听说您至今都没有对村子搬迁发表过什么意见。在村子里，您可是一言九鼎的人物，所以我这次来很想听听您是怎么想的。

大依公的脸上显出了黯然的神情，好像精气神被瞬间抽走了似的，语调一下子放低了下来。定海和我说了，你是为搬迁的事来的。先前两个工作组都找过我，算起来你这是第三次。刘备三顾茅庐请诸葛亮，诸葛亮第三次也就见了。我又不是诸葛亮，但也懂得事不过三。听说你是省里来的，我想这事已经拖了很久了，不可能再一直拖下去了，你可能是最后一次来村里摸清情况的，按说上面真的是很重视和认真对待我们了，也算仁至义尽了。昨天晚上你这个博士也让我感到很实在，没对我们拿腔拿调的，看得出你是真心对待我们的。我想，你们想听我的意见，再不说，那就是我倚老卖老，真说不过去了，也可能没有机会了，那我就对你实说吧。我是个老党员，都快六十年的党龄了，党和政府定下的事，我怎么不懂，我怎么敢不听！这辈子我都是没二话听党的、听政府的。但现在我是这个村最年长的人了，大家都还认我。搬村这事太大了，对我们来说那真是天大的事，我也不能不听村里人的意见。村里人托定海来找我，让我拿主意，让我说句话，但这与政府决定相违背的事和话，我怎么能说,怎么能做?我可是村里最老的党员呀!但我又不能不为村里人着想。所以,真不是我摆谱,我一直想不明白,怎么会弄成这样。如果我这次听党的、听政府的,就对不住村里人;如果听村里人的,又对不起党和政府。难受呀!你是省里来的,是博士,想来也是党员,是你该怎么办?怎么说呀!大依公说到这里,老眼里突然滚出了两行泪水,像一个受了委屈的孩子。

依公,你别……海妹心急心疼,从口袋里掏出纸巾,上前抱住大依公的头,轻轻地擦去他的泪水。

刘书雷注意到,一旁的林定海的心事似乎也被触动,那张一直毫无表情的脸终于也被感染了,现出许多委屈和酸楚,眼里也湿润了。看来大依公说的,也是他的为难之处和难言之隐。

刘书雷的心被两位老者深深地打动了,为了村子搬迁,这两位老党员心里纠结的苦,真是只有他们自己才知道。特别是大依公,真是明事理,想得深!

大依公,按说不该有这么对立的事。村子搬迁,是为了让岚岛加快发展,岚岛发展了村民就能过上更好的日子。这里面是不是有什么误会?刘书雷不知道该如何安慰两位老人。

我想也是。我这一把岁数了,经历也多,现在政策多好,政府做事件件都是围绕发展,都是为老百姓好,我心里明白。大依公说到这儿,又露出不解的神色,说,但是这次搬村的事,我确实想不明白,我们祖祖辈辈都住在这里,又不是不能住了,活不下去了,一定非搬不可。要建设得更好,我们真感激不尽呢,干吗不让村里人继续住下去?

大依公这么朴素地一问,刘书雷还真答不上来了,不由得看了张正海一眼。张正海避开了刘书雷的目光,什么也没说。

我也不为难你!大依公接着说,你和张支书到我们村,都是被派来的,你们也定不了这么大的事。但你们现在都知道村里人的心思了,你们能帮着反映最好;实在帮不了,我们也知道你们还是比较认真办事的,我们也不让你们难受。你们都是有文化的,我只想告诉你们,这地上是有魂的,我们的人最后都要离开,但魂会丢在这里,你说搬走了我们怎么会过得自在,过得好?我是真走不了,走了死了,魂也还是会被招回来的!所以,我这次就一直不发话,至少我不能公开说些与政府不一致的话吧,否则我这快六十年的党龄,不就丢到海里喂鱼去了!

刘书雷的心里相当震动,这个大依公真是值得尊重。屋里一下子十分静寂起来,刘书雷此时真希望张正海说几句,打破这个静寂。但张正海仍然坐在一旁,眼睛看着地面,不知道在想些什么。刘书雷想了想只好说,大依公,我一定会记住您今天说的这些话。您现在最重要的事是养好身子,等着到时候看岚岛的美好。

大依公这才回过神来,眼睛里有一丝闪亮,说,我记住了你这个博士今天说的话,我一定会等着看!说完就望着屋子外面远处的海。远处的海一片蔚蓝,刘书雷目光所及之处,海天真的连在了一起。

刘书雷觉得应该让大依公休息了,就起身告辞。大依公把刘书雷送到院门口。刘书雷很真诚地说,大依公,以后有什么事,您尽管吩咐我和正海。

大依公摇着头说，我没事，不是因为搬迁的事涉及全村子的人，我昨天和今天就不会给你们说那些话。如果里面有不该说的，你就当我是老糊涂了，包括让你学什么古代的林杨，我的意思不是说今不如昔，你别在意！我知道，你虽然是个博士，但这次是代表组织来的，今非昔比呀，你不是来做谏官的，而是来做事的，不能让你这么为难。我是个老党员，不该这么说。说错了，请你原谅！

刘书雷心里挺不是滋味的，但也不想把气氛搞得那么难受，便故作轻松地说，大依公，您没说错什么。我问了海妹关于林杨的事，我感到我这个博士真不如他，至少在情怀和气节上他代表了如海一样的中国古代文人敢为民先的精神，而我可能还只是个刚走到海边的流浪汉，我现在还只是望海兴叹呢！

可能说得太文气了，大依公并没有听懂。倒是在一旁搀着大依公的海妹很认真地问，大博士，你说的可是真的？

刘书雷说，我是有感而发。在大依公面前，我还没有勇气讲假话。

大依公此时插进话来，对海妹说，妹丫，别没大没小的，你替我送刘博士和张支书回村部去。

海妹好像挺愿意的，说，好的！刘书雷忙制止道，大依公，能吃到您这顿饭，我已经很感谢了。村部很近，我和正海一起走回村部就行，不必劳烦海妹了。

大依公不再坚持了，海妹却似乎有点失落地说，那我就不送了。

刘书雷说，海妹，你自小在这海边长大，又有这么好的一个依公,我们能不能互相加个微信?以后有事还要向你请教。

海妹一下子就把手机送到刘书雷面前,说,请教也是我向你请教,你扫我下吧,方便联系。刘书雷扫了一下海妹的二维码,看了看手机,海妹的微信名叫“海中蓝鱼”。

你的微信名叫“山中一子”?魏晋的风范!海妹说道。

刘书雷接过来说,你叫“海中蓝鱼”,有着童话般的情怀与浪漫!不过,这海中真的有蓝鱼吗?

海妹说,住在海边的人都知道,海里有比陆地上更多的神奇的东西,太丰富和神秘了!可以肯定地告诉你,在我小时候,依公有一次真的从海里捕回来一条挺大的蓝鱼。

刘书雷看着手机又说,正好我顺便问一下,你知不知道村里有一个微信名叫“海上蓝影”的人?

“海上蓝影”?海妹一下子有点紧张,我……我不太清楚,你这大博士问这干吗?

你们在说什么?蓝影号?大依公的脸色立即有了一些变化,站在一边的林定海全身也颤抖起来。

你们快走吧,我依公今天太累了,让他去休息一下。海妹有点发慌地插话进来,下了逐客令。

刘书雷就同张正海告别了大依公。才走了几步路,刘书雷回头看了看,大依公他们已回屋,就问张正海,你有没有感觉到什么?

张正海若有所思地点点头,你提到了“海上蓝影”,海妹的表情不太自然了,大依公的那一问也有些费解,蓝影号?像艘船的名字。最奇怪的是定海支书,他的反应最强烈。

你觉得海妹会不会就是“海上蓝影”？刘书雷问。目前来看，她是不是我们知道的人中最符合条件的？

张正海赞同地说，还真是的！这村子里最有可能上过大海礁，或者说最有可能熟悉大海礁的，应该是大依公。见过那个摩尼光佛像而又一直没对外说的，最有可能的也是大依公。因为他是党员，他的嘴也很严，他不会向村里说起那个佛像的事，怕那是迷信。而能够给知名考古教授发邮件，能够想出这个办法的，还真只有海妹，她是这个村子里开天辟地以来第一个硕士，又是学新闻传播专业的。大依公可能给海妹讲起过大海礁，讲起过他在海礁上见到的佛像，而海妹一直记着，现在把这个发现用上了，变成了一个微信名。我怎么没想到这些？

你这个推论目前和我的推论一样，只是又有点不对，你看刚才大依公和定海支书的样子，如果“海上蓝影”是海妹，他们的反应怎么像知情又像不知情，这是为什么？刘书雷紧锁着眉头说。

张正海赞同道，也是，好像又不是那么回事。尤其是定海支书，我从来没见过有什么事会让他有那么明显的反应。

刘书雷说，反正我们是发现了点线索，海妹是重点，有机会再找她好好聊聊。我的直觉是，她至少应该知道“海上蓝影”。

村里知道“海上蓝影”这个微信名的人很多，许多人都收到或看到过“海上蓝影”发的帖，海妹肯定也知道“海上蓝影”。张正海说。

那你怎么没找海妹问问？刘书雷问。

这，我倒是真的忽略了她。我查找“海上蓝影”的那段时间，海妹还没回到村里，她回村后，我又忙其他的，工作重点没放在查找“海上蓝影”上。张正海这么解释道。

又走了一段路，刘书雷不想回村部了，就对张正海说，我们去海边走走吧。

午时的海水在阳光的直射下显出一种透明的蔚蓝。不远处的石帆更像一艘正在乘风破浪的船。

踏着细软的沙子，刘书雷开口了，正海，你能不能同我说说，这蓝港村的整体搬迁是怎么决定的，为什么？

张正海说，前期的情况我也不太清楚。但一切还是要从兰波国际说起。据我了解，兰波国际是最早关注和进入岚岛的国际大公司。在二十世纪九十年代初期，岚岛行政还隶属于省会榕城管辖，是一个县级建制。当年，在榕城任市委书记的是我们现在的总书记。岚岛那时因为特殊原因，又是海中孤岛，建设投入少，一直处在贫困状态。总书记在榕城市委书记任上的时间里，始终把岚岛的建设发展和岛上群众的生活疾苦放在心上，在当年交通那么不便利的情况下，先后上岛十多次，开展深入的调研，慰问岛民。为了让岚岛能纳入省城的改革开放与现代化建设发展的总盘子里，当时就提出了建设“海上榕城”的设想。这个设想经历了时间的考验，事实证明了这是多么富有远见的战略构想，那是岚岛与时俱进的第一张发展蓝图。兰波国际当年应邀参加了“海上榕城”建设的研讨座谈会，一下就看中了岚岛丰富的旅游资源，并被会上提出的发展前景所吸引，有了初步的进岛意向。但是，那时进岛，交通问题一直是个大瓶颈，岛内的整个基础设施也十分落后，兰波国际与岚岛方面的合作仅停留在意向上。到了岚岛大建设再次被提上重要议事日程时，兰波国际也已成为知名企业。岚岛通过招商引资，再次邀请兰波国际前来考察商谈，此时的兰波国际乘兴而来，立即响应，态度十分积极和坚决。在岚岛确定投建跨海大桥时，兰波国际决定正式进入岚岛。因此，兰波国际在前期就与岚岛县政府商定了合作事宜。国务院批准岚岛成立综合实验区后，岚岛的开发建设被写入国家十二五发展规划，岚岛建设再次大提速，跨海大桥又建成了，兰波国际就先后多次来岛实地考察。这时，我已到岚岛综合实验区文化旅游委工作了，代表文旅委参与了考察和一些正式项目的洽谈。最初他们也没有大投入的考虑，还比较谨慎，最大的项目是在新城建设那块区域投建了岛上唯一一座五星级海景大酒店。那时，岚岛发展的重点方向是探索两岸共同规划、共同研发、共同经营、共同管理、共同受益的合作新模式，打造先行先试的新平台。当时，建设资金还相当有限，不可能拿来投建一个高级酒店，但如果没有高级的国际酒店，岚岛在投资环境的硬件建设上将存有缺憾。因此，兰波国际的这个项目是改善投资环境建设的刚需，本身又是引资项目，受到县里高度重视。直到总书记再次来岛视察，以更恢宏的视野和更高远的发展站位，进一步为岚岛指明了打造国际自贸港和国际旅游岛等一系列战略发展目标，国务院随后又正式批准了岚岛的《国际旅游岛建设方案》，兰波国际嗅觉非常灵敏，判断十分准确，迅速调整了他们的入岛策略，决定追加投资规模，扩大合作范围，与岚岛方面再谈新的合作项目，提出进一步深度合作的意向，除了保留原有的项目之外，一揽子地要把金滩、银滩、铜滩这些最重要的海边旅游开发全部拿下。岚岛的县级建制因各种原因还保留着，农村这块原来归县里管理，兰波国际早期的项目也是与县里商谈，所以兰波国际的项目一直留在县里，由县里与兰波国际商谈。兰波国际最终提出的方案是多领域多项目的大合作，县里已经吃不下，这时才由综合实验区管委会接手。不少大公司、大企业此时也被吸引前来商谈竞争，但管委会从有利于岛上旅游开发的整体布局、风格协调、统筹管理等方面出发，又深知兰波国际的实力与影响力，通过正常程序，最终还是选择了兰波国际的合作方案。该项工作就交由秦副主任继续负责主抓。秦副主任原来就是岚岛县的县长，管委会成立时，升为副主任。这个项目早期就是由他主抓的，他了解项目的来龙去脉，又长期在岚岛工作，人熟地熟，出于工作需要，由他继续接手也顺理成章。这个项目本身就是在不断扩大改变的，决策过程也是在发生相应变化的。我所知道的，大体就是这些。

刘书雷听后沉思了一会儿问，这就是银滩吗？

张正海说，这边算是银滩的一部分，但还不是核心区。核心区要再往前走，你会看到更美的景致。

刘书雷说，能不能同我说说，金滩、铜滩在开发过程中有没有遇到与蓝港村相同的困难和问题？

没有！张正海回答得很快。金滩、铜滩原先都有驻军，有很长一段时间是军事管辖区。居住在这两个地方附近的渔民都是些散户，有的本来就是驻军撤离后临时建房的，所以那边的渔民对搬迁反倒非常欢迎和拥护。他们都不是本地长住户，不需要做太多的搬迁说服工作，更多的是谈搬迁的条件，只要要求不过分，管委会都会尽量给予满足，这就好解决了。不过两边的情况不太一样，这就没有可比性了。

这么说，是在决定对银滩实施旅游开发后，才做出对蓝港村进行整体搬迁的决定的，这事有先征求蓝港村村民的意见吗？刘书雷又提出了一个问题。

这个……你提得比较敏感和尖锐了。张正海投过来一个带着疑问的目光，有点谨慎地说，我说不好，因为具体怎么谈的，先是由县里负责，后来转由招商局负责，再后来才收到管委会这个层面。不过，初期为了加快建设速度，一些具体规划和项目科研在前期过程中相对会比较粗糙。没那么多时间，也没法那么细致，那时大家就是憋着一股劲往前冲，岚岛招商引资也急需大项目支撑和打开局面。银滩的旅游开发项目照理应该会征求镇里意见，但在那种建设大氛围下，镇里有没有具体征求村里和村民的意见，征求到什么程度，这就不好说了。我想，这个项目对镇里来说也是招商引资的具体成果，落地之后，镇里也有财税方面的提成，从几个方面来讲，这都是天上掉下来的好东西，镇里不同意的可能性不大，也不会因村里同意不同意而改变主意。另外，蓝港村在海边，十分闭塞和落后，生产力和发展动力都严重不足，如能整体搬迁进新城，镇里可能还理所当然地认为是为村里做了件大好事呢。还有个因素，村民相对素质偏低，那时还绝无可能有现在的眼光和认识。那时的渔村人怎么会想那么多？也不懂那么多呀。连岚岛城里的机关干部都不一定看得懂。这基层的事就像打仗一样,有时是随机的,根据临场情形做决定,你要理解。不然,等你全部谋划清楚了,战机也就失去了,还怎么打?只要主要部分搞清楚了,就这么上了!

刘书雷赞同地说,你说得都没错。但话锋一转又说,但是,有一点我现在才明白,主要方向、主要思路、主要目标都没错,并不表示全盘皆赢,一不小心,有时会留点纰漏,累积起来,交织一起,就会连锁产生新的问题。比如,不是有人说,现在许多城市都似曾相识。城市发展是快速提升了,但城市建筑雷同,城市特色或特征不容易看到了,城市的灵魂没有了,这就是当时缺乏远见、急于求成造成的。基层工作确实如同打仗,但又不是打仗,细节问题有时也是致命的,要靠后面来补救,花的精力和时间就多了。你在基层做了这么久,我说的不知道对不对。我在援岚办撰写材料时,经常看到各级都在反复强调,要做深入细致的工作,要细心细致。乍一看还以为是没有新意的官话,这次我才懂,我们现在面对的,许多都是在过去迅猛发展中因不细致不深入而留下的具体问题。这些问题交织起来,一不小心就变成了深层次的问题。打仗是要有牺牲的,这是战争规律;经济发展的最佳境界是要各方全赢,至少不能让群众有牺牲,这不是中央一再强调的一切以人民为中心的工作底线吗?所以,我说又不是打仗。可以用战斗的精神来谋发展促发展,但不能用战斗的方式来解决发展的问题。你说呢?

张正海很认真地听着,由衷地叹服道,你这评论家就是评论家,说得太精彩了!

刘书雷说,这不是精彩不精彩的问题,而是我真心希望我们的体验和收益不要再有学费和代价了，尤其是不要让民利、民意、民心再做牺牲了，那太沉重了，不该是我们追求的终极目标。像蓝港村，我们的目标是把这块地方建设好，进一步推进国际旅游岛建设；村民的目标是在这里过上更好的日子。总的方向都是通过加快建设发展使村民过上美好生活，总的出发点和村民的愿望是一致的，是对接相通的。但是，到现在，为什么会产生这种对立情况？大依公的话，包括定海支书的难过，让我深深地忧虑，怎么会出现这种其实从一开始就根本不是我们所想要的或完全背离了最初愿望和目的的现状来呢？如果不是村民的问题，那就是我们这边的问题了。

你真犀利！张正海诧异至极地看着刘书雷。

刘书雷一时感到自己是不是说过了头，不好意思地笑了笑说，工作上当然不能做愤青。从你介绍的情况，包括我来村里后经历的村两委会，遇到的饭店老板娘和对岸来的那位女音乐人，到今天听了大依公的那些话，以及海妹这个从村里出去的青年人的态度，我太直接和真切地感受到了村里人真的不想搬！下来时，吴秘要求我要唯真务实，他还向秦副主任传达了李副省长的相关指示，李副省长也要求要唯实务实。刘书雷说到这里突然停下，然后对张正海说，对了，你到村里的时间很长，你向上面呈送的那份报告我也细读了，为何没有写建议和对策呢？你是真没建议，还是有想法不说？

张正海一下子蒙住了，这，我……我还没想好这个问题。再说，这个事情太大了，不是我应该想的问题。

刘书雷颇具意味地笑了笑说，你真没想好？你可不要忘了，你是蓝港村的第一村支书，想这个问题，可是你职责范围内的事。正是因为你不想，害得我被派下来替你想！

张正海满面愁容地说，话虽这么讲，可这搬迁是实验区上面决策的，我是被派来执行的，在任务清单里没有让我对这个决策提出建议这一条。所以，现在你被派下来，有你这个博士来为我们想办法，我觉得真的比我们自己想好多了！说到这儿，张正海又变得很开心起来，我代表全体村民真心欢迎你来！

刘书雷说，我都来这么长时间了，你现在才代表全村欢迎我，这也太过分了吧！

张正海说，原来我不知道大依公欢迎不欢迎你，所以无法代表全体村民。现在，大依公也见你了，还郑重其事地请你吃了饭。这迟来的欢迎，才算是真心的和完全符合民意的！

刘书雷说，你说的好像是这么回事吧，我也就将就接受了。还有，我愿意随时听你说说你想好的意见。

回到村部办公室，刘书雷感到有些倦意，就对张正海说，我想在办公室里打个盹。

张正海说，你上午吐得太厉害了，要不回房休息一下？

刘书雷说，不用了，我就坐这儿靠一会儿就行了。

张正海说，那好。他为刘书雷掩上了办公室的门，回自己办公室去了。

刘书雷感觉身体上有点累，但是精神上却放松不下来。办公室里摆放着一张木质旧沙发，刘书雷往沙发上一坐，伸开腿，放松全身。眼睛虽然闭着，但刘书雷的头脑里不断闪现出一个个画面，全是他来到村子之后的经历。这时，敲门声响起，门被推开，张正海带着一股风闯进来，手里举着一份文件，有点激动地说，拆安办把批示正式传过来了，两位主要领导的批示，赵主任的，还有金书记的，你快看看。

刘书雷伸手接了过来。

赵主任的批示就写在张正海那份《关于蓝港村整体搬迁存在的问题和困难的反映》的报告文头上的右角。

赵主任的批示写得还挺长。

这份报告所反映的问题是值得引起我们认真思考、高度关注和高度重视的。为什么我们认为是办好事、实事的一个项目，却引起了蓝港村村民不约而同的反对？是好事没办好，还是实事没做实？问题的关键在哪里？前期的工作有没有真正地往实处做？在大处上有没有真正为村民着想？在小处上有没有真正听取和吸收群众意见？现在矛盾已发展到这么尖锐的程度了，问题这么明摆着，要如何解决？这看似是个案，里面则反映出了一些重要的问题。这些问题到底是什么？请相关领导和部门深刻查找原因，尽快提出意见和解决办法，并及时上报我。

金书记的批示也写得很长，在报告左上角。

赞同子才主任的意见。中央一再强调，不忘初心，要把一切为了人民作为我们的根本宗旨。省委也一再要求，要把人民的利益作为我们工作的第一追求。总书记视察闽省时,提出了建设机制活、产业优、生态美、百姓富的新闽省,并亲自擘画了我们岚岛的宏伟建设蓝图。我们岚岛各级干部一定要坚定不移地贯彻总书记的指示精神,要进一步加快建设新岚岛,在改革开放的进程中时刻把人民利益放在心头,要让岚岛人民群众能够实实在在地共享改革红利和分享开放成果。蓝港村反映出的问题十分有意义,对我们综合实验区党工委和管委会各级各部门各单位今后的工作很有启发作用,提醒了我们要从中举一反三,认真梳理一下,在具体工作中,还存在哪些类似的问题,有没有真正求实求真的态度和精神?有没有深入细致地做群众工作?如何有效解决发展中遇到的难题?一定要紧紧围绕建设自贸港和打造国际旅游岛的中心目标,力促发展,努力赶超,不负总书记的嘱托,不负党中央的厚望,不负省委的重托,不负群众的期望!

刘书雷看完后,从沙发上蹦起,精神一下子大振,说,正海,看来金书记和赵主任已经把蓝港村的事摆上了议程。你的蓝港村有希望了!

张正海不解地问,我的蓝港村?希望?你是指什么?

你别装了,我感觉得到,你对这村有感情。你的领悟力不会比我差,从这两位岚岛主要领导的批示中,你也会感觉到字里行间充满了紧迫感和使命感,这两位的批示将带来两个转机。

两个转机？张正海一脸期待。刘书雷直接指明说，一个是村里的搬迁决策，可能会有重大转机；另一个就是村里的发展，如果不搬迁，你总要想出条让村里发展的路子来吧。我认为这比搬不搬更重要，搬是为了发展，不搬更需要发展。你注意体悟一下金书记的批示，我感到他批得全面、冷静，可见他当时心里风雷激荡。村子如果不搬，这发展是第一要义，你可别再说不是你第一支书能做的了！

张正海拿着批示又认真看了一遍，抬起头犹豫了一下才说，我都不敢相信这是真的。如按你说的，这个转机可是不得了，我还没做好心理准备呢！

刘书雷说，像金书记和赵主任这个位置上的领导，不是经过了深思熟虑，是不可能这么批示的。过去我真不懂，在援岚办干了一段时间，接触过许多领导批示，我终于悟到了，这领导批示比讲话还斟酌呢，白纸黑字，都是亲笔书写，即使是抄清的，但原批要存档，几十年后你到岚岛的档案馆去查，还会查得到的。你在机关工作时间比我长，应该比我更懂。

张正海说，我突然感到如果村子不搬迁，其实我将面对更复杂和更繁重的任务，就是你说的村子的发展。所以，我心里一下子变得沉甸甸的。

你是突然意识到，不搬迁对你来说，你更将任重道远。刘书雷很理解张正海，换了推心置腹的口吻说，作为蓝港村的第一支书，正海，你应该想过，村子不搬，那将会遇到什么。

张正海深叹了口气，说，你话都说得这么直接了，我再拐弯抹角就是装了。刚开始我也是按上面布置的任务来做，但是，一段时间下来，了解村民们坚决不同意搬迁。我也曾想过要不要按村民的意愿向上建议，可想到几个问题又被难住了：第一，与兰波国际签订的协议必须更改，这要征得兰波国际的同意，要双方协商，达成共识，这个难度很大，各自追求的目标不一样；第二，必须调整银滩的旅游开发具体详规，这个详规已报省发改委批准了，但调规的事情，如果省政府支持，省发改委同意，那么也不是不行，这个还不算太难；最难的是第三，如果不搬迁，整个村子肯定不能保持现在相对落后的状态，必须重新规划和改造，如何改造？向什么方向改造？改造资金怎么解决？我一点也没思路；第四，也是最关键的，今后的村子治理怎么办？现在村两委偏弱，没有新鲜血液注入，村里的领导核心怎么建设并加强提升？发展靠谁来带头？村民收入怎么提高？村里多是老人、妇女和儿童，都做不了什么事，发挥不了建设主力作用，村容村貌的整治等等，一系列相关联的问题呢！当时想到这些，我就想不下去了。所以，从权衡利弊的角度讲，当然整体搬迁，引入外来资源和外面力量进行改造，交给兰波国际进行整体开发，省时省事省钱，而且一劳永逸，我心里开始也很赞同，态度也很坚决。但是到了后面，村民们抱团反对，又让我陷入深深的思考，村民们爱土爱村的质朴感情也让我感动，他们的愿望我觉得也值得我们尊重，他们的利益考虑也是为了他们自己有个更好的未来，这个追求我们应该保护和支持。其实，我心里也陷入了两难之中，十分矛盾，也挺煎熬的。曾经有一段时间，我挺迷茫的，但又不能表现出来，也无人可说。

张正海终于向刘书雷打开了心扉。

其实，从一开始我就从你的话语里感觉到了一种隐藏着的倾向性，你倾向村民和村子。那是自然流露出来的。刘书雷开心地说，只是我们刚认识，你又把我当上面派下来的，我知道我们需要进一步接触。今天，你终于把我当作真朋友了！

张正海微笑一下表示承认，说，其实，是你说话做事很真诚，没有一些从上面机关下来的人那种包裹和圆通，你能把我当作朋友是我的荣幸。与你接触后，我感觉你被派到蓝港村，那也是蓝港村有幸。

哈哈！刘书雷更加畅怀，说，你别给我戴高帽，我们还是谈正事。我想请教一下，如果不做整体搬迁，是否会触及国务院已批准的《国际旅游岛建设方案》的贯彻执行？会有矛盾吗？

你别说请教行不？张正海说，这倒不会。国务院批准的是总体方案，是大的东西，是总规；而蓝港村搬拆是个小方案，是我们实验区自己规划的一个小详规而已，主要决定权在实验区，只是会在立项上涉及省发改委等部门。在具体实施过程中，遇到一些特殊情况和特殊原因，从实际情况出发进行调规，这是正常的，也是允许的。

刘书雷松了口气，说，那就好办了。我想再问你，你是读文化创意产业专业出身的，如果从专业的角度来看蓝港村，你认为蓝港村要怎么建设发展比较好？

张正海不解地看了一下刘书雷，说，你觉得我们现在应该把重点放在对蓝港村今后发展的考虑上？这会不会早了点？

刘书雷领会了张正海想表达的意思，说，我没有这么觉得，只是想多方面了解一下，现在往搬迁方向走，明显是个死胡同。

如果我们设定的是发展方向呢？把思维发散一下，从另一方向来想问题，看看会不会有更好的出路。

刚来时头脑里只装着动员搬迁的事，没时间细想。进村久了，说真的，不得不想。张正海说，兰波国际想对银滩资源进行整体开发，目前思路定位在建设临海亲海大酒店，他们曾在相关场合谈过他们的具体开发构想，想在银滩建成一个如迪拜的"哈利法塔"式的酒店，或是"帆船"式建筑，同时把金滩、铜滩沿海岸线勾连起来，建设风情各异的海边度假别墅等，形成一个沿海岸线集度假、旅游、休闲于一体的高端国际旅游度假区。他们提出的这个设想，很是打动一些人。因为我们现在用于建设的钱是不能拿来投资高档酒店的，而岚岛原先因经济基础薄弱，旅游基础设施建设基本上是一片空白，沿海岸线没有一个像样的酒店，这就留不住游客，带动不了下游产业，对发展的拉动力就小。利用招商引资，这当然是最佳办法。兰波国际同时提出开发沙滩休闲项目和海湾游艇旅游项目以及海上冲浪、飞翔等娱乐项目，这些都属高端旅游开发。但我觉得，蓝港村这一带的旅游开发，应该建立在保护生态的基础上开发发展，不应在海岸边建设，应保住海边的原生态。这也是中央现在一再强调的。从我学的专业角度来考虑，我想应该分几块：一是利用优越的自然资源进行观光和休闲旅游项目的开发。二是要充分利用良好的人文资源来开发，如这里的石厝群，专家都说是绝无仅有的，可以申报世界遗产，可以把人文传统和自然景观结合起来，进行特色突出的旅游开发，增强旅游吸引力。三是还可以进行新业态的开发尝试，以创意产业为龙头，利用海峡西岸独特的地理、亲缘、文脉、风俗等方面优势，打通两岸创意文化合作的渠道，打造文化交流平台，创建闽台文艺创作基地，如闽台画家写生基地、海峡摄影创作基地、闽台名家工作室、海峡音乐创作基地等，你们搞文学的还可以创建华文作家创作基地。我在写毕业论文时，曾去考察过国内一些主要的文化产业创意园区，它们的一些条件根本还不如这里，但人家开发发展得很好，都是以创意产业和新业态来支撑。四是可以从建设美丽乡村入手，辐射周边，开发近郊游。毕竟岚岛每年有一段时间海风太大，不是旅游旺季，这时吸引周边，近郊游、周末游、亲子游等可以成为一个很重要的旅游内容补充，同时对海边渔村有效引领和带动，可以从特色民宿、海边生态美食、观光农业和渔业等方向发展第三产业，让村民提高收入，增强渔村实力，走上富裕之路。兰波国际的方案完全是从观光旅游和休闲旅游出发，而我觉得落脚点应该是以旅游资源带动相关产业和建设为主，目的是给岛民一个美好的海边新家园，目标是让岚岛发展展露新天地。不过，一切都是在发展过程中的，这个认识也有发展的过程，我们旅游业的发展，也是逐步与世界接轨。岚岛要不是靠总书记来视察时指明了方向，谁敢想，这么一个海上小岛，能建成国际自贸港和国际旅游岛？

你有这个思路，为何不提出来？刘书雷听得很认真，十分振奋，说，你的想法我认为非常好。来到这里我就想，为什么不走生态化、特色化之路？再说，人家已建了“哈利法塔”和“帆船”，我们何必再依样画葫芦？蓝港村的旅游开发，应该有自己独一无二的特质，是需要创意的。

其实，秦副主任为搬迁驻村时，有个晚上与我聊起村里的事，我曾经斗胆地向他提到过这个想法。秦副主任在做岚岛县县长时，较早就向上面建议能否在岚岛尝试两岸的开放开通。如今岚岛两岸的海上客轮直航、台湾产品免税商场、早些时候提出的台商第二生活圈的建设等，都证明了他当年的想法是有远见的。所以，我觉得他应该是个思想开放的领导。但是，没想到招来他的批评，他要求我首要任务是做好搬迁宣传发动工作，首要目标是尽快让村子搬迁。并要求我别再提这些想法，这会扰乱村里干部和村民的思想，会妨碍搬迁工作的顺利进行。当时我都傻了，也觉得确实不应该，如果按这个思路，同样也有绕不过的难题要解决，相关基础设施建设薄弱、缺乏主要劳动力、村级治理等这些突出问题怎么解决？渔村发展投入的资金怎么解决？旅游开发相关配套建设怎么办？这些可是村里的事。如此一来，不是给岚岛增加了许多规划、改造、建设等方面的成本？我就再也不敢提了。张正海说着，又流露出深深的担忧，这适合向上建议吗？会不会被认为是给岚岛的发展增加负担？

首先要有思路，后面才会有生路。刘书雷很坚定地说，都得解决问题，都得破解难点，哪条路更合适，就应该选哪条。当前的状况是，走搬迁已经走到无路可走了，即使强行搬迁，也存在出现群体性事件的高风险，明显不可为。而如果选择抓住打造国际旅游岛这一历史大机遇，来谋划蓝港村的未来，你没感到这将是康庄大道？

张正海叹服道，我刚见到你时，还不是很有感觉。你到村这几天，让我真的不能不服。我是下派后经过了一段时间，才对搬迁决策产生一点困惑，也没勇气往深里去想，而你只用几天时间就已经发现了问题，敏感地捉住要害，思路一下子就能这么清晰，想到深处去。

刘书雷说，你也别再夸了，你是从最基点开始，我是从你在基点上掌握的真实情况进入，不一样的。再说，现在整个外部条件都已有了很大变化，实验区的两位主要领导都做出了批示，这些都对蓝港村十分有利。

张正海说，那你说现在该怎么办？你已经定下主意了？

刘书雷说，真正的主意我也还没有，我只是觉得有希望了，我们可以努力。要不这样，我建议你尽快召集村两委传达一下金书记和赵主任的批示，把你的想法也说说，特别是你看到的那些严重阻碍村里发展的问题，可以一一摆出来，让村委们好好议议，好好思考，假如实验区采纳了村民意见，村子不搬迁了，那村子的出路在哪里？村子要怎样发展才能紧跟岚岛的大发展？退一步说，这也算是为搬迁做思想工作呀！

你的意思是从村子今后的发展将面临的严峻问题，来反证当时搬迁决定的正当性？张正海说。

刘书雷说，大概是这意思。我觉得尊重村民的意愿是需要的，但是引导他们正确认识发展大局和岚岛建设大局是更重要的。不能让他们靠质朴的乡土感情和简单的执着追求，来决定村子的搬与不搬，来判定当时决策的对错。你告诉我的思考，反映出了蓝港村在发展中面对的真实的两难困境，我觉得应该让村民认清，是蓝港村在历史发展的转折过程中，因自身的问题，遇到了巨大的发展难题。是否搬迁，是与这难题有关，但重要的应该去想怎么解决难题，推动发展。今天看了金书记和赵主任的批示，又与你进行了深入交谈，我深受启发，也是突然明白，如果我们过于关注搬迁问题，一直纠结在搬与不搬上，那反而会让村民忘记了发展这个硬道理。我觉得重点还应放在提升村民对渔村发展的认识上，提升村两委对发展的紧迫感和使命感上。搬与不搬，都应从发展的具体情况出发，要让村民们好好想清楚，现在不是要选择搬与不搬，而是想选哪条发展之路。

张正海佩服得五体投地，说，一语中的！你这一席话，把我心里一直没弄明白的东西全点明了。我立即通知村两委晚上开会！

刘书雷说，行。但晚上的会，我就不参加了。

为什么？张正海问。

那是你村支书的事。刘书雷说，你不是说兰波国际是难题之一吗？兰波国际与村里是直接关系方，我晚上想上网了解一下兰波国际的一些情况。我现在有个想法，想私下请兰波国际执行首席温小姐来村里走走。

你想接触一下兰波国际？张正海又有点丈二和尚摸不着头脑。

是，其实蓝港村目前的问题不仅是村子本身，我认为村子只是这个问题的一半，而兰波国际应是另一半。不能一直为另一半来解决这一半，这真的是不好解决，甚至是无法解决。强行解决了，也只是一半，而不是全部。所以，要全面掌握蓝港村的情况，我想兰波国际可能不能被忽视。刘书雷说得有点玄，张正海有点没听懂，但他完全相信刘书雷，就说，那好吧，我听你的。

八

刘书雷在援岚办工作时，已经养成了一个习惯，那就是只要可能与今后工作有关联的单位或个人，他都尽可能地留下对方的联系方式。这是他原来做学术时的习惯，只要看到可能有用的资料，他都会保存下来。温淼淼那天留下名片时，刘书雷觉得今后会与兰波国际产生工作联系，就把温淼淼的手机号存到了自己的手机通讯录里。

刘书雷拿起手机，查到了温淼淼的号码，打了过去。

电话只响了几声，温淼淼就接了，第一句话就让刘书雷吃了一惊。

温淼淼说，刘博士，难得您给我来电话，有何指教？

温淼淼居然同样存下了自己的手机号。这个女人看来也是做事很精心的。刘书雷想，也好，这样倒省得我自我介绍和开场客套了。

刘书雷说，温小姐，您好。我这几天在蓝港村做具体调研工作，我想到了温小姐说过，刚来岚岛履职，那么可能还没来得及到蓝港村，应该有想来蓝港村看看走走的愿望，不知道明天上午，温小姐能不能大驾光临蓝港村？

博士被派去蓝港村了？温淼淼有些意外，说，是因为我向吴副秘书长反映了我们的要求吗?

刘书雷说,可以说是,也可以说不是。

这话怎么讲? 温淼淼在电话里轻声笑起来。

说是吧,这肯定与温小姐找吴副秘书长有关。刘书雷说,说不是吧,那是因为即使温小姐不找吴副秘书长,岚岛这边也要解决蓝港村的问题。

看来,现在办事越来越不一样了,提速多了。温淼淼说,我明天上午的工作议程本来已经排好,被您这一说,我真要去看一看。

刘书雷说,您真的要来?不过,还是很感谢您为我调整了明天上午的工作安排。

电话那边传来了咯咯的笑声,尺度拿捏得恰到好处的温淼淼,终于被刘书雷的话逗笑了。

温淼淼说,看来刘博士是个很风趣的人。明天上午,我八点准到。

刘书雷说,我到时在快速通道路口恭迎。

刘书雷给温淼淼打电话时,张正海就在一旁。见刘书雷挂了电话,张正海说,她还真肯来呀!

刘书雷说,我想在村里同她谈会比较好,她也想在村里同我见面。你不是说,她的前任曾想强行拆搬吗?还闹出了不小动静?那么,我就猜到,她刚来,像她那么聪明的人,会想到村里对兰波国际的人一定不再欢迎,她不会主动到村里来,所以她一定没来过。但是,她工作又很认真,心里早就急着想来看看,正苦于没合适的时机呢。我告诉她我在村里,并邀请她前来,她求之不得。你真的以为是我的电话起的作用?

张正海挺服气地说,你真行!我听说兰波国际来了个新的执行首席,当时还犹豫要不要主动去对接一下呢。后来觉得不去接触从工作上讲还真是不行,但怎么去见,见了说什么,我还苦苦想了许久。你倒果决利索,一个电话搞定。

刘书雷说,我也是与你谈着谈着想到的,不管是搬还是不搬,这事都与兰波国际紧密相关。对兰波国际来说,村子现在是绕不过的问题;对村子来说,兰波国际又何尝不是绕不过去的呢?如此,我们就不能只站在村子的立场上想事情,而兰波国际的想法和立场是什么,我们也需要知道并作为重要因素考虑进去。有些时候,全部的重要因素都掌握了,情况也许就不一样了。

我曾听说兰波国际已向实验区要求加快蓝港村搬迁,搬迁工作接下来在短时间内如不能妥善解决,兰波国际将要放弃银滩项目,可能收缩在岚投资。张正海忧虑地说,那天听说你要下来,我就想过,这个消息肯定是真实的,你的到来跟这个消息有关。

刘书雷说,你也不简单,挺敏锐的,一下子就能猜到。

其实,通知我上去并告诉我你要来时,我当时心里很复杂,如果兰波国际放弃银滩开发,蓝港村的搬迁问题就不存在了,对村子、对我当下的工作算是件好事。但后来一想,不对,那我们岚岛不就少了一个重大的投资项目?这个后果会很严重,实验区不论从政治影响还是经济发展的角度,不可能坐视不管的。这样,其实是倒逼蓝港村非搬不可,而且还要加快搬迁安置进度，我的工作不就更加繁重？真不知道应怎么做。也就是想到这些问题，我才更犹豫要不要主动与兰波国际新来的执行首席联系。可想来想去，觉得还是缓一缓比较好，想等过了这个比较敏感的特殊时期再去，不然万一谈不清楚，责任落到我们村里来，那我可承担不起。张正海说到这里，用钦佩的目光看着刘书雷，那天，在你办公室见到你时，我心里挺失落的，就派这么一个年轻的、搞文艺的来，这么复杂微妙的关系，他能理得了？老实坦白，我那时觉得简直是给我增添负担、增加麻烦呢！你现在知道我在想什么吗？

刘书雷瞪着眼，等着张正海说下去。

张正海说，我现在想，早知道你这么能干，我去年就应该代表全村人连夜去省里请你来。

刘书雷哈哈笑起来，说，你又错了。

张正海不明就里地问，怎么错了？你还这么谦虚？

刘书雷说，去年你要请我来，我来了根本不会起什么作用，搞不好还要收你咨询费呢。我现在来，那是组织选派，身负责任，承担的角色让我不能不用心。我可不是谦虚，现在还“抱歉地通知你”，如果没有受到委派，没有身后的组织赋予的力量，我根本就不可能被激发出能量来。

也是，再天才的演员没有了舞台，连最业余的角色都演不了。张正海说道。

两个人心照不宣地笑起来。

晚上，海边起风了，海风很大。刘书雷回到房间，关上门，仍然能听到呼呼的风声。那些吹着的风,看似无形,但砸在窗上,就发出咣咣的声响,把村部的铝合金窗震荡得如要散架似的,仿佛被撕裂般地直叫起来。

刘书雷此时才明白,为什么蓝港村的石厝都是只开个小窗口,并在窗口上用两块土砖砌立成“人”字形,那是海边人多少年来总结出来的生活经验,是为对抗大风。

刘书雷躺到床上,架着腿,掏出手机。几天以来一直忙,刘书雷连看微信的时间都没有。

打开微信,刘书雷才发现居然有上百条微信未读。

刘书雷吓了一跳,怎么会有如此多的微信?原来,他把蓝港村的石厝、村景、沙滩、大海等照片发了出去,看到的人有不少点赞、回复,并追问和猜测,这是何处?是新大陆吗?有一条微信很有意思:小心,这份独享,但愿不是用公款旅游。

这个人不知道是谁,什么时候进群里来的。刘书雷觉得应该回复,就回了一条:相信吗?我是在海上的人间仙境工作和生活!

那人似乎很关注刘书雷的微信,立即就在群里回了一条信息:山中一子,你在那里工作,我真羡慕死了!如能让我去那里工作,我愿意工资减半!我不明白的是,你为何不叫“海上一子”?

这就不必回了。刘书雷倚靠在床上,用手机搜索到了兰波国际的官网,打开点进去。一直到张正海的电话打进来了,刘书雷摁了一下接听键,张正海急急的声音就传过来,快到我的办公室来,那个“海上蓝影”又发帖了。

刘书雷从床上一跃而起，说，我就下来。

刘书雷到了张正海的办公室。张正海正坐在桌前，面对打开的电脑说，开完村两委会，一个村委先看到的，告诉了我。

刘书雷看到了“海上蓝影”发的帖：

蓝港村的关键时刻已经来临了，听说岚岛的两位主要领导已经做了批示，我们不必等到海上中秋月圆之时了，事已至此，邀月作证已无意义。请凡是心有蓝港、魂系家园的在外故乡亲人，尽速联系，我们将酌情确定时间共商对策！明月几时有？蓝港不可无！请见帖后相互转发，归来者，请在网上留言。

怎么办？他们的消息很灵通，似乎把聚会的时间提前了。张正海有点紧张。

刘书雷走到窗前，外面黑乎乎的，只有风呼啸着。

刘书雷苦思了一会儿说，他们到底想做什么，我们现在一无所知。从帖的内容分析，说的只是共商对策，好像也不是什么激烈的行动。

要不明天一早，我们直接去找海妹，把话摊开说？张正海提出建议。

不像海妹，这语言风格不像出自女性。刘书雷说。

那怎么办？不能等到形成网上舆情再进行处置，到时会造成不必要的被动局面。张正海担心地说。

帖中没有涉及实质内容，总体是一个同村之邀，我觉得暂

时不会形成网络风暴。刘书雷说到这儿,拿出手机,用手机直接上网,给“海上蓝影”发了一条信息:

海上蓝影,我是援岚办派到蓝港村的刘书雷,受组织委托再次来听取蓝港村村民对整体搬迁的意见,帮助稳妥解决问题。我们能不能坦诚地聊聊?你的几次发帖,我都看到了,很担心你们采取不适当的行为,造成不能挽回的后果,给解决问题增加更大的难度。我来几天了,情况也基本了解和掌握了,如今你们也知道了岚岛领导很重视,事情正朝着好的方向发展,能否给我们一点时间,请你们暂时不要采取过激行为?

发出之后,刘书雷焦急地等着。不一会儿,刘书雷等到了回复:

山中一子,你很坦诚,看得出来也很有诚意。我们的聚会,你多虑了,不会是一个过激的密谋。你放心,继续想解决问题的办法。我们也是想找解决问题的办法,愿望和目标一致,相互之间并不矛盾。蓝港村是我们的故土和家园,是生我们、养我们的家乡,现在到了一个重要节点,我们是想一起再次表达共同的诉求,我们希望担起些责任。很多东西都是要失去了才觉得更加宝贵。海边渔村虽普通,魂里家园总神奇!你不是蓝港村人,可能感受不到将要失去的痛彻与难舍。不过,还是要向你表示感谢,听说你不像总是摆出一副高高在上派头的钦差，你想尽办法倾听村民的真实心声，为了见大依公，甚至不惜真诚一醉。你现在说你想帮着解决村子面临的问题，我们十分相信并期待。

刘书雷把手机递给了张正海，说，你看看，他答复我了。

张正海看了几遍，仍放心不下，说，你觉得应该相信他吗？

刘书雷说，我相信。从字里行间，可以感受到他爱乡恋土是真；从这答复中，可以看出他对村子怀有深情。如果他想利用网络掀起舆情，扩大事态，求得影响，给村里搬迁施加民间压力，不是这种说法和态度。他应该比较理智和明理，而且提到了责任，这种对家乡的责任感极为宝贵。如今，我还真少遇到能提出对家乡故土有责任的人。能意识到责任的人，不会用不负责的方法来解决问题。再看看他讲到了我，对我的评价相当正面，对我好像还有点信任，说明他还抱着期望。这点很重要。抱着期望的人，暂时不会做出不恰当的事。

张正海点头表示同意。刘书雷拿过手机，又回了一条信息：

感谢你对我的理解，我相信你。希望有可能的话，我们能尽快面对面沟通。你说我们的目标并不矛盾，都是为蓝港村，为了村民，基于此，是不是可以当面协商？如今表达意愿的渠道十分畅通，这种网上行为，我个人认为并不合适，也极易引起不必要的误会。既是表达正常诉求，何不采用正常方式？请三思！

这次的回复更快了：

想过了，这也是无奈之举。不知道会遇上你，不然我们也许不会采用这种做法。似乎应该和你尽快一见。让我再想想，也许很快吧。不知为何，有些期待与你见面。晚安！

刘书雷把回复给张正海看了看，说，这个“海上蓝影”对我们的情况了如指掌，连领导批示、我同大依公喝酒喝醉了都知道。他如今感到蓝港村的搬迁与否到了关键时刻，能有这个判断，也是相当不容易的。他把时间往前提了，做事也还是相当有计划和步骤的。他似乎同意尽快与我见面，所以不足为虑。他到底是谁？在哪里呢？

张正海说，这里面确实让人费解，也有些玄机。

刘书雷说，我们暂时不管他吧，等见面了就知道了。如果他不构成负面作用，我想我们还是不必为找到他花费太多心思，还是把精力放在更大更重要的事上。

张正海问，那么，今晚的这则帖子是否仍以舆情向上报告？

刘书雷说，按工作要求和程序上报吧，但是能不能说明一下，我们正在进一步了解，已经建立了网上联系？

张正海说，那你先去休息，我来写舆情报告，村两委会的情况，我明天再和你聊。

刘书雷看了一下手机，手机上显示时间已是深夜十二点多了，说，也好，我先回房了，我得好好想想，明天跟温淼淼怎么谈，她可是个见过大世面又不显山露水的人，不那么好谈。今晚你能者多劳吧！

张正海说，这个报告是上报给实验区舆情办的，当然只有我写合适。你还是继续劳心去吧！

你做的也不是劳力的活！刘书雷说。两个人又笑起来。

一夜的海风，把蓝港村的上空吹得十分晴朗，天空深蓝，只有几丝白云。上午七点半，刘书雷叫上了张正海，上了车从村部出发，往村外开去。

张正海一上车就问，要不要通知其他村委在村部集中，等下与温淼淼见个面？

刘书雷开着车说，不必了，这不算是村里邀请她，完全是我个人邀她来走走，对外我们也不说了，就说来了一个我个人的朋友。村里人如果知道她是兰波国际的，万一有什么不愉快的事情，那也不好。怎么说人家来岚岛找项目、搞合作、做投资、助开发，那也是对我们建设的支持，应该给她贵客的礼遇，这也是我拉你去岚岛快速通道路口迎接她的原因。

张正海说，你真细心！接着又说，昨晚我把舆情上报了，舆情办连夜进行了讨论和分析，他们挺认同你的意见，说如果已经有了一定的联系和对接，那非常好，要求我们这边密切关注，随时上报情况。

刘书雷说，那你昨夜肯定又是很晚才休息。

张正海说，这是常有的事，没什么。你不知道，上两次工作组进村，每天晚上开分析会、想办法，有时都到黎明时分，个个都累得面无人色。

刘书雷说，你做这下派村支书，真不容易，这样经常待在村里，家里怎么办？你孩子几岁了？

张正海说，那有什么办法？我现在是做村第一支书，这村里的事总是比家里的大多了。我家那位，在岚岛保税区上班，那边也是同样忙，加班加点，所以还能理解。我们孩子今年才八岁，上小学二年级。好在我们原都是岚岛本地农村人，双方父母现在轮着来帮忙照看，日子也就这么过了。

刘书雷说，我昨晚想到一个问题，你到村里这么久了，你说那个“海上蓝影”一直这么发帖，邀请在外的蓝港村人回村，据你估计，会有多少人响应？他们会商量什么事情？

张正海说，这个还真不好说！过去，岚岛是个孤岛，蓝港是个渔村，那时男人讨海为生，村子也十分传统，大依公一个吆喝，村里人没有不响应的。毕竟出海都得互相照应。如果出海哪个人家男人出事了，他的家小都会得到一起出海回来的人家共同照应。好多个男人出事了，村里就会举行全村大会，帮助料理后事，商议个办法出来，只要哪家还有吃的，是不会饿着这些人的家小的。真有点江湖味道！如今，近海都没什么鱼了，捕捞都要到远海去，很多村民都不干了，各自外出做各自的事情，在一起的时间少，联系少，观念也变了，人心有没有过去那么齐，说不准。我来之后，曾听老一辈的村民讲过，那种事现在基本没有了，各家理各家，过去那种全村集会，至少好些年没有了。村里谁家有什么变故，现在大多是通过村里依靠政府救济。这小辈的，全都出去了，出去了有的就不相互往来了，时间长了，都不联系，陌生了，所以渔村也处在转型变化的过程中。

刘书雷说，原来这种全村集会，还是有传统的？你知不知道村里在此之前，最后一次开这种大会是什么时候？

你是问民间自己搞的？张正海说，有次走访，我记得好像有位老村民说过，就是那次定海支书货轮出事之后，村里很惨，一下走了五六个海上好手，都是家里的支柱。有几家准备去找定海支书论理要求赔偿，定海支书的儿子本身也在遇难之列，不知如何应对，去找了大依公。大依公出面了，召集了全村人开会，讲了很多道理，协调各家的关系，并把照顾他们家小的事商议清楚了，村子算是平和地渡过一次大难关。也是从那次事件开始，去远海的基本就没有了，定海支书对大依公一直心怀感激。你是猜测，这个“海上蓝影”是想采用相似的方式，来商议村里搬迁的事？

刘书雷说，我只是想到了而已。这个“海上蓝影”似乎对自己的感召力没有充分的信心，能够召回多少人，可能心里也没有底，所以才一直发帖。可以确定，这只是自发的村民集会，后面并没有更多的其他背景，召集者基本可以判定，是位年轻人。说到这里，刘书雷又解释道，我下来时，吴秘有交代，他担心这后面有一些有组织的背景和行为。我也怕这位年轻人因为过激，而做出出格的事，碰了红线。

张正海“哦”了声表示理解，现在对网络的舆情都是很重视的，我们实验区也是如此。说到这里，张正海又接着说，现在还有点时间，要不，我把昨晚村两委会的情况给你汇报一下？

刘书雷说，我真想听听，但你别说“汇报”两字。

张正海说，不说汇报可以，但还是要说不佩服你不行。按你的点拨和要求，我在会上把金书记和赵主任的批示传达了，村两委听了之后，一下子炸开了锅，纷纷问我领导批示的意思是不是确定村子不搬了。这个问题我咬住不回答，只说最终必须服从实验区党工委和管委会的正式决定。我说，今天村两委会的议题，是按照两位领导的批示精神，特别是金书记的明确指示要求，来认真梳理反思一下村里这段时间存在的问题，从村里的实际出发，从岚岛的发展大局出发，认真来讨论一下，如果大家认为村子可以通过大伙的努力，自行加快发展，跟上岚岛建设的要求，那我们就向上级要求不搬迁；如果村里不能靠自己发展，不能适应新形势和新要求，那大家就要思考一下，村子成了岚岛大步前进的一个拖累，那应怎么办？要不要服从大局搬迁？这个视点和角度一转换，会议效果真的不一样了。两委们从前面的兴奋一下子变得静默了，大家确实没想过这个问题，过去在是否搬拆村子上花了很多时间，两委们都被困在这个具体的事情里面，都没有认真思考过村子的发展问题。见时机差不多了，我先发言，自我检讨下派以来，把大量的时间和主要精力放在了与搬迁有关的具体工作上，没有组织村两委好好谋划渔村的发展问题，没有很好地发挥推动渔村向前发展的领头羊作用，特别是没有立足于渔村发展上想问题、做文章，主要责任在我这个第一支书。我才说到这儿，村两委都纷纷表示，近年来蓝港村确实一直停留在原地，村政建设整体停滞，村容村貌基本没有大的改变，村里经济明显严重滞后，没有新增生产项目，也没开展新的建设，村里公共服务体系也没建立。在这个不进则退的发展时代里，别的村在向前，蓝港村停在原地，差距自然就越来越大了,变得更加落后,已从曾是情况较好的村变成了一个落后的村子。村两委们抢着发言,说这个不能怪我,要说有责任大家都有责任。当然,他们的发言不会说得太严谨,都是你一句我两句,有什么说什么,这个会变成了我来村之后第一次很全面地议村情、理思路、想发展的会,是我下派村里以来村两委会开得最热烈的一次。

刘书雷说,这很好,看来昨晚我没参加,是个不小的损失。大家有没有说些好点子、好想法和好建议?

张正海说,对村里如何发展,我觉得我暂时不能说出我的想法,时机好像还不对,目前也不适合说。所以,我主要听他们说,归结了一下,大概有三条意见:第一也是最一致的认识是建路,要求拓宽村路,连通环岛大道,这样可缩短进村时间,同时扩展村内村道, 如今村里不少在外人员回村都是开着车回来的,有几个村委都有车,所以对修路他们的要求很直接;第二是建议把村里空着的石厝由村部租下, 全部改建成旅游民宿,这个意见是海明主任提出的;第三是尽快把村里公共服务体系建立起来,村里现在多是老人、孩子,乡村医疗卫生水平要进一步加强和提升,争取建成村卫生所等。昨晚大约提到了这三条,不过我已经感到非常高兴了,把它当作收获颇丰。下派以来,村两委终于就村里问题提出了发展意见,这是很不容易的突破。不过,在我引导他们分析原因时,村两委都存在严重的信心不足。发展目标在哪里? 村集体财力已空壳化,找不到优势发展项目和带动项目。发展必须依靠的主力在哪里? 村里的主要劳动力大部分出去了。村级治理如何进一步加强? 依靠谁来做,怎么做？还有就是钱的问题，建设和发展都需要巨大投入，这点大家谈得特别多，没钱什么事都做不了。大体是这些内容。能够说出这些东西，已十分不简单了。后来我想，这一定程度上也说明，村里这些阻碍发展的因素和关键的薄弱之处，已经特别突出，突出到了他们不需要思考、肉眼就能直接看到了。我也深深自责，不是你点醒我，我怎么就视而不见呢？后来谈起如何对待和解决这些问题，村两委都很迷茫，也说了一些真心话，当然也发了不少牢骚，大伙不知道该怎么办。这也是我现在最苦恼之处，我觉得是发展的方向感缺失了。搬迁这事，让村里的人心既聚了也散了，不同意搬，这个很齐心；如何向前，没人费心思去想，也不愿想，心散了。

刘书雷说，昨晚睡前我读了《摆脱贫困》，书后的跋中有一段话，我印象很深："全书的题目叫作'摆脱贫困'，其意义首先在于摆脱意识和思路的'贫困'，只有首先'摆脱'了我们头脑中的'贫困'，才能使我们所主管的区域'摆脱贫困'，才能使我们整个国家和民族'摆脱贫困'，走向繁荣富裕之路。"我看了几遍，把这段话记住了，深受启迪，也有同感。蓝港村不就是因为一直纠缠在搬迁问题上，意识和思路反而逐渐变得"贫困"了吗？现在有这个好的开头，你可暂时别管他们发展信心足不足的问题，重要的是先让他们动起脑筋来思考。这个开端太好了，你要把握好。

张正海说，你这博士水平就是比我们高。在村支部会上、村两委会上，我曾几次主持学习《摆脱贫困》，但是，我和村两委谁都没能很快地将其转化为具体工作的指导思想。这段话虽然写于二十世纪的九十年代初,但你这么一说,我也豁然开朗,确实对如今的蓝港村现状,针对性是百分之百。

刘书雷说,你也别谦虚,出点子我可以,但干实事你更在行。我建议,你趁势扩大成果,多开几次村两委会,必要时把各村民小组长也请来参加,或请些村民代表来共同参加,把村里的关注重心转过来。

这个……张正海似乎有些顾虑和思考,说,我也这么想,趁热打铁,先让村民们这一段时间僵了的心动起来。不过,会后有两位村委留了下来,私下问我说,张支书,村子都要搬了,村子都不存在了,我们这样去谈村里发展是不是没什么意思?我被他们问得答不上来。

这确实是个不好回答的问题, 也是最耽搁蓝港村的问题。所以,我觉得我们要用最快的时间扭转这个被动局面。刘书雷说得很直接,也很坚决,他知道这其实也是张正海当下的一个重大心病,正好借此说出来。

你真想为我们争一争? 张正海问。

我觉得不管搬还是不搬,不能再这么一直纠结下去了。拖下去,那会带来很多惨痛的损失,不仅是利益方面的,更关键的是民心的、发展的,尤其是可能让村子错失良机。刘书雷说,这是我最着急的。

张正海沉默了。

车很快就开到了村路与岚岛快速通道的接口处。刘书雷看到,在快速通道路边,歪歪地立着两根小竹竿,小竹竿中间系着一条细绳子，绳子上面挂着几幅彩笔画，一个瘦黑的女孩迎着快速路站着，胸前举着一幅画。

张正海同时也看到了那个女孩，就说，那是村里的虾米，今天是星期六，她又来卖画了。

什么？村里的女孩，卖画？刘书雷听后觉得十分奇怪。

张正海长叹了一口气说，这是个可怜的女孩，今年十岁了，但因为长期营养不良，长得瘦小，村里人都喊她虾米。海里的小虾米，你明白那是什么意思。她家是村里最困难户之一，爷爷过去出海，现在落下一身的病，可能是风湿吧，站不起来，走不了，大多时间躺床上。奶奶去海边挖石蛎，就是长在礁石上的海蛎，这种是最天然的。现在海上养的，长在绳子上的叫线蛎，长在旧车胎上的叫胎蛎。石蛎的价格最高，能卖好价钱。结果有一次，奶奶不小心从礁石上跌了下去，好在有同行的人帮助，人是被救上来了，但有些脑震荡后遗症，越老越糊涂，生活基本不能自理。虾米父亲很早出外打工赚钱，一去几年都没音信，偶尔会寄点钱回来，但就是不来个电话。虾米母亲可能是受不了这种生活，一天留下纸条说出去找人，也就这么走了，再也没回来，至今没消息。这孩子，她天天想爸爸妈妈，村里经常有一些画家或美术学院的学生来海边写生，她就一边看，一边学着画画。不知从何时起，她先是把画放在沙滩上卖，卖给游客，说是要卖画赚钱，去找依爸依妈。那画游客怎会买？知道点情况的游客可怜她，就偶尔会买几幅安慰她。后来，她觉得沙滩那里卖不了多少，每个周六，她就会早早步行到这路口，把画挂起来卖。有些路过的司机好奇，会停下来，听说她卖画找父母，就会把她的画全买走。这么一来，她就更努力地画，画完就来卖，劝也劝不了。

十里路，一个女孩自己走来？刘书雷把车停好，下了车，就往虾米那儿走去。张正海也就跟了上去。

看见有人过来，虾米一脸笑容，对刘书雷说，叔叔，你想买画吗？你买我的画吧，我想赚钱去找我依爸和依妈！

虾米长得瘦小，脸上脏乎乎的，一双小手被彩笔弄得五颜六色。刘书雷心里一难过，泪水差点就落下来。

女孩看到了刘书雷后面的张正海，就说，支书依叔，你也来了？

张正海摸了摸虾米的头说，你依公和依姆还好吧？

虾米说，依公吃了支书依叔送给他的药，好多了。依公说，真的太感谢支书依叔！

刘书雷控制住自己的情绪，问，虾米，这画怎么卖？

虾米说，你知道我的名字？很便宜的，叔叔，你要多少？

刘书雷说，我想全部买下来。

今天只有十幅，你全买给十元就好了！虾米说。

刘书雷摸了摸口袋，掏出了一张一百元的大票，说，一百元，全买了！

虾米摇了摇头说，我不能收你这么多钱，我只收十元钱！我不能占别人的便宜。

刘书雷只好掏出十元，递给了虾米。

虾米好开心，一边把钱小心地放进口袋，一边帮着把画从绳子上解下来，整齐叠好，嘴上说，叔叔，谢谢你！

刘书雷忙蹲下来，帮着虾米收拾。这时，一辆黑色轿车驶了过来停下，是辆黑色宾利。温淼淼从车上走了下来，说，刘博士，你真在这儿等呀！

刘书雷站起身，同温淼淼握了握手，给张正海介绍道，这就是温小姐。又对温淼淼说，这是蓝港村的下派村支书张正海，我们一起在此欢迎温首席！

温淼淼和张正海握了握手，说，幸会！你们客气了！

虾米收好了画，一整摞拿给了刘书雷，说，你是博士？博士叔叔，如果你喜欢我的画，我每周这个时候都会在这里卖画。还有，博士叔叔，你学问多，能不能教我一下，我要怎么给依爸依妈写信，才能让他们回来？

刘书雷整个眼睛湿润了，接过画不知道说什么好，最后只好说，虾米，叔叔会在村里待些日子，明天我去你家找你。现在叔叔还有重要的事，好吗？

温淼淼看到刘书雷眼眶里蓄着泪水，无比惊讶和不解，再看了看虾米，好像有点明白了。

刘书雷一边收着画，一边说，虾米，叔叔刚好回村，你坐叔叔的车回吧，十里路，太远了！

刘书雷说话的同时，看到虾米穿着一双十分破旧的布鞋，那鞋子前面破了个洞，鞋底都快磨光了。

虾米打量了一下温淼淼，说，这位阿姨好漂亮！叔叔，我还从没坐过车，你真带我回村？

温淼淼说，小朋友，你真懂礼貌。

刘书雷牵着虾米的手，说，走，你上叔叔的车。

刘书雷又对温淼淼说，你的车跟着我们，我在前面开道。

刘书雷让虾米坐在后座上,虾米很安静地坐着。

遇到虾米,刘书雷的心情受到了影响,一路与张正海无话。

车到了山坡上,刘书雷停了下来,后面的宾利也停了下来。

刘书雷对虾米说,虾米,你坐在车上等一会儿。

虾米懂事地点头说,好,我就在车上等,不会乱跑乱动的。

温淼淼那边也打开车门,下了车。

刘书雷此时心情缓过来了,指着坡下的蓝港村说,温首席,从这里看蓝港村,可以看到整座村子。

温淼淼看到眼前的美景,嘴里不由得赞叹道,这真是太美了！比我看到的他们拍回去的那些视频资料美得多！这确实是块天然的旅游宝地。

温淼淼这么一说倒提醒了刘书雷，温淼淼作为兰波国际派到岚岛的执行首席，肯定对整个蓝港村的情况都做足了功课。本来还想给温淼淼介绍一下这边的情况，现在可以省略了。

刘书雷说，温首席应该对蓝港村的全部情况都很了解了，具体我就不介绍了,我们进村如何?

温淼淼说,好,我们进村。

刘书雷和张正海回到车上,刘书雷发动了车,车子向村里驶去。这时,坐在后座上的虾米说话了,支书依叔,我能不能问你件事?

张正海说,虾米,你想问什么?

虾米说,我依公跟我依姆说,我们要搬走了。

张正海转过头说,怎么啦?虾米,你觉得搬走不好吗?

虾米哭着说，我不想走！我们家搬走了，我依爸和依妈要回来，那就找不到我们了。支书依叔，求求你，我们家能不能不搬？

张正海一下子慌了，不知道怎么答复这个孩子，过了许久，才指了指刘书雷，说，虾米，你问这位博士，他比我懂得多。

刘书雷还没说话，虾米的小手就从后座伸了过来，递上十元钱，说，博士叔叔，我把钱还你，那些画算我送你，你能不能不让我家搬了，不然我依爸依妈回来了，真找不到我了！

刘书雷的泪水终于控制不住掉了下来。

车刚好进村了，刘书雷急忙踩住了刹车，用手快速地擦去眼泪，说，虾米，你就在这里下车，先回去吧。你说的事，叔叔一定会给你一个答复，只是现在不能和你说。

虾米下车后走了没几步，再次走回来，举着钱，说，谢谢叔叔，这钱你收回去吧！

刘书雷对虾米说，这钱是买你画的钱，你必须拿着。叔叔如果是因为收你这钱才不让你家搬走，那算犯大错误，知道吗？

虾米见刘书雷很严肃，才把钱放进口袋，说，那叔叔你记得来我家，教教我怎么给我依爸依妈写信。

刘书雷说，好，我明天一定去！

温淼淼此时走了过来，手里拿着一盒包装精美的巧克力，说，小朋友，刚好阿姨车上有盒巧克力，送给你，算是小礼物。

虾米不肯收，说，我依公说了，不能随便收人家的东西。

刘书雷说，虾米，阿姨是真心送你的，你收下吧，回去就对你依公说，是我让你收下的。

虾米看了看张正海，张正海点了点头，虾米才说，那好吧。

我还真没吃过巧克力。回去依公问我，我就说是博士叔叔和支书依叔让我收的。博士叔叔，你记得明天来给我做证。

谢谢漂亮阿姨！虾米对温森森道了谢，抱着那盒巧克力十分开心地走了。

温森森有点感慨地说，刘博士，看来你还是个很疼孩子的人，你肯定是个好父亲！

刘书雷立即说，我目前还没结婚，怎么会有孩子？但是，我做过孩子，我小时长在山区，也算个苦孩子，我知道孩子可怜起来比大人还可怜。这个孩子，为了找回她外出的父母，每周六早上走十里路，到那路口去卖画。温首席可能不知道吧，她刚才还求我，不要让她家搬走，不然她父母回来，不知道去哪里找她。我也看得出来，温首席也是个心软之人，所以送了她一盒巧克力。

温森森抿了抿嘴，说，刘博士，今天你请我来，不会是为了让我听你说这些充满爱心的话吧？

刘书雷说，那倒不是。今天我说的话，温首席听不听都无所谓。我请温首席来，主要是让温首席实地看看村子，眼见为实嘛。

温森森说，如此，真的很感谢你的用心。

刘书雷带着温森森，顺着村道到处都走了走，张正海在后面陪着。温森森今天上身着一套暗色的女式西装，内配一件白色衬衫，下着一条米黄色的长裤，显出了刻意的低调。但她身材较高，又穿着一双带防水台的黑红相间的高跟鞋，与刘书雷走在一起，高度几乎相当，显得十分醒目，引来了不少村里人的注目。

在村里走了一圈后，张正海接了个电话，对刘书雷说，村里有点事，我回村部处理一下。

刘书雷应了一声“好”，就独自把温淼淼带往海边。

海风习习，海浪滔滔，风把温淼淼的头发吹得有些散乱。温淼淼索性解开了头发，让长发随风飘动起来。海边的阳光，已经有点刺眼了，温淼淼从随身的挎包里取出了一副墨镜戴上。长发、墨镜、蓝天、大海，温淼淼一下子亮丽起来。

脚下的沙滩很松软，海潮时不时急急地冲上来，又缓缓地退回去。只走了一段，温淼淼忍不住先说话了，刘博士，你今天不会真这么闲，约我到这海边漫步吧？

刘书雷等的就是温淼淼先开口，顺势说，那你说说看，我主要目的是什么？

温淼淼粲然一笑，说，我至少知道，你这个大博士目前根本不可能有这种闲情逸致。我昨天接到你的电话后了解了，你是受命前来。像你这样身负重任的人，怎么可能有心情约个女子在沙滩上散步？

刘书雷说，看来温首席打听消息的渠道很多，连我来蓝港村做什么都了解得很清楚。这么说来，温首席应该也很了解蓝港村村民现在真实的心愿。

温淼淼说，我就说你心事重重，连看海的目光都是空空的，毫无反应。也难怪，村民的真实心愿，那是你的事。按照我方与岚岛签订的协议，我方也并未要求对此知情。

刘书雷说，所以我请温首席来，就不算公务，完全是私人邀请，是我个人想同温首席谈谈，这样也就与协议无关。

温淼淼停下脚步，说，绕了一大圈子，刘博士是想说，我们今天是私人聊天？

刘书雷也站住了，说，是的，我也没有获得任何的授权与你谈什么，只能通过这种朋友聊天的方式，同温首席谈谈。

温淼淼往前走了几步才说，很好，能跟一个博士交流，我深感荣幸！

刘书雷也紧跟几步，说，据我所知，温首席是位不得了的博士，自小在江苏长大，后来移居香港，大学在香港大学就读，硕士则是在法国的巴黎大学读的，再后来成了美国纽约大学阿布扎比分校设计系博士，毕业之后就成功地为兰波国际做了几个经典建筑，年纪轻轻就成了兰波国际开发设计部的首席设计。美国纽约大学是全世界公认的录取率极低的大学，只有百分之七；而阿布扎比分校录取率更低，从来不超过百分之一。温首席才是出类拔萃的人，只是真人不露相。这次兰波国际把温首席派到岚岛来，温首席也是临危受命。我能认识温首席，应该是我感到荣幸才对！

温淼淼摘掉了墨镜，似乎有些意外，意外之余又生出了点得意，说，难得，刘博士开始这么关注我了，还去了解这些我自己都已经有些陌生的东西。这些情况，我想刘博士应该是从兰波国际的官网上看到的吧。不过，我仍然很高兴，能够让刘博士这么认真地来了解我的情况，想来实在不容易。再说，我喜欢和会讲话的男士聊天。

刘书雷说，我也喜欢和有智慧的女神打交道，那样就可以省去很多不必要的东西。

温淼淼又戴上了墨镜，说，虽然你很风趣，但是，我猜你接下来的话，可能是很职业和枯燥的。这后面的话，才是你约我来这里真正想说的。

刘书雷说，这种说法我不太赞同。我要说的，可能你认为在这么美丽的海边说是不合适的，却是我真正想说的，也是必须说的。温首席认为是职业和枯燥的，我认为那是我的责任和工作。我也猜到，温首席虽然知道我想说的话很枯燥，但是还是想听的，不然，温首席不会今天一早就赶过来。

温淼淼不笑了，面色变得严肃起来，说，刘博士，董事会并没有授权我来岚岛与你们商谈协议之外的东西，我是首席执行，主要就是执行。

刘书雷保持着微笑，说，温首席，所以我前面一再说了，我们今天是私下交流。

我们算上今天见面，不过仅有两面之缘，刘博士就这么信任我，想和我推心置腹？温淼淼说。

我也是被逼无奈，我的任务主要也是执行。我想，目前我们的境况可能是一样的。处境相同，我觉得我们应该共同探讨一下。刘书雷又说，我们双方是合作关系，从精诚合作的角度说，不推心置腹，各自都有所保留，也就不够心诚了。

哦？你很懂得说服人，那我愿闻其详！温淼淼用了一个很文雅的词。

我们现在遇到的最大的困难是，这个村的人，全都不愿意搬迁。村民不愿搬迁,那只有两条路可以选择,一条是尊重村里人的意愿,另一条就是强行拆迁。不搬迁,就会违反我们双方过去达成的相关协议;强拆迁,这是违背全村民意的事情,我们肯定不会同意这个主张,也不会认同这种做法。如此一来,按协议执行,我们就要花很长时间做村民的工作。现在村民已经根本不谈条件和补偿了,关键问题已不是我们付不付出搬迁代价的问题。这样,时间就要一拖再拖,这对兰波国际项目的落地实施也会产生很大影响。当然,贵方可以撤掉这个项目,但相关问题还是会产生,一个是你们可能会失去在岚岛发展的一个绝佳良机,并不是没有其他的大公司看好岚岛,你们撤走等于给别人一个大好机会;另一个是兰波国际前期所有的设想将全部落空,所做的一些工作,包括一些重大的投入,将付之东流。贵方看似可以通过法律渠道来索赔一点投入损失,但是,据我所知,贵方的安置房交验也存在超期拖延的问题,没有按时交验,也涉及违约。这个,岚岛方面同样也可以通过法律渠道来追责。到时,双方都没什么胜算。此外,贵方在岚其他项目已经陆续生成,以后还离不开当地政府和百姓的支持,如果真的走法律渠道来解决,这种做法依我看并不实际,贵方也不会如此不接地气。再说,失去了银滩这块核心区域的开发,贵方在岚的整体旅游开发的格局,将会失去最重要的支撑,整体项目也将成为跛脚项目。两条路不管走哪条,其实都与兰波国际今后在岚的业务紧密相关。我设身处地地为温首席想,作为执行人,温首席其实也面临有苦难言之境,这就构成了我们之间必须好好谈谈、交换一下想法的基础。温首席,你如此聪明的一个人,难道没想过吗?怎么可能置身事外呢?现在我才终于体会到,那天温首席来找我们吴副秘书长,表面看起来平淡,其实也是忧心如焚。刘书雷说得不温不火。

温淼淼面向大海,站立了许久才缓缓地说,你是个很会踩别人痛处的人,居然把现状看得这么清楚!

刘书雷说,你说对了一半,我踩到别人的痛处,那也许是因为我有比别人更痛的痛处也被人踩着。我从我的痛处出发,不得不去想应该怎么办。就在这个时候,我才会对别人的难处感同身受。当下我们可以说是患难与共,不得不共同面对。

温淼淼还真是经历过大场面的人,她仍然很沉着地说,刘博士,你是想把我拖进来,借力解决你的难处?你知道兰波国际的影响力,如果我们真的不得不中止这个项目,退出岚岛大开发,那么这个后果也不是岚岛能够承受的,而且你个人也可能因此就会面临前途和人生的极大风险。

那是最坏的结局,肯定不是我想要的,也不会是温首席愿意看到的。刘书雷理了理被海风吹起的衣角,说,这就是我的痛处,也被你踩住了!所以,我们现在彼此都站在了对方的难点上,我们这么一直踩着,那是赌气,是孩子气。不如都成熟一点,面对现状,一起探讨一下看看有没有更好的结局。

温淼淼深吸了一口气,说,原来今天你约我来是为蓝港村当说客的。

真没有这个意思!刘书雷用坦然的目光看着温淼淼,说,我是把贵方当作友好的合作伙伴,相信我们一定能相互支持、相互帮助,一起解决合作过程中遇到的难题,所以我才真诚地邀温首席前来。我现在仅仅想做个提醒,在我们的合作之中,这里面有一个重要的第三方。这个第三方的愿望,在早期我们达成合作意愿时,因为我们的疏忽,没有充分关注并予以充分重视。我们虽然当时已经为他们的利益着想了,但是可能把利益错误地当作了他们的愿望。

温淼淼与刘书雷的目光碰撞了一下,立即又收了回来,说,说得很好,利益错误地当作了愿望,我相信你说的都是真的,可惜的是,我无力也无权改变具有法定效力的协议。

是的,我也无权改变。这就是为什么我一直强调我们今天是私下交流的原因。刘书雷长长叹一口气,说,但我觉得真实情况应该让你知道。在任何项目的合作过程中,因为合作是动态的,时间一长,早期协议达成的一些东西,也经常会产生相应的变化。如果双方能够本着相互理解和尊重的原则,那么有时通过补充协议来解决,这也是通常的做法。

谢谢。温淼淼说,你很实在,也很诚恳。其实,你说的情况,我都了解了。老实说吧,我承认你说得没错。自从上次我的前任与村里产生冲突, 董事会就开始担心这个项目不能顺利执行,可能存在变数,立即派我前来,给我下达的任务,就是争取尽快突破。我来后就拜会了秦副主任,提出尽快将我们建好的蓝港村安置房交验, 但秦副主任几次都以各种理由推托安置房收验。他的态度,让我感到事情可能有变化,后来我也知道是因为蓝港村的搬迁遇到了重大困难。我也很无奈,只好直接去找你们援岚办,找吴副秘书长,吴副秘书长只答应会尽快给我们一个答复,也没明确具体的解决方向。的确如你所说,我立即感到所面对的局面的严峻性。你今天的一席话,使我大体明白了你的基本态度。我昨天还听说,实验区的金书记和赵主任都分别在这个村的一份报告上做了重要批示,所表达的态度,似乎也与先前岚岛有关方面与我方签订协议时有所不同了。

海边的太阳已经开始有些晒了,刘书雷感到了阳光晒到皮肤上的那种灼热。

温首席果然也是个细心人！刘书雷庆幸自己没有低估对方,温淼淼为了这次来蓝港村,看来也做了很充分的准备。

温淼淼也感到有些热,掏出了随身带的纸巾,擦了擦墨镜,说,这么一个重要项目,大家肯定都要知根知底。她抬头看了看天空和太阳说,时间不早了,我要回去了,约好十一点还有个洽谈会。

刘书雷说,那好,该说的话我都向温首席毫无保留地表达清楚了。我们回村里,我送你上车。

温淼淼说,你是不是有了具体想法,能透露一点吗?

刘书雷说,温首席真的很敏感,今天欣然接受我的邀请前来,可能也有想探探我个人想法的目的。坦白说,在如此重大的建设进程中,我个人的想法真的不重要,重要的是万众一心,众志成城。再说,如果我有什么具体想法,就不会约温首席来了,我会直接到您的办公室和您商量。我今天请温首席来,到目前为止仍然只是想与温首席私下探讨一下,以温首席的智慧,有没有可能找到一个既让蓝港村村民接受,又不影响兰波国际的合作方式呢?这算是我个人的想法吧。

温淼淼不相信地笑了一下,说,刘博士,很难得你还这么为我们兰波国际着想。这在商业合作中,是很少遇到这种个案的。

刘书雷叹口气,说,温首席可能还对我们有误解。兰波国际来岚岛投资开发,那是支持和帮助我们建设,我们不能不配合,也不能不存有感谢之心。温首席如果能明白,我也希望您能为蓝港村村民想想!

温淼淼说,我想提醒一下刘博士,兰波国际仅是投建蓝港村的安置楼房,就投入了一亿多元;为开发蓝港村银滩,前期的各项投入也不少。在商业合作中,我们必须考虑自己的利益,这是很现实的问题。

如果这么说,那蓝港村村民考虑他们的自身利益,也是合情合理的。刘书雷说。

温淼淼耸了耸肩,说,这个我从来没有否认。但按协议,这并不是我们应负责的事务。

温淼淼的黑色宾利停在村部。张正海可能从办公室窗户看到刘书雷和温淼淼过来了,就下楼等在车旁。

温淼淼临上车前对刘书雷说,刘博士,我相信我们很快还会见面。

刘书雷说,那是。今天的私聊,让我觉得我们有理由再见面。

温淼淼又被逗笑了,说,你真是个很有趣的人,一会儿正儿八经的,一会儿又挺会说话,到这个时候还有心情幽默。

刘书雷说,到了现在这个年龄,遇到难题,我们还能哭吗?

温淼淼投来了一个异样的眼神,转身上车了,她摇下车窗,向刘书雷招手示意再见,车开走了。

张正海见刘书雷呆呆地站着，就上前低声地问，没谈下来是吗？

刘书雷回过神，说，什么？我本来就没想谈下什么。

张正海不相信地说，你昨晚不是说兰波国际是问题的另一半吗？不会今天只是跟她聊天吧？

刘书雷心事重重地说，现在一些关键条件尚不具备，我头脑里也是乱成一锅粥，和温淼淼这么厉害的人谈，怎么可能那么容易谈出结果来？我的几句话她能听些进去，都算成绩斐然了。今天只能算是个尬聊。

尬聊？张正海有点感慨地说，套用你的话，那我们现在岂不是处在尬境上？

刘书雷朝着温淼淼车开走的方向看了看，说，是，但不能让蓝港村一直处在尬境上。

张正海说，对了，海妹来找过你，在上面等你一会儿，后来走了。我问她有什么事，她说没事，只是想找你聊聊。

海妹？不会是替大依公来传话吧？又请我们去吃午饭？刘书雷开玩笑地问。

你是不是吃大依公的饭上瘾了？张正海笑了笑说，应该不像，看她样子好像很认真。

你没问她什么事？可以先同她谈嘛。刘书雷说。张正海摇摇头说，看她的意思只想和你谈，我就没多说。刘书雷纳闷地说，还有这事？会不会是大依公也听说了领导批示的事情找她来探探村子是不是不搬了？

也有这个可能。张正海说，我觉得更像是她自己想知道。你别忘了,你不是问过我,她有没有可能就是“海上蓝影”?

刘书雷说,你这么一说倒提醒我了,昨晚“海上蓝影”的帖子上第一句不就说现在到了“关键时刻”?我当时就感到这句话挺耐人寻味的,怎么“海上蓝影”会有一种特别的紧迫感?要不要我们中午主动去找大依公一下，给他报告一下领导的批示，顺带探探海妹的反应?

中午可能不行,上午在村部海明主任找到我,说请你去他家吃饭。他说,你来了不安排去他家吃顿饭说不过去。我想了想,觉得他说得也有道理,不好拒绝,就替你答应下来了。张正海说。

你也去吧?刘书雷问,为什么要拒绝?

我也得吃饭,他怎么可能不连我一起叫呢?再说他请你去他那里吃午饭,怎么好背着我这第一村支书呢?我自然是要去的,我交代过了,只能吃便饭。张正海说,他懂,原先上面来人,也经常派饭到他家的。不过,你要有点心理准备,他可能会说些你意想不到的话。

你指什么?刘书雷听出了张正海话中有话。

他要求派饭到他家,这个真心也是有的。张正海说,现在下来人都是在村干部家里派饭吃,久而久之,派到谁家吃,也是有讲究的。反正是吃便饭,谁家不是吃?但村干部会把这个看作一种信任度、一个面子。你这个省里来的,不到村主任家里吃顿派饭,他会感到在村里没面子。当然,我知道,他很想找个机会与你谈谈,又不好绕过我和定海老支书。我陪着你去,是最好的,说什么我都在场,也就不怕定海老支书以为他在背后嘀咕什么了。

吃顿派饭都还挺复杂的，难怪你见了我，第一个问题就是问我住在村里还是镇里，镇里吃食堂，村里吃派饭。我当时不知道这里面还有区别。刘书雷说，这到村里来，每件事都需要细，你这村支书，果然不好做，大的要抓，小的全管，要无一遗漏才行。

张正海说，你不下来，就永远都不会明白。

刘书雷说，那是，你真的辛苦，既当爹又当娘。这个叫我做，就做不来了。我最多只能做个“干爹”，搞不好还屁滚尿流。

张正海大笑起来，说，有你这么说话的吗？可不像博士语言！

刘书雷从张正海的笑声里感到自己与张正海已经完全贴近了，两个人之间越发没有什么距离了。

九

刘书雷和张正海到陈海明家时，简单的饭菜都摆在桌上了。陈海明早就在家里等着，刘书雷和张正海一进门，就被陈海明迎上座，入座后刘书雷看只他们三个人，就问，怎么，你家的人呢，一起来吃呀！

陈海明说，我儿子在外地读大学，老婆在厨房里，海边规矩，家里来客人了，家属不上桌的。接着试探性地问，张支书，刘博士难得到村里来，算是贵客，这饭菜简单，要不要喝几杯酒？

是自家酿的米酒。

张正海说，你自己是村主任，还不知道行不行？你别让他为难了，也别让我为难，我们只吃个便饭，说好不喝酒的。

陈海明忙说，那好那好！就给刘书雷盛上一碗饭。

刘书雷才扒几口米饭进嘴里，陈海明就给刘书雷夹上一些菜，说，刘博士，你要多吃点菜。

刘书雷说，不客气，我自己来。见陈海明拿着筷子没动，又说，你怎么不吃？

陈海明说，刘博士，正好张支书也在，咱们小范围，我能不能问件事？不然你看，我饭都吃不香。

刘书雷边低头吃饭边应道，海明主任有什么话直接说，我们都是自己人。

陈海明一副小心翼翼的样子，低声问，昨晚，张支书召集我们开会，传达了实验区两位主要领导的批示，我们文化程度低，理解力不行，我回来后想了一晚，上午又想了一上午，还是想不透这两位领导的意思，村子到底是搬还是不搬了？

刘书雷咽下一口饭，停下来说，昨晚开会，张支书没给大伙说吗？

陈海明看了张正海一眼，说，张支书就是念了下领导批示，然后就开始自我检讨，说自己发展意识不强，到村后就只想着搬迁，没有用发展的眼光来看问题，没有认认真真地想过岚岛发展，没有和我们认认真真地议过村子存在的发展动力不足、村子建设落后等情况，村里的面貌没有得到改变什么的。这些，我回来想了，这怎么能怪张支书？张支书还说，村两委没有发挥作用，没有战斗力。散会后，走在路上，大家才反应过来，怎么开了一晚上的会，也没弄清楚领导是说搬还是不搬。

刘书雷说，这个张支书可能也定不了，所以他只能按领导批示精神来说。张支书也给我看了领导批示，领导考虑的是大局，但有一点可以肯定，领导已经感到蓝港村的事到了必须下定决心解决的时候了。

刘博士也领会不了？陈海明有点不相信。

一定要我说领会，我感到领导批示的精神主要强调要我们认真思考，搬与不搬都必须放在发展的角度来考虑，而且搬要想清楚，不搬也要想清楚，这样才全面。见陈海明还是一头雾水，刘书雷才说得比较直接，村子搬迁问题，当时就是由上面直接决定，结果到现在村民们还反对着。你说现在的领导，他们怎么会再直接批示搬还是不搬呢？退一步来说，就按照村民的意见不搬好不好，那蓝港村要不要发展？要怎么发展？总不能全岚岛都快速发展，蓝港村还孤零零地以老样子在海边。

陈海明好像明白了，点着头说，这省里下来的就是省里下来的，比我们就是厉害。不过，那最后总要有个主意。昨晚张支书让我们议着议着，我们也议到了，这么一直拖着，村子拖不起，村民也拖不起。确实，这么拖下去，真的变成"黄花菜——凉了"，我们也知道，这不合适！

刘书雷说，对！所以张支书要你们开会，就是想让你们一起想想，你们说这不搬是民意，理由很充分；好，那不搬了，你也要有充分的理由，给个建议，村子要怎么发展？

陈海明把筷子放到桌上，声调有点提高地说，刘博士，你是来听村里意见的，那村里意见也包括我们村干部的意见。反正今天张支书也在场，就你们两位在，也不是开会，我也不怕是乱说。你们看，上面要我们村子搬迁，连该换届了都维持原状说只是个过渡。这过渡，不就是说明，村子一搬，我们两委也就不是村干部了？我们也跟村子里的人一样，只是一个搬迁户。要我们做搬迁工作，这累死累活的，家里老人、家属想不通，这已经就够烦了，要做通家里人工作，还要做村子里人的，总不能让我们六亲不认吧？再说，这人心都是肉长的，搬迁了，对我们村干部也和村子里人一样待遇、一样对待，张支书要求严，说党员村干部要带头，要自律，更要从严要求自己，你们说村委大家会不会想，等搬完，我们什么都不是，就平民百姓一个，现在带什么头呢？所以，我们对自己也要做工作。当然，如果不搬了，我们还是村干部，那我们去想村里发展问题，给村里继续做事，这才有动力呀！就拿我来说，这一搬，我的损失比村民大多了，我原先租的那些空厝，签的可是长期的租约呢，这搬走后，我进了新城，我什么也做不了。当村干部这些年，工作补贴就那么一点，也没敢在村里捞什么，村里现在是个穷村，也捞不着什么，政府是给搬迁补偿，还不得全贴进安置房里？按政策，多申请面积，自己还得垫钱进去，我不就成了个贫穷户？想起这些，你们说我们心里能不矛盾吗？今天借这个机会，我也向你们替村委们吐吐苦水，你们是上面下来的，和我们不一样，张支书为村民想得多，可能没想过我们村干部，其实村子一拆，我们也什么都没了，心里的失落比村民更大呢！拖了这么久，我们心里也苦，我们自己都说不通自己，怎么会说通村民？给村民说着说着，想到我们自己，反而还会让村民给说通了，我们也没出路呀！这再要求什么觉悟，那不就只好嘴上跟着说说？我是村主任，我嘴上不能说跟村民一样的话，但是，老实说，我心里想的和村民想的一样。你们说怎么办？

陈海明说的虽然条理不是很清楚，但是刘书雷听懂了里面多层的含义。刘书雷此时想到，作为搬迁村，村两委确实也是搬迁对象，陈海明说的许多是真心话。张正海在这村里作为第一村支书，在过去的一段时间里，其实是一个人苦苦地撑着，难怪张正海说曾经想过村子如何发展，但是觉得说出来的时机不成熟。刘书雷一方面对张正海多了一份同情和理解，另一方面也不知道该怎么回答陈海明。

张正海见刘书雷不说话，就接上话说，能不能让刘博士把饭吃完了再说？

陈海明忙又给刘书雷夹了一筷子菜，说，对对，刘博士，没什么菜，但饭要吃饱。

刘书雷说，你也吃吧。老实说，你讲的我都理解，村里干部遇到这种情况，是有很多难处，你们有很多的苦水。我看你都没吃什么，你吃点，我们吃完了再聊。

等刘书雷放下筷子，张正海也吃完了，陈海明就叫老婆出来收拾桌子，自己端出茶具来，泡上了茶，说，张支书，刘博士是第一次来到我家，再坐坐喝点茶怎样？

张正海见刘书雷坐在那边也没有马上走的意思，就说，那就再坐坐。

陈海明似乎很高兴，倒上茶就在刘书雷边上坐下说，刘博士，我还是要向你赔罪，那天你下来开村两委会，我在会上发了些牢骚，说了些气话，想想真不应该，你可别往心里去。

刘书雷说，那天是想听意见，听意见就是听真话，什么都可以说的。说起来正是那天你们说的那些话，让我一来就很真实地了解了村里人的想法，感受到了大家的情绪，这让我少走了很多弯路。你又没错，赔什么罪呢？

我是村主任，做村主任的年头算下来，也快满两届了，照说应比其他村委懂原则。陈海明说，我也不是没有觉悟，本来，如果村子不搬，按说定海支书年龄那么大，怎么也要换村支书了，我想想村子现在也没什么人，我也是有条件去竞选村支书的。偏偏又决定要搬迁，这可是得罪全村人的事，所以，那次镇里来征求意见，村委、村民都想推荐我，可我老婆死活不让我干，我也就没坚持。这事听了老婆的，现在想来，真是错了。如果村子不搬，张支书下派任期也快到了，今天正好也在，我就表个态，我一定参选。

这么直接？这也是没想到的。刘书雷一下子不知所措了，只好看了看张正海。张正海说，海明主任，人家刘博士来调研的，你这个想法，当然可以谈。村子如果真的不搬了，镇里肯定会再来征求村里村民意见的，到时也会征求你的意见，等到那个时候，你就可以说说你个人的想法。

那也是，那也是。陈海明“嘿嘿”笑着说，我也是闲聊，是想让刘博士也知道一下，在我们村两委里也有想干事业的。

刘书雷转开了话题，说，海明主任，前面听你说，你儿子在外读大学，现在大几了，读什么专业？

我儿子呀，没考好，后来还是张支书帮了忙，他去了晨光大学，现在“大二”了，读法律专业。

刘书雷又与陈海明随意聊了一会儿，就起身告辞了。

出了陈海明的家，走了一段路，刘书雷说，这顿饭还真吃得有点“鸿门宴”的味道。

张正海说，再待久点，你也就习惯了，这没什么。你到谁家吃饭，都会有突然而来的话题，这村里人，都是很直接的。陈海明是个有政治嗅觉的人，估计嗅到了村子可能不搬了，他心里又燃起了希望，想当村支书了。

你认为他能当好村支书吗？刘书雷问。

我下来遇到的第一件事，就是处理他的事。张正海说，他有几个堂亲、表亲在镇里和实验区机关上班，人又很活，有些门路，较早得到村子可能要搬迁的消息，就和村里的两个村委联手，想把村里能买下的空厝，想办法买下来，说是要扩大他的海产品加工场，或改建成民宿，实际上是想如果搬迁，到时可从拆迁补偿上赚一笔；即便不搬，这蓝港村也肯定要开发，土地、房子这些都可能短期内升值增值。好在有人找了定海支书，定海支书人虽比较消沉，但正派，曾经也是做过大生意的人，一眼就看破了，坚决反对，他与定海支书的矛盾就很深了。有几户在外急用钱，或怕麻烦的，都已经卖给他们了。那时，村里的局面有点乱，定海支书也有些顶不住。我一下来，定海支书就给我交了这个底，我觉得这件事必须尽快解决，就找了镇里反映。当时镇里主要领导特别重视这事，带上我找了秦副主任。秦副主任一听就急了，要求村镇两级要立即解决这件事情，为了避免产生更多的纠纷和麻烦，还以实验区拆安办的名义，批转了镇政府下发的在蓝港村特殊时期严禁村里宅基地、房屋等买卖的文件。从这件事后，陈海明心里对我也有很大意见，但是这放不到桌面上说，他嘴上也不敢说出来。他又想了一个花招，房子不能买卖，那就先租。我和定海支书商量后，就定了一条规定，村里所有房子在这期间，如要出租或租用必须经村委同意，且时限只能定到实验区决定村子搬迁之日前，村民大会时大多数村民表决同意。我觉得他私心太重，不能为村子和村民考虑，并不适合当村支书。昨晚上村两委会上，他又一次提出关于将村里空厝改建成民宿的事，这从发展上来说，是个思路，我还真不好否决。今天我更担心了，他正在为自己着想，一是想从我们这里打探到村子是不是不搬了的确切信息；二是想消除你对他不好的印象，你一来开会他率先放炮，让你有些难堪；三是想如果村子不搬，他能顺理成章地做村支书，这等于也向我提出推荐他的要求。如果他真当上村支书，村里的事在他手上操作，也许会变味。这件事，我还没想好怎么办。

可是，村子真的不搬了，定海支书也不能再做支书了，你也不可能一直留在村里，那到时怎么办？村委里有其他人选吗？刘书雷问。

这真是个最大的难题。现在村里基本上都是老人、妇女、孩子，不仅经济上空壳化比较明显，更麻烦的是主要劳动力外流，政治建设方面想培养村干部也没有合适的人选，村里没有个核心，找不到个领头人，这才是最棘手的。张正海流露出深深的忧虑，语气里充满了焦灼。

你思考得很深！刘书雷说。

张正海说，没有下来，我也不知道，也不会去思考这些。这都是在下派后，被现实逼的。跟你相比，你看事情比我更敏锐和准确，你才下来几天，就想得比我远。

刘书雷说，你继续夸我吧，听好听的跟吃好吃的都是一样，越多越好，我们相互“吹捧”，共同进步。

张正海这才又笑起来。刘书雷一下子想到了一件事，就说，我当你面答应明天去看虾米，要不，现在我们就去看看虾米？

张正海说，我们还是先回村部，我想同你再聊聊。

刘书雷和张正海走着回村部，没想到余望雨正站在村部门口。见到刘书雷和张正海走过来，余望雨迎上几步，说，刘副秘书长、张支书，我正找你们呢。

刘书雷和张正海都感到意外。刘书雷说，余小姐有事？

张正海说，我们还是上楼到办公室谈。

上了二楼，张正海就忙着烧水泡茶。刘书雷请余望雨坐下。余望雨入座后就说，刘副秘书长，那天你到我那里，我还不知道你这次来村里，是与村子的搬迁有关，今天上午听村子人议论才知道。所以，就想找你和张支书谈一下。我有几个台湾的年轻同行，她们很关注我在这边的生活，看了我发的一些这边的照片，都很喜欢这里。她们都是搞音乐的，有几个很快就要拿到硕士学位了，想来这里待上一段时间，潜心搞点作品。她们也想租几间村里的石厝，不知道行不行？我问了下，听说租用石厝，要经村里批准，我只好找你们来了。

张正海一手拎着壶,一手端着一个洗好的茶盘进来。刘书雷指了指张正海,说,他是这里的下派支书,你跟他说才有用。

张正海已经听到了余望雨刚说的事,放下了茶盘,一边泡茶,一边说,这也是特殊时期的规定,如果是短期租住,应该没有问题,村里还可以帮你们联系牵线,你们自己跟村民谈租金;时间太长的,村里早与村民有约定,现在已经不允许了。

余望雨有点遗憾地说,我告诉她们了,说村子可能要拆了,我得去问问。她们说,这么美的村子,这么好的石厝,多有特色,干吗要拆呢?实在不行,就先租几个月或半年的,哪天要拆了,她们再走。她们铁定要来,我也没办法,只好来麻烦你们。

张正海看了刘书雷一眼,刘书雷端起一小杯茶,借机点了下头。

张正海说,岛上我们专门投建了台商创业园区,那边整个的配套条件好,你可以介绍她们去园区呀!

余望雨苦笑了一下,说,那个园区我去看过了,那边做企业、商业很好,但她们是来做艺术。做艺术当然必须选这边,这边的整体氛围太合适了。

张正海说,如果真的看中我们这边,那短期来租住一段时间,我们村自然欢迎。

余望雨说,那好。能不能麻烦张支书帮我一下?她们委托我帮她们租房,只有一个条件,最好靠海边。我上午在村子里走了一圈,听说附近海边还有几间空厝,张支书能否帮我联系一下那几家户主,租金就按我租的价格再略高点,我每幢石厝一年的租金是三万元,那是去年的价格,现在最好不超过三万六千元，每月三千元，这样她们承受得起。我一来与那些人不熟，不知道怎么联系；二来我得赶紧装修，我想这段时间抓紧一下，把我原来想做的乡间咖啡屋和海边酒吧赶出来，她们来了，我们有个聚会的地方，可以一起喝咖啡、喝酒、喝茶、讨论音乐。村子里找不到工人，我还得去城里进材料、找人，真没时间。

余小姐这个时候还投钱装修，这村里一搬迁了，你投的钱不就亏了？刘书雷问。

这么好的村子，我真不相信会拆了，这在我们那边，是不可能的，再说村民都不同意。那天刘副秘书长来，我不知道是来负责这事的，所以还挺可惜这村子的。今天上午听村民说，这边的长官发话了，可能村子不搬了，我想刘副秘书长自己也是搞文艺的，又被派来了，以刘副秘书长的眼光和见识，我不相信刘副秘书长会认为这个村子应该拆掉。余望雨一脸的不相信，情绪还很稳定，说，所以，我决定还是花点钱，把我原来想做的做起来。实在要搬，亏一点也没什么，至少这段时间，我和我的伙伴们过了我们想过的一段日子。

这个，余小姐，我说了可是不算。刘书雷说。

没关系，这些事我不懂。反正我相信刘副秘书长能建言村子不拆，这就行了。余望雨说得很轻松。

张正海说，余小姐，你说的事，村里会尽量帮忙。

余望雨高兴地说，如果这样，那太感谢了。她转头对刘书雷说，等我乡间咖啡屋和海边酒吧做好，她们来了，刘副秘书长和张支书也要一起来，我到时请你们，你们一定要来。

刘书雷想了想，说，我一定争取去。

余望雨说，那我们一言为定。

余望雨一走，张正海就说，她们来了，万一真的要搬，我们该怎么办？

刘书雷说，你刚才不是还答应她帮忙吗？再说，她已经知道有可能要搬。

张正海说，我是有点想法，如果余小姐能多租些空厝，那不更好？

刘书雷说，是的，你不是告诉过我，这个地方可以开发文化创意产业？包括可以搞个闽台文艺交流基地？如果是搞文艺交流基地，你忘了我是在省文联工作的？即使我离开村子，这方面仍然可以帮你牵线搭桥的。

张正海说，原来你也是这么想的。你现在是不是下了决心，想帮我们留住这个村子？

刘书雷说，我下决心有什么用，你是这里的第一支书，关键是你想不想呀？余望雨今天来，她说的几句话，让我很受感动，你心里就没想法？

张正海说，我也琢磨过，以这个村子的条件，是可以往“美丽乡村”上面靠的。但想到了要搬迁，就没往这方面细想下去了，也不敢想。

“美丽乡村”？刘书雷睁大眼睛，说，这太好了！我原先不太了解，但是培训时听到过，看得见、摸得着的乡愁！你的想法很好，干吗一直藏着掖着，你是想往这方面谋划？这应该是蓝港村最合适的发展理念和建设目标，你这么一说，我心里就有谱了。

什么什么？张正海问，你是指什么？

刘书雷说，其实搬迁与否，我心里早就明朗了，但是更关键的是村子留下了，怎么发展，这个我真没底。我们总不能像村民一样，跟上级领导说，不要搬村。领导如果问我们为什么，怎么答复呢？

你赞同我的“美丽乡村”的想法？张正海一下豁然开朗起来。

关键是村民们赞同吗？刘书雷说，这里面的问题，我觉得比搬迁村子复杂得多，从来做成一个东西，比拆掉一个东西难得多。

那也是，我知道你是指什么。张正海点点头。这种默契感，让刘书雷很受用。

刘书雷走进虾米家时，被眼前的情景惊呆了。

虾米家的石厝在村里算小的，挤在坡角下，石墙黑黑的，进屋就可看到一张简陋的木板床，一位老人坐卧在已经破烂的被絮里，床边的木椅上坐着一位神情呆呆的老年依婆。床的对面就是灶台，灶台边立着一张小桌，小桌上放着一碟炸的咸带鱼，虾米正在灶台前煮地瓜稀饭。

见刘书雷和张正海进来，虾米既吃惊又高兴，从灶台前跑过来，说，博士叔叔和支书依叔，你们怎么来了？

刘书雷说，我不是说过来看你吗？我怕明天有事，现在正好有空，就邀张支书来看你和你依公依姆。

床上的老人认得张正海，艰难地挪了挪身子，让身体坐直些，说，张支书，来了？谢谢你前些日子给我带来的药，我吃了好多了,能坐起来了。

张正海说,元海依公,药快吃完了吧?过几天我回城里再给你带些回来。

真是一直麻烦你,实在不知道怎么谢你。元海依公说着,眼睛里泛着泪光。

张正海说,元海依公,不客气。这位是刘博士,是省里派来的。

刘书雷走上前,说,元海依公,早上遇上了虾米,今天专门来看看你们。

元海依公打量了一下刘书雷,说,虾米回来就对我说了,你是省里派来做大事的人。小孩子不懂事,麻烦你了。

虾米有点不好意思地说,博士叔叔,我回来对我依公说了,你答应教我给依爸依妈写信,依公狠狠地骂我说,怎么能拿这种事去烦你?依公说你下来是做大事的,我说那更好,现在只有做大事的人,才能帮我找到依爸依妈。依公说,以后不许我再去麻烦你。

刘书雷的心里酸酸地,说,虾米,你以后有什么事,都可以来找我,等下你把纸笔拿来,我把我的手机号写给你,你可以打电话找我。

虾米说,可是我家里没电话,所以依爸依妈都不打电话回来。

元海依公喊道,虾米,去做饭。喊完,元海依公喘了一大口气,低下了头。

虾米不情愿地回到灶台那边去了。

刘书雷掏出三百元钱，说，元海依公，虾米是我见过的最懂事的孩子，她真的很可爱！这钱是我和正海代表村里来慰问您的，一点心意，您收下吧！

不行不行！元海依公努力地想起身拒绝，说，村子里哪里有什么钱，我知道！村里有个大事小情，张支书还要在村里张榜公布。这肯定是你自己的钱，我不能收。我已经很感谢政府了，每年遇什么节上面都会来慰问我们家。我心里有时也挺难过，自己怎么变得这么没用。你今天来，是不是想劝我搬迁的事？按说，我现在全靠政府才活下来，应该最听政府的，但是，这次真的不行，我真不想走。

元海依公有些哽咽起来。

刘书雷把钱放在小桌上，靠近些说，您别难过！元海依公，像您这样，搬到新城去不是更好吗？那边房子新，又通气通风，离医院也近，对您身体有好处。

元海依公一直摇着头，说，不是不是。这里我们住惯了，我每天都要听到海浪声才能睡，这搬走了到城里听到的是汽车声，我就睡不着。再说，我也不知道还能活多久，我要等我那个不争气的"秧"来给我送葬。这村子里的人，没人送葬那可是太丢人的事。我一辈子也是风里雨里在海上闯过来的，不愿意走了落得人笑。

虾米看到依公难过，就跑了过来，靠在依公身边，一双眼睛盯着刘书雷，说，博士叔叔，你早上在车上不是答应我，让我在这里等依爸依妈吗？

刘书雷摸了摸虾米的头，说，虾米，长大了你想做什么？

虾米说，画家！画村子，画海！

虾米拉着刘书雷的手，说，博士叔叔，我带你去看看我画的画，这次不让你买。这些画，我不卖的！

好！刘书雷转头对站在一边一直不说话的张正海说，我们去看看？张正海默默地跟着。虾米把刘书雷和张正海带上了楼，楼上的四壁上全挂着画。刘书雷这时才发现，虾米真有艺术天赋，在那些画里，海边的石厝全是变形的，石块有的很大有的很小，密密地垒在一起，很有视觉冲击力。石厝有的是心形状，有的是云朵状，一个扎着小辫子的女孩站在上面，脸上没有鼻子和嘴巴，只有一双大大的眼睛，大大的眼睛里又画了好几只小小的眼睛，所有的眼睛都是忧郁地望着前方。在一幅飞鸟状的石厝上，一个小小的身影蜷缩着，上面是一个冷月牙，两滴泪珠很大，挂在石厝下，而石厝下是一片深蓝色的大海。

这是个想象力无比丰富的女孩。

刘书雷站在画前，心里有说不出的痛。

屋里放着一张大床，床中间放着一个小枕头，两边各放着一个大枕头，左边大枕头上，摊着一幅画，是个精壮的男子；右边的大枕头上，也摊着一幅画，是个苗条的女子。

虾米见刘书雷和张正海都不说话，小心地问，博士叔叔，我画得不好吗？

刘书雷看到床一边正好有纸笔，就拿起笔，把自己的手机号写了下来，说，虾米，你画得真好！这是我看到的最美的画。我在你这个年纪，根本就画不出这些来。你记住叔叔的号码，你家里没电话你别担心，我一定送你一部手机。

我真的想要，这样说不定可以接到依爸和依妈的电话，只是怕依公会骂我。虾米说。

刘书雷说，没关系，你就告诉你依公，有这个电话，你依爸就会打电话回来，你依公一样想接到你依爸的电话，他会同意的。

虾米说，真的？那好，我知道手机很贵，等以后我卖画赚到钱，我就把买手机的钱还你。

刘书雷和张正海离开了虾米的家。路上，刘书雷问，虾米家目前靠什么生活？

张正海说，她家算是最典型的因病致贫的困难户，最初因为她父母离村外出，收入等情况无法确认清楚，按政策规定还不能排上村里的低保户。我下派后走访时才了解到她家情况，确实太困难，两位老人没人管，连二代身份证都没办理。我跑到镇里派出所，镇里领导也给派出所打电话，派出所专门派人到他们家给他们办了二代身份证。我又跑了很多趟，找相关单位和部门，并经村里村民表决，终于争取到了低保并办理了特殊门诊，这才解决了一些问题。他们现在就靠低保生活。但农村的低保每月是固定的，两位老人又有病，家中生活的重担全靠虾米，她每天早早就要起来给两位老人煮好早饭和午饭，然后去邻村的学校上学；傍晚放学就要赶回来，给两位老人煮晚饭。这孩子真的不容易，这些年，一个家全靠她撑着。目前村里最困难的，都是因灾因病致贫的。早先村子谁家出现了变故，还有老人会出面帮助安排各家帮点，现在大多数村民出去务工，有些事情不好说，这个习俗也起了变化，像这样的困难户只能靠低保。好在乡里、县里、实验区一些部门，过段时间就会安排访贫问苦、慰问、助学什么的，我们村两委都尽量照顾她家，虾米目前也找到好心人助学，这样才不至于让他们忍冻挨饿。

我看得出来，你经常去她家。刘书雷说。

那怎么办？我是下派村支书，这种事算是工作和责任。我定期会去她家走动，能够帮助解决什么就解决什么。张正海说，村里现在又没有经济实力，能给的帮助真的很有限。所以，有时心里很纠结，也很难过。如果没下来，我也不知道还真有这么穷困的家庭和可怜的孩子。这个时候，我才能深深理解总书记说过的，全面建成小康社会，一个都不能少，这才真是太了解基层情况、太心系基层群众疾苦了，用老百姓的话说，是菩萨心肠。我想不出更好的词了。

刘书雷问，虾米的父亲叫什么？一直无法联系上吗？

虾米的父亲叫曾小海，我也尽可能去了解，听说早些时候跟人去外面做工程，打隧道；后来成了小包工头，自己包点小工程或路段做做。刚出去时，还挺顾家的，经常会寄些钱来，过节、过年还会回来看看。近几年来，音信全无，也没寄钱回来，也没同家里联系。虾米妈实在受不了，留下了一封信，说是出去找人，在一天上午就离开村子走了，再没了踪影。我下来后，虽做些访贫工作，但也了解不到曾小海的具体情况，只是偶然听说过，曾小海在村里有个发小叫蔡橹子，原先还和曾小海一起在外打过工。我有次碰到了蔡橹子，问过他，他说不知道。但定海支书前段时间告诉我，蔡橹子曾无意说起过，曾小海曾打电话给他问过村里搬迁补偿的事。张正海说。

蔡橹子现在在村里吗？刘书雷问。

在，就住在前面不远。张正海说，据说原先曾小海同家里联系，都是通过蔡橹子，打电话给蔡橹子，让他去他们家里，再打通电话与家里通话的。

那我们现在就去找他。刘书雷说。

你真想帮虾米找回她依爸？张正海问。

必须尽力！我觉得找回曾小海，对这个家太重要了。再说，答应孩子的事，一定要说话算数。刘书雷说。

像这种情况，村里人其实都明白，曾小海也许在外面有人了，说不准还有个临时家庭。张正海说，如出现这种情况，事情就有些难办。村里曾发生过此类事。

刘书雷愣了一下，说，先找到再说。他去年还曾打电话来，说明他心里还是牵挂着这边。

张正海说，可蔡橹子说，是问拆迁补偿。我那时就是因为听说是问这个，心里就有些凉，真要搬了，补偿的钱可是元海依公一家的命根钱，不能让他碰。你心真的很软。

刘书雷说，你也不硬呀！我看了虾米挂在屋里和放在床上的画，不找到她的父亲，我可能一想起那些画，终生心里都会难过的。我们先去问问再说。

十

张正海带着刘书雷来到那个村民家里。一进厝里，刘书雷就感到这是个没有女主人的家庭，屋里散发出一股刺鼻的怪味，已是傍晚了，里面还没开灯，黑乎乎的。张正海喊了声，橹子，在家吗？从一间屋里一拐一拐地走出一个人来。这人个子挺高的，但人很瘦，走起路来确实有点像摇橹。刘书雷看一眼就明白，这个人的左腿有残疾，难怪正值壮年，却没有外出务工。

张支书呀！蔡橹子低声应了下，找到了墙边的开关，用手一按，屋子里灯亮起来了，是那种节能的 LED 灯，刚开时光还比较昏暗，但刘书雷看到厅堂里十分脏乱，一张饭桌上还摆着可能是中午饭的碗筷和菜盘，上面还有几只苍蝇，被灯光一亮惊飞起来，又落停在碗沿上。

橹子，你也不整整，都要到做晚饭的时间了。张正海随后指了指刘书雷介绍说，这是省里来的刘博士，他有事想问你。

蔡橹子向刘书雷投过来一个怪怪的眼神，茫然地点了下头，算是打招呼了，又有些不好意思地说，这屋子里脏，不方便坐，要不到外面去坐？

石厝门外立着几个石礅，刘书雷坐在一个石礅上，张正海也坐下，蔡橹子点上一支烟。

张正海问，橹子，曾小海与你还有联系吗？

小海？蔡橹子有些吃惊地说，他又出什么事了？

张正海说，他出事了吗？

蔡橹子抽着烟没说话。

张正海说，橹子，你也看到了虾米有多可怜，刘博士刚去过他们家了，虾米求刘博士帮她找依爸，刘博士答应了。村子里原先你跟小海最好，只有你可能知道小海的情况，所以我们过来找你。

蔡橹子吸了几口烟，说，你们是为了这事来找我的？

刘书雷说，不应该让一个十岁的孩子来承担一个家庭的重担。这边每天都有游客带着孩子来享受海水、沙滩、阳光和蓝天，但是在这海边村子里的一个女孩，却连一双像样的鞋子都没有，每天还要照顾两位老人的生活。这对孩子不公平。

蔡橹子把烟头掐掉，深吸了一口气，说，你一个上面派来的博士，连这种事都管，难怪村里人说，这个博士跟上几次来的工作组不一样。好吧，小海本来与我约好，坚决不让我说，但我想想，今天还是告诉你们。小海前几年在一个地方承包了一段路，结果出了事故，死了两个民工，人家家里人把他告到了法院，他赔了个一干二净，还欠了些钱，才被放出来，没判他。出来那天，他给我打了个电话，问了一下这边家里情况，他说再也做不了工程了，也没钱往家里寄了，不知道该怎么办。在电话里哭得一塌糊涂。过了半年多，他又打来了个电话，说找了份工作，在省城的一个景点做保安，要把欠人的钱还了。具体是什么景点，我也弄不清楚。问到家里情况，我只好告诉他，虾米依妈说去找他，也离开村子了，再也没回来。小海在电话里停了许久，只说了一句话，更没脸回村！去年他突然又来了个电话，问我，听说村子要搬迁，还问了一些情况，包括能给补多少钱。我就把我知道的政策都告诉了他，劝他赶快回来料理一下。他说，如果真是这样，他还不能回来，不然那些补偿的钱，会被法院划走去赔人家，那到时连搬迁房的钱都没了，家里老人和孩子怎么活？从此，他再也没有联系我。

你还存有他去年打给你的手机号吗？刘书雷问。

他的手机号，以前一直都没换过。现在换了没有，真不知道呢！蔡橹子说。

那麻烦你把他的手机号给我。刘书雷用手机存下了蔡橹子报出的曾小海的手机号。

天色很晚了，外面全暗了下来，海风开始有些猛起来。张正海可能觉得事情打听得差不多了，就说，那谢了，我们走了。

这就走？能不能再坐一会儿？蔡橹子挽留着，欲言又止，手摸索了一会儿，抽出一支烟点上。

还有事？张正海感到了橹子的纠结，说，有什么事你就说出来。

蔡橹子看了刘书雷一眼，对张正海说，刚好博士来了，你们能帮虾米，能不能请博士也帮我一下？

刘书雷说，只要能够做到的，我一定尽力。

蔡橹子深吸了一口烟才说，是个人的事。张支书肯定知道，我腿残了之后，无法出去打工，老婆嫌我穷嫌我没用，硬是跟我离婚，带着孩子跑回老家了，几年都不联系了，也不让我去见孩子。但是不知道她从哪里知道村里要搬迁了，搬迁了就会补一笔钱，就突然给我打来电话，说这钱应该有孩子的一半，她要替孩子来讨。我说，怎么有孩子的一半呢？她说，她问过了，如果我不给，她就去法院告我，说这些年我从没付过一分钱的抚养费，可以告我个什么罪。还有她跟我结婚时，这石厝算是共有财产，离婚时她没要一分钱，现在房子有补钱，她至少应该也有点。跟我前妻的事还没完，我的弟弟又插进来了。他十八岁就出去了，这么多年也基本不再回村了，就两位老人走的时候曾回来过，后来把户口也从村里迁走了，迁到他老婆那边的镇上去了。这些年在外做事，看样子也赚了些钱，说在当地买了房。但是，前段时间，他专门跑来了，找我说政府如补偿，他也有一份。我说你的户口都迁了，就没份了！他说，政府赔偿的是石厝的钱和家里分到的宅基地、山地的钱，算是父母的遗产，他作为儿子也有继承权。我都说不出话了，气得都想死。我这事，博士您说说我该怎么办？

刘书雷是单身一人，从未了解过《婚姻法》；他又是独生子女，也没认真看过《继承法》。最关键的是，刘书雷从未想过会有这种事情。

张正海知道蔡橹子的这件事，刘书雷肯定回答不了，就主动接上话说，橹子，去年村里曾专门请过几个法律方面的专家来村里开展各类法律咨询，你为什么不去问问？

蔡橹子恨恨地说，这种事，哪里拿得出来说，还不让我丢死人？所以，我那时就希望村子不搬。现在，我是被他们逼得没办法了，我那弟弟也威胁我说，不同意没关系，他要去法院同我打官司。我也不知道跟谁可以商量。今天正好你们来，我就忍不住了，想问问你们可不可以帮帮我。

张正海说，橹子，你的事涉及很多法律方面的问题，这事由我来帮你理理，就不要麻烦刘博士了。哪天我去镇里，我来邀你一起去，我带你去镇里的司法所，先陪你去咨询一下，等把法律的规定搞明白了，我们回村里再商量。

蔡橹子说，也是，刘博士来村里是做大事的。张支书，那你可记住啊！

刘书雷和张正海起身才走几步，蔡橹子在后面又说道，张支书，还有件事能问吗？

张正海回头说，橹子，你说。

蔡橹子一拐一拐地凑上前，说，听村里人都在议论，村子可能不搬了，是不是真的？

张正海说，说真的，我还没接到这个通知。

蔡橹子的眼神里透出了几丝黯然，说，真希望不搬，也就没这些伤人的事了。

张正海说，橹子，你搞错了，你的事还是要从法律上了解清楚，你自己去权衡。村子搬不搬，你都会遇上这些事的。

蔡橹子长叹一口气，说，也是，他们现在有了这个想法了，怎么都不会罢休。唉，家事难理！谢谢张支书！

怎么还有这种事？路上，刘书雷问。

村子要搬迁，什么事都有。刚开始做财产登记统计，测算补偿和赔偿，兄弟吵起来的，父子闹起来的，邻里争起来的，这些事真不少。为调解这些，耗去了许多时间。这搬迁本身，也是对村里人的观念、道德、人伦、情感的考验。张正海说。

所以，今天这个橹子，宁愿选择不搬，他说的像是心里话。我现在在想，会不会有不少村民，因为害怕打破原有的生活方式、社会关系的平衡，而更愿意维持原状？村子如果真的保留下来，我更感到我们不能留下落后。可能与村民仅谈发展还真不够，你说呢？刘书雷说。

是，你想问题总是一下子想得很远。很多事情在此之前我都有明显的直觉，但是如何表述，我一直归结不了，你总能在关键时一语点破，让我明白其中的道理。张正海说，比如，你这一说，我就明白了，即使村子不搬，蓝港村也必须涅槃重生。

你说我会不会想问题太多了？刘书雷问。

现在做事，不能不想，这些都是过去没遇上的或是没想到的新问题。张正海说，就拿蓝港村来说，谁会想到一个海边的渔村，主要劳动力却都往内陆转移，不是往海上走，而是到陆上行呢？谁又能想到，如今蓝港村明摆着如果不搬，必将迎来新机遇，但是面对这些新局面的却是留在村里的老、弱、病、残和孩子呢？我刚下来时，凭一股热情，完全按照要求去做，什么也没多想，结果做到现在，却是个僵持的局面，这就是没有认真去想的结果。受你启发，我现在也开始想了，我感到不是问题想多了，而是能解决问题的办法太少了。

手机响了起来，刘书雷一看，是海妹打来的。海妹在电话里问刘书雷什么时间有空，想到村部来向刘书雷讨教。刘书雷说，我马上回村部，随时都可以来聊聊，讨教可不敢。海妹说，那就现在，现在就去。刘书雷说，热烈欢迎。

张正海问，你晚饭都不吃吗？

刘书雷说，我刚才忘了，我们还没吃晚饭。

张正海说，要不这样，我去小吃店里吃碗面，顺带帮你打包一份回来。

刘书雷说，你说海妹上午就来找过我一趟，现在又急着过来，我希望我们一起听听。

张正海说，人家是找你，你就别拖着我了。

刘书雷说，我跟她一点私交都没有，她找我肯定不会是私事。你先去吃面吧，我到村部等她，先说清楚，如果她是为了村里的事来找我，你回来后得一起听听。

好吧，好吧。张正海说。两个人摸着黑各走各的了。

刘书雷回到村部办公室，就先烧了一壶水。水还没烧开，海妹就噔噔地上楼来了。刘书雷招呼道，海妹，请坐请坐。海妹坐下，手里还在拨弄着手机，直到刘书雷给她端上一杯茶，才收起了手机，说，谢谢！刘书雷关切地问，大依公他老人家可好？

海妹喝了一口茶说，那天你们走后，我依公心绪一直很不安，时不时会突然问我，妹丫，我给刘博士说的那些，有没有说错？我告诉他，没说错，说得很好。他安静一会儿，又会说，会不会太没觉悟了，太为难他们了？我跟他说，博士是来听取意见和了解情况的，就是想要听实话、查实情。他才静下来一会儿，又自言自语，别害人家，露出一副特别担心的样子。我说，现在怎么可能，你放一百个心。

多好的一位长者！刘书雷心里掠过几丝感动，说，那你回去转告大依公，让他放心，让他多保重身体。你可以告诉他，实验区两位主要领导对蓝港村的事已经做了重要批示，上面很重视村民的意见。

海妹说，我就是为这事来的，张支书昨天连夜开会给村委传达了，今天村里都传开了，都在热议。你上次说过，你欠我一个回答，那我能不能换个问题？

又戳到那个痛处，刘书雷只好用大笑来掩饰自己的尴尬，你想问什么尽管说,我权当兑现欠你的利息。

那你记住今天的话,说话要算数,以后我真的有很多问题要向你提问。海妹一脸认真地说,你到时别说我比高利贷还要高利贷!

刘书雷有点后悔,心想刚才话说过了,像海妹这种较真的人,说不准真的有很多提问,谁有办法全能回答呢?急忙进入主题说,你今天想问什么?要不我猜下,你是不是想问一下,昨晚张支书传达的领导批示是不是就意味着村子可以不搬了?

海妹睁着一双秀目,看着刘书雷,没有说话。

刘书雷避开海妹的目光,说,回答你这个问题,可能又要让你失望。这个不是我们可以决定的问题,我真的无法回答你。上面的重视,至少目前并不表示事情重新有了定论,领导的批示有时候只是说明,领导觉得应尽快彻底地解决问题。

还是有点上次回答的套路,避实就虚。海妹叹口气,说,你就不能说说你的解读?

做工作可不是读书,刘书雷也正经起来,说,上级批示,这是重要的精神,一般都关系重大,这次是事关整个村子,还有更重大的内容,我不能按自己的理解和认为随便说。对了,你怎么这么关心和关注起这件事来?

这次问题确实同上次的大不一样,好吧,我算理解了。海妹说,至于我为什么关心这事,全村人现在都在关心,我是蓝港村人,难道不应该吗?当然,关键的是我依公这么多日子为这事愁坏了。今天上午,他听说上面领导批示了,就出奇地安静下来。

刘书雷话锋一转,说,你上午在村部等了我一段时间,现在又急着来找我，肯定不只是为了大依公。

你这个人眼就是太毒了！说话又这么直接，好可怕！海妹再次盯住刘书雷，但语气变得有些温柔了，说，当然不是。再说你今天也还是没给我答案，你仍然欠着我。说到这儿，歪着头坏笑了一下。

刘书雷无奈地苦笑着，说，看来，你给我的教训值得我终生记取，千万不要欠一个女生的东西。

纠正你一下，主要是千万不要欠海妹的东西。海妹说，今天来，当然还有件事，是有人托我约你，他明天一早就飞过来，一落地就迫不及待地想见你。他说可能的话，中午诚心请你吃饭，又怕被你拒绝，所以让我先来投石问路。你不用担心，这个人是个男生。

是谁？刘书雷有些摸不着头脑地问，他这么想见我？

现在想见你的人真的多了去了，可能全村有一半人都想见你，就是想弄明白，领导的批示是不是说村子可以不搬了？海妹说，这个人呢，会比村里的人特殊点，因为你和他昨晚在微信上聊过，你也表示过希望同他共同协商一些事情，让他高兴得一夜未眠。

昨晚上？你是说“海上蓝影”？刘书雷的脑中一下子灵光闪现，不知道为何心里有点隐隐的激动，他准备来见我了？

你实在能猜。海妹的目光里透出似乎很不甘心又不得不服的佩服来，叽咕道，难怪他一直崇拜你。

崇拜我？什么意思？我又不是网红或什么明星。刘书雷不解地问。

他认为你才是这个社会和时代十分需要的人。他知道你。他自小就有诗人梦，当年生活在这孤岛，读书伴着他度过孤独的童年和少年时代，那时看书是他了解外面世界和获得精神滋养的唯一渠道。我们几个小点的依妹依弟，都受了他的影响，因为他会把他爱读的书，读后借给我们看。我们可以看不懂，但是不能不看；不看的话，他就会威胁说不跟我们玩了。我们怕他不带我们玩，所以只好看书。他会给我们说起那些看过的书，还会在海滩上给我们读他写的诗，有几句我记得特别牢，题目叫《注定》：上天给了我们一片海，让我们成为一名破浪的水手；乘风而行的大船，就将装满了广阔的蔚蓝，驶向扎满彩旗的港湾！后来想想，不是他当时让我们几个也读书，可能我们后来也考不上大学，而且，他让我们学会了思考。现在，他有没有写诗我不知道，但他仍然喜欢阅读。那天你到村里，我告诉他说是一个叫刘书雷的北大博士被派到了蓝港村，他立即就在手机里惊呼起来，这个人我知道，我读过他的好几本书，最喜欢他的博士论文——《文学的现实情怀和当代主张》。说到这儿又哈哈笑起来说，如果是他，真乃天无绝人之路！我都有点莫名其妙，问他，为什么突然这么高兴？他只回答了一句，如果文如其人的话，那就太好了！海妹瞟了刘书雷一眼说，我不想打击他，就没有告诉他，我与你有一面之"问"，怎么没感觉你有那么靠谱？

难怪连圣人都告诫不要得罪小女子！刘书雷话一出口，立即觉得不妥，急忙说，我是说，你不是小女子，怎么这么记仇？

海妹一副无所谓的样子，现在我真没了当时在学校提问你的心情了，你应该会同意明天中午和我们一起吃饭吧？

一起吃饭没问题，我也要吃。刘书雷说，只是，你能不能先给我说说他的具体情况？他对我略有了解，我对他可是一无所知，到时聊起来就不方便了。

现在应该是你对他更好奇吧？海妹调皮地一笑，说，他叫林晓阳，是定海支书的孙子，大学读的是计算机专业，毕业后就到深圳去打工了，后来就在深圳创业，开了一家电子商务公司。你不是想找"海上蓝影"吗？他就是"海上蓝影"的群主。

你是说，"海上蓝影"不是一个人？刘书雷吃惊地问。

海妹得意地笑了起来，说，你终于也有想不到、猜不到的了吧？"海上蓝影"是我们几个人自己建的一个核心微信群。

这怎么会猜得到？刘书雷很急切地说，你能不能详细地说说？

当然，只要你想听。海妹说，今天我就是想干脆向你说清楚。我知道，你和张支书都在找"海上蓝影"，那天你要加我微信，其实是居心叵测，怀疑我是"海上蓝影"对吧？不然，你这么一个高傲的人，怎么可能主动要加我这小女子的微信？我昨晚也想了一夜，不能再让你花费这个心思和时间了，你可能是我们蓝港村最后的一丝希望了，错过了，就再没机会了。你说得没错，我们应该相互交流一下。我今天来找你，就是主动找你先交个底。更多的情况，晓阳哥他来了，你可以从他那里去了解。

你们可别把什么希望寄托在我这里，我也不敢接下你们这么沉甸甸的认可。刘书雷有些惶恐地说，你们千万也不能这么认为，现在是我们所处的时代太重要了，而我个人真的感到自己万分渺小，我现在最难过的恰恰是，时代如此之伟大，而我却这么无能。当然，因为我们都事涉其中，所以互相了解、真诚以待非常必要。

时代如此之伟大，而我却这么无能。这个感觉怎么我们也有，但就是说不出来。难怪他会崇拜你。你也别怕，也不用推辞。海妹“咯咯”笑起来，我们没把你当作华佗再世、扁鹊重生。我们只是感到，你对我们的态度很友善，你理解和尊重我们，你能和我们真诚相处，把我们当回事，我们想把你当作一个可靠的朋友。

刘书雷松了口气，说，如此最好！接着又问，微信群里还有谁？都是在外地的村里年轻人？

晓阳哥、依芳姐、依华弟、依秀妹和我，刚开始就我们五个人。我们的父亲都是那次定海依公货轮出事的罹难者，当时那艘大货轮就叫蓝影号。海妹揭开了谜底，所以我们用了“海上蓝影”这个微信小号。那年货轮出事时，晓阳哥才五岁，依芳姐一岁，我在妈妈的肚子里才八个月，而依华弟才在他妈妈肚子里五个月，依秀妹才不到三个月。前年的清明，我们回来给自己的依爸扫墓，聚在了一起。那天晚上，是晓阳哥做东。因为祸事是因他依公做生意引起，晓阳哥自打懂事起，就一直感到有愧于我们几个小伙伴，时常会护着我们，有好吃的肯定都会分给我们吃，哪怕只有一块饼干，他都要找齐我们，分成五份。在上小学、中学时，学校里谁敢欺负我们，他都会出来拼命，比他高年级的，他也敢上，有回吓着我们了，还好那几个人看他那真拼命的架势，赶紧跑了。现在想来，那个时候，我们五个人之间的关系，真的太值得珍惜了。成年之后，我们各奔东西，联系也少了，但只要到清明节，我们都会回来扫墓，晓阳哥就会做东请我们，这都成了习惯。那晚我们是在村头的那家小饭店吃饭，我们谈起了村子如果搬了之后，我们依爸的坟怎么办。晓阳哥说，要不由他出钱，一起把五个人的坟迁到岛内的公墓去，让他们在地下仍然聚在一起，他们就不会寂寞。但我们几个都说起了家中的老人不同意，迁坟跟迁家是一样重要的。话题就转到了村子搬迁的事。我们都喝得有点多，是我先说起的，我说这次我去给我依爸扫墓，我依公居然一定要去。按照我们当地的风俗，老一辈人是不能给晚辈扫墓的，那会折寿的。我劝我依公别去，依公说，村子要搬了，我更折寿！反正都要搬了，今年不去以后怕没机会了，我是去祭拜祖先。那天，我依公站在海边给我讲，妹丫，这村子是有魂的！这块土地是有魂的！这村子从有人开始到现在，有多少我们祖先的魂在这里，这一搬走了，他们怎么办？你依爸的魂每年这时都会从海上飘回来的，到时怎么认路？我自小到大，从未见依公哭过，那天他像小孩一样哭，那么伤心。我依妈曾告诉我，我依爸死讯传来时，我依公都没流过一滴泪，定海依公当时整个人都瘫了，是依公带着村里的人，去商议和安排后事。所以，我知道，能让我依公流泪那真是到了他伤心的极限了。我自小就没见过我依爸，只是在我依妈的肚子里，可能听过他的笑声，是依公把我带大的。所以，见依公如此难过，我心里赌着气发誓，我会想尽一切办法，不让村子搬迁。冷静下来，我又不知道该怎么办，那晚借机就说了出来。几个人都沉默了，晓阳哥先说，这次回来，他也发现定海依公为村子搬迁的事，晚上都睡不着了，半夜都会起来站在窗前默默听海。晓阳哥这么一说，依芳姐他们几个也都七嘴八舌地说了起来，说这次回来，大人们都提到了依爸迁坟的事，不知道该怎么办，愁死了，大人们都问他们这小辈该怎么办。晓阳哥这才说，他看定海依公这么受罪，就给定海依公出主意，可以让全村的村民签字给领导写请愿信，反映和表达村民们不想搬的意愿。谁知道定海依公听后勃然大怒，警告他不准掺和进来，不然就和他脱离关系。晓阳哥说，他从没见过定海依公那么暴怒。晓阳哥接着说，他正好想过准备找我们商量，过去村子里的事，都是大人们决定的，现在这件事，这些大人们做不了主了，也解决不了，要不我们来想点办法？如果我们的父亲都在，那么这事肯定是由我们的父亲们来承担，但他们不在了，我们长大了，也该为村子担起些事了！这么一说，大家觉得非常有道理，就你一言我一语地借着酒劲越说越明确起来。那天很晚了，小饭店要打烊了，大家觉得还没说尽兴，就约第二天再聚一起商议应怎么办。第二天大家酒都醒了，我们坐在一起，认真地接着昨晚的话题商议了很久，因为有定海依公的警告，我说我也担心我依公知道了会坚决反对，依芳、依华、依秀也说，这绝不能让家里人知道。于是，晓阳哥最后出了个主意说，我们用我们的方式，可以在网上发声，借助网络来进行抗争，这样大人们也不会知道，他们查不到。我们觉得这是个好办法，就立即建了个核心微信群，讲好这核心群只能我们五人知道，谁都不对外说，有空我们就在微信群里细聊，同时建了另一个大群，发帖，让在外的蓝港村人一起加入。微信群用什么名，正好大家是回来扫墓的，是晓阳哥提议说用“海上蓝影”。当年我们的依爸们是乘着蓝影号货轮出去的，我们一致通过了，并推晓阳哥为群主。那天，我们都无比感慨，如果当时国家像现在这么强大，我们的海军可以巡航亚丁湾，让海盗们知道，中国人可不好惹，那么，我们就不会成为自小没依爸的“孤秧”了。说到这，我们更感到这次一定要敢于表达我们的想法和诉求，我们都已经是无依爸的“孤秧”了，不能再成为没有故乡的“苦秧”。

海妹说到这里，眼睛有点泪汪汪的。刘书雷听了也有些感动地说，这几个人的愿望和出发点其实都是好的。你们当时为什么不主动找找张支书呢？张支书或许能帮你们呀！刘书雷问。

张支书？海妹看了刘书雷一眼，说，张支书刚来村时，那可是明摆着来做搬迁的事，一连开了好些会，挨家挨户做工作，要求村民们提高认识，服从大局，并组织入户填报搬迁意见表，同时进行了房屋面积测量、土地面积测算、人头统计、赔偿摸底等等，做的全是搬迁前期的准备工作。那时他的态度十分坚决，明显与我们不是一边的，我们怎么会去找他呢？工作组进村时，张支书可是忙上忙下，带着工作组一家一家地做村民的工作，整月都没回去，人瘦了一圈，当时村里喊得最大声的就是他，连我依公都不想见他，觉得和他没什么可谈的。直到那次兰波国际组织了一支搬拆队突然入村，想强行拆房，这渔村的人再老也还是有血性的，他们用渔网网住大铲车，我听说连插鱼的钢叉都拿上了，准备血拼。那时镇里的镇长来了，还带了派出所的几位民警来，想抓几个村里人震慑一下。张支书这时站了出来，站在村民一边，当场与那个镇长争执起来，听说吵得很凶，张支书还给那个带队的镇派出所副所长讲了一下相关政策，那副所长听完立即就带警察走了。然后张支书当场给实验区领导打电话,实验区领导下令叫镇长立即打住,派专人火速赶来处理,村里没有一个人因此被抓,也没人受什么牵连,镇长被撤职了。村里人这才发现,这个张支书关键时刻真心护着村民,对他的态度开始大转变。再后来,村民们发现他做了不少实事,像联系医院专家定期进村义诊,帮助村里一些困难村民解决低保,筹资兴建村文化中心,进行村里生活环境整治,建公厕和垃圾临时集中堆放场,把自来水管铺到各家各户。村民们才渐渐了解他是真心为村里,做事也比较公正公平。这时我们曾想找他,但在商议时,“深海章鱼”透露说,张支书因搬迁工作不力,被上面狠狠批评了,还要被上面撤换。我们想了想,与其让他为难,被撤了,不如还是让他留在村里,万一来个对我们村没什么感情的,不是更糟糕。张支书曾主动在网上联系过我们,但我们不想让他扯进来,就没有回复他。

“深海章鱼”?这个人是谁?刘书雷问。

这个“深海章鱼”是自己加进来的,是谁我们至今也不知道。他在我们网帖发出不久,就加了进来,给我们发了不少鼓励和支持的话,我们觉得他完全站在我们这一边,还蛮有想法和点子的,就对他比较信任。他始终没透露他是谁,我们当时也没想过了解他是谁,这是网上规矩。但我们能够感到他就在蓝港村里,十分了解村里的情况,包括一些我们无法了解到的重要情况,我们核心群里正好少一个这样的人,能给我们及时通报情况。所以,我们接受他进了群,参与我们的重要讨论。他也不知道我们是谁,彼此都不知道对方底细。海妹解释说。

他能向你们通报一些村里的重要情况？刘书雷很有兴趣地继续问，譬如说什么情况？

就是像前面说的张支书差点被撤，还有上面派你下来，你的一些情况，包括你去见了我依公，我都还没说，是他先在微信上说了。还有这次领导批示等，他都能很快知道。不过，他肯定不知道我是谁，所以你去见了我依公，他会先说出来。海妹说，你觉得这有什么问题吗？

没有，随便问问。刘书雷说。

好像没这么简单吧，你是不是也觉得有什么不对？海妹瞅着刘书雷说。

刘书雷说，感觉不对肯定有些吧，我是在想，他既然在村里，并且可以知道一些核心情况，那么他可能是一个在村里比较重要的人，而且说不定还在村两委里。如果他是村委，那怎么可以这么没原则？有些东西按规定是不能说出去的。

这也是我今天来找你的原因之一吧，晓阳哥也是为这事而来。海妹说，今天找你，就是我们决定不再对你隐瞒。晓阳哥说，你这个人迟早会猜到、找到我们的，再说，既然同你微信联系，应该对你坦诚，他为你打包票说你值得信任。我和他商议了一下，确实已经无路可走了，必须找你。

无路可走，为什么用这个词？刘书雷笑起来，说，至于吗？

海妹没理会刘书雷的笑，脸上现出深深的忧虑，说，我们都知道，现在已经到了最后的关键时刻。海妹说出这句话，刘书雷一下子想起，昨晚“海上蓝影”网文上第一句话似乎就是这么说的。这个时候，我们要怎么办？我们也真不知道该怎么办！海妹的眼神里透出了一份凝重来。

我有点听懂了。刘书雷神情也认真起来,说,那你来找我,晓阳要来见我,这个“深海章鱼”知道吗?

我来找你,晓阳哥来见你,这只是我和晓阳哥两个人用电话商量的,其他人都不知道。海妹说,所以,希望你能为我们保密。

这个没问题。刘书雷说,但我对你们也有个要求,我觉得明天中午应该让张支书一起来。张支书是村里的第一书记,既然我们谈的都是与村里有关的事,我认为都不应该绕过他,你们也应该相信他!

海妹点点头,你都说到这份儿上了,我们还能拒绝吗?我晚上再跟晓阳哥说说。

现在到底遇到了什么具体难题,让你说出什么无路可走的话?刘书雷说,能不能现在就说给我听听?

海妹摇了摇头,说,我说不清楚,不知道该怎么说。今天先不说这个,明天由晓阳哥跟你说。我只负责与你约定。晓阳哥已订好明天一早的航班,就等我通知,你这边同意,他中午就能赶到村里,我们一起在村头小饭店里吃饭。

也好。刘书雷说,我很想和他面谈,听你刚才说的,我更想与他深聊。只是,我建议我们不去小饭店,那里不适合谈这些,你们到了直接来村部,我们关起门来好好谈,不是更好吗?

行,一言为定!海妹有些开心地说,那我回去就告诉晓阳哥,我们明天不见不散!

与海妹出了办公室,刘书雷看到张正海屋里灯亮着,知道张正海已回来了，同海妹告别后，就转身上楼进了张正海的办公室。张正海指了指放在桌上打包回来的海鲜面，说，你赶紧吃吧，都已经坨了，也凉了。刘书雷说，你早就回来了，我怎么没听到动静，也不过去。坐下就大口吃起来。张正海说，人家是想和你单聊，我去了不合适。刘书雷边吃边把刚才海妹说的情况一五一十地告诉了张正海。张正海听了发了一会儿呆，许久才说，怎么会是他们，我怎么忽略了这些年轻人，是我的工作没做好。你要我明天一起见林晓阳？

刘书雷说，当然，你是村支书，我给海妹说得很明白，你必须在场，这绝对离不开你。放心，他们对你并没有什么意见，是他们不想把你牵扯进来。这是他们的错误意识，我觉得必须把他们纠正过来。还有就是，说要去那小饭店边吃边谈，肯定不合适，还是在村部谈好。至于午饭嘛，就只能麻烦你能不能让那小饭店打包送过来？

张正海说，这有什么麻烦？这服务的事，本来就是该我来做。你也别再吃面了，明天中午我点两个菜，算我请。

随你，回去无法向嫂子报账，你自行负责。刘书雷笑着说。

忙了一天，这时有些得闲，刘书雷就打开手机的微信，才看到了陈子劲老师下午发来的一条微信：

> 书雷，你发的那些照片是何处的？中午与道一和明台小聚，拿给他们看，他们也不知道是何处，但一再要求我问问你，这么独具海洋之美又具山乡之秀之所，是在哪里，他

们很想去看看。我也被那石头房子、幽幽石巷等所体现的沧桑所深深吸引了，不知为何也有一种莫名的感伤，就有了想去的冲动。

范道一，主攻西画和现代主义，力主在中国当代油画里融入传统写意元素，独创写意油画；徐明台，擅长青绿山水，艺术上主张在传统的青绿山水中，融入西画笔法。两个人都是当代大名鼎鼎的画家，颇具中国传统文人的遗风，都非常偏好中国古代诗词，且诗文造诣极深，所以与导师陈子劲为至交。刘书雷跟着陈子劲曾见过他们多次，了解和熟悉他们的一些情况。

如果导师和两位大画家能来走走，那真是太好了。刘书雷立即给陈子劲老师回复：

导师，这段时间太忙，忘了问安和禀报。我被选派来援岚，因工作需要，现在深入一个海边渔村，这个村叫蓝港村，即是我所拍之地。下来之后，才更深切领会到导师的教诲，所获极多，一言难尽。如若导师能与道一师、明台师一同前来，那真是求之不得。

陈子劲回了一条微信过来：

书雷，你已到了那村里去？我决定去看看你，这几天正好得闲，我约他们一起同行。

刘书雷急急地回了一条：

甚念恩师，恭待佳行！

发完了微信，刘书雷对张正海说，真没想到，我发的那些村子里的照片，我导师看到，居然心动了，还有两位大画家也被吸引了，想来村里看看。我请导师和他们近期就来。这蓝港村真是太有吸引力了，我就那么随便一拍一发，就能吸引他们，我就想到了你说过的关于村子的设想，也许那真是个好设想。

张正海说，你又有了什么想法，对吗？

刘书雷说，想法还没有，先不说，等他们来后再说吧。但是，我有个强烈的感觉，蓝港村不能再守着金山做乞丐了。

这是我的错。张正海说，我下来时，一切工作的出发点都是围绕着要搬村，心思都用尽了，时间也耽误了。如果你没下来，我仍然不会去想那些，也不敢有什么设想。

这不能怪你，确实有许多很难破解的现实问题，你一个小小的下派村支书，也无法撼动上面的决定。刘书雷说，现在情况和条件都有了大变化。大依公说，这片土地是有魂的。我觉得村子也要有魂，你要成为村子里的灵魂。有灵魂的村子，就一定会有梦想，你应该让蓝港村成为有梦想的村子！

说来也真的奇怪，本来我的心都已被搬村的事彻底困死了，只想快点有个结果，让我尽快完成下派任务。但是这些天和你待在一起，心慢慢地又活络起来了，不知不觉有了很丰富的想法。张正海说，很奇妙的跳动感。

不说这个，我们物以类聚。刘书雷说着又开心地笑起来。

十一

第二天整个上午，刘书雷觉得心一直静不下来，都处在一种躁动不安的等待状态，终于要正面接触“海上蓝影”的群主了，林晓阳将会说些什么呢？选在这个时候急急地前来见面是为什么？海妹为什么说到了“无路可走”的地步？张正海在办公室里忙着自己的事，没过来，刘书雷觉得自己单独想想也好，也就没到张正海的办公室去。

快到中午时分，海妹终于出现了，一身紧身的牛仔衣裤勾勒出一副充满活力的好身材。海妹领着一个戴着无框金丝眼镜、个子瘦高的人走了进来，一进门就大大咧咧地说，大博士，他就是林晓阳。林晓阳衣着十分正式，深色的西装，白色的衬衫，系着一条蓝色的领带，拎着一个时尚的真皮软包，与随意活泼的海妹形成了鲜明的对比。他走到了刘书雷面前，恭敬地鞠了个躬，说，刘老师，终于见到您了，有幸得很，本人林晓阳。

见到了林晓阳，刘书雷心里的躁动瞬间就没了。这个林晓阳这么正式地来，刘书雷觉得必须冷静对待。晓阳，我也很荣幸见到你。我们今天都不要客气，大家能不能都把对方当作朋友？刘书雷说。

张正海可能听到了这边的动静，知道林晓阳和海妹来了，从隔壁主动走了进来。刘书雷给林晓阳介绍说，这位是张正海支书。林晓阳迎上前去，伸出手与张正海握了握，说，张支书现在是我们的父母官，我见过了，回村时见的，几次远远而过，没打招呼。张支书，抱歉得很，你在网上曾联系过我，我没回复你，因为情况比较特殊，请你原谅。

昨晚刘书雷把海妹说的全告诉了张正海，张正海知道林晓阳说的特殊情况是指什么，于是说，你就是定海支书家的晓阳？应该是我向你们道歉，来村里这么久，都没想到过要联系一下你们这些在外的年轻人，本来应该请你们回村里来，听听你们对村子、对我工作的意见和建议，真对不起。张正海说得挺实在和真诚，林晓阳反倒有些不好意思地笑了笑，说，张支书，你这么说，我们更不敢当了。你身负特殊使命来村里，有些事也是身不由己，村里的事已经够你劳心劳神的了，我们过去对你有不敬之处，你也多包涵！

刘书雷给林晓阳端上了一杯茶，说，你一路赶来，很辛苦，请坐，喝杯茶，我们再聊。

现在交通这么舒适、方便，不辛苦。这次回村要见刘老师，我一路心里挺激动的，想了很多。他双手接过茶，说，谢谢刘老师。喝了一大口，林晓阳才坐下，把手中的包放到一旁，有点紧张又有点兴奋地说，终于见到刘老师了，对了，还有张支书也在，真的有很多话想说，不知道该从哪里说起。

刘书雷说，你今天可以把想说的都敞开说，我和张支书都非常想听。我也保证对你敞开说。

让你们多操心了，真不应该！林晓阳似乎很受鼓舞，说，其实，刚开始我们并没有具体的想法，只是回村时，感到村里人都不愿搬，想不通为什么这个愿望得不到应有的尊重，心里也就有股气。既然是个好的地方规划、好的本土蓝图，为什么一定要把蓝港村变成一个搬迁村，让村民成为迁徙者，而不是参与者、建设者？我们就是心里有股气，于是那时自发地站出来，想帮助我们的长辈和乡亲表达愿望。我们很自然地想到网络，因为我们不知道还有什么渠道，至少现在对网络上的意见比对口头和书面的意见更重视。不过，初衷真不是想用网络来逼迫有关部门，而是希望通过网络来引起更高层面的关注，毕竟现在上级很关注民意。这是我们这个时代让我们最直接感受到的进步，只要民意充分表达了，最后一定能引起上级的关注。

刘书雷点了点头。林晓阳更兴奋了，说，用网络，我们当然希望力量能更多点，呼声能更高点，就自然想到了在外的所有的蓝港村人。我觉得人一定有着特定的基因决定着对自己故乡的感情，只有这样才可以解释为什么正常人都恋土爱乡，在外会思乡念故，回到家乡会有一种情感上特别亲切、心理上特别舒服的感觉。想到村子即将消失，我们有一种说不出的不舍和伤感。刘老师别见笑，我自创了一个词，叫“属地基因”。草木都有原产地属性，动物有领地意识，现代科学研究可以从基因里找到人种属地，这就是证明。我想，只要让在外的蓝港村人都知道村子即将不存在了，大家一起表达心愿，将下情真正上达，就有可能解决问题。我们其实还是相信政府能为我们做主的。当然，我们也知道，人的数量多少，经常会决定上面关注程度的力度，于是我就在网上发帖。那些帖，你们也看了，我们并不想与有关部门对立，有关部门是为我们解决问题的，我们只是想表达一下解决问题的诉求。

到目前为止，有多少人响应？刘书雷插话了。

这个，有点出乎我们的意料，这么大的事，在外的同村人，许多其实并不很关心，也没我们那种切肤之感。不是没响应，而是有的响应不是我们想要的那种，没那么积极。林晓阳的情绪有点低落下来，说，各种意见和看法都有。有的进了群里，了解了一下，就不再发表意见了，不置可否；有的进群，但什么也没问，也没说，估计是在观望；积极的，都是在外读书的大学生，还有外出务工不久的年轻人，还有几个是在部队当兵的，他们快结束服役期，要退伍回村了，就这些人比较积极地参与进来，在群里发表意见和建议，全力支持我们向上面据理力争；也有明确反对的，可能是在外待久的人，觉得村子要搬，这是政府定下的事，谁都逆转不了，没必要意气用事，不会有什么好结果；有几个还说，能迁到城里，有什么不好？现在农村人都盼着往外走，在村里是生活，在城里也是生活，去城里生活，过去还求之不得呢，现在给机会了，还啰嗦什么？有的应该是全家已经都搬离了村子，对搬拆不搬拆无所谓了，只是表示，能否提高点补偿标准；也有个别的劝我们还是听政府的吧，政府有政府的发展考虑，在发展方面，政府肯定比我们考虑得更远，还说，应该是政府带领我们发展，而不应该是我们来替政府决定发展，这一看就是在机关工作的，不跟我们在一个立场上说话。总之，这些意见和态度，与我们最初的预想有明显差距，让我们非常吃惊和困惑，挺受打击。我的属地基因理论，也很受挫。

那些意见有的也不无道理。张正海借机提醒道。

林晓阳说，是，我们分析过了，离开渔村在外的人，所见所思所想所要不同，各自的出发点都不一样，对村的感情也不一样了，还有追求也不一样了。反正现在是现实在改变人，而不是人想着去改变现实，我们觉得这可能是最令人悲哀的吧。但是，村里的全体村民不想搬，这是事实吧，也是我们支撑下去的力量。是不是我们让大家太陌生了，感到太嫩了，不认可我们，因此号召力不够？我们不灰心，想可以用多点的时间来继续争取更多的关注和响应。可刘老师在村里的出现，加上领导的批示，让我们感到事情有了比较大的变化了，时间不多了。你们坚持为村子、为村民的出发点和对渔村的这份感情，我非常理解和欣赏。刘书雷接上话说，我非常赞同你说的，人要想着去改变现实，这样才可能有选择、有理想、有追求。

责任感就是时代感。一个没有责任感的人，永远都不知道他处在什么时代，所以，他不知道该做什么不该做什么，更不用说他会有与时代相匹配的人文情怀、伟大精神、崇高境界，而这些恰恰是我们改变现实、改变生活、追求理想所需要的。林晓阳说，刘老师，这是你在博士论文里写的。

刘书雷惊讶极了，说，你背下来了？

那是，里面我喜欢的话，我都记得住。林晓阳说，我再背一段，人文情怀其实是体现在对社会、对时代、对人的存在和生活的态度和行动上。中国古代儒家文化传统里，尚有“兼济天下”等大情怀的认同，而在我们这个紧密型构造的社会里和高度关联性的生活中，个体既渺小又伟大，我们都有可能与所有的个体构建成一个推动历史向前的基因组合，如果自行发生变异，那就会成为时代的惰性细胞甚至变成精神与情怀的“癌细胞”。因此，即便是作为最微小的社会末梢神经元，我们也应该坚持正向的传导。

你别再背了，很感谢你这么认真读我的书。刘书雷面带惭愧地说，那是我在书斋里的思考和写作，来到蓝港村后，我才感到有不少显得幼稚苍白，以后有机会再与你探讨。我们回到刚才的话题上，你接着说下去。

这对我来说正好用得上，并不苍白。我真想有时间向刘老师好好请教！我曾过了一段所谓用心生活的日子，跟着感觉走，任性活着，想让现实改变我。但是，我现在感到用脑生活对我更重要。林晓阳扶了扶眼镜，说，网络的效果并没有达到我们的预想，相反还出现了一点负面作用，我们有些失望，就更加赌气。我此时想到了我依公曾经给我说过的一件事，就是在大礁群那里看到过一个特别的石佛像。村里没人知道，我依公也是年轻时出海偶然看到的。我就想这会不会是与古时的海上贸易有关？最好与海上丝绸之路扯上关系。如果是这样，那么就有可能让考古专家用他的新发现来保住村子。我就自行采取行动，给一个知名的考古教授发去了一封邮件，但他的到来与发现，仍然没有改变什么。我只好就又回到网络上来，正一筹莫展的时候，“深海章鱼”建议在外的蓝港村人签名请愿。如果这个造成的压力还不够大，不会让政府感觉到什么，那就应该用压力更大点的，集合大家的签名，向法院告政府！

告政府？刘书雷大吃一惊地说，你广邀大家回村共商大事，这就是“蓝港之约”？

林晓阳说，是，那时我觉得这真是个绝佳的办法。自发帖之后，我基本上坚持每天晚上都要浏览一下岚岛的官网，可以感觉得到，岚岛的建设一天一个速度，推进得很快。我看到了从滨海新区入岛的第二座跨海公铁大桥已经开工建设，虽说是施工难度最大的海上大桥，但建设速度是前所未有的。按这速度，高铁很快就入岛了，岚岛将迎来高铁时代。第二座跨海大桥上还将建有轻轨，直接连接省城国际机场，届时岚岛就实现了岛内陆海空立体联通，这可是岚岛人做梦也不会想到的。在这种背景下，蓝港村的问题一直拖着，肯定不合适，政府也不会允许。所以，我们应该赶在政府做出决定前，表明我们的态度，让政府能充分明了我们的意愿，做出决定时再不会不把村民的意见不当回事！

你们怎么判定，政府没把村民的意见当回事？刘书雷问。

“深海章鱼”向我们透露，兰波国际正式给实验区提交报告，想加快岛上项目实施，催促政府履行原有协议。你的到来是最能说明问题的。事情拖了很长时间，村民的意见上面早都清楚，再让你下来，无非是慎重行事，最后再次确认，明显预示上面对蓝港村的搬迁问题已下了最后决心，必须彻底解决。如今各部门办事的风格和套路，都比较透明和固化，我们这些寻常百姓细心一点，也摸到了一些门道。如今毕竟民意至上、民心如天，这是中央现在反复强调和要求的，万一有个什么事，岚岛方面对上面也好有个交代，说已很慎重行事了。因此，我们判定，搬村一事已到关键时刻。林晓阳说出这些时，刘书雷在心里暗想，这个林晓阳还真有点不简单，对岚岛、对村里、对事情还真下了功夫去认真思考。刘书雷心里一紧，就往张正海那边看去，张正海也往刘书雷这边看过来，两个人对视了一下，眼光的交流中有了默契，这是个很意外的事，也是个很严重的事，必须阻止！

刘书雷察觉到了，林晓阳在说话时十分关注自己的反应，对这么一个善于察言观色的人来说，尽量让自己保持一副淡定的表情十分重要。于是说，你们想清楚了？也决定了？这可不是件容易的事。虽然现在对当地政府的某个决定依法提起行政诉讼不是没有先例，但这在岚岛将是第一例，想过会有什么结果吗？

林晓阳没有从刘书雷这边捕捉到什么，有些失望地说，我们想过了，也许不会有什么结果。我们本来也不想从诉讼中得到什么结果。我们当时只想造个声势，在这个时候加压一下，至少可以通过这个诉讼，拖延时间。

张正海听到这里有些急了，说，拖延时间，这有意义吗？你们想过没有，这事已经拖得太久了，如今已经形成了对岚岛、对渔村、对村民，包括对兰波国际任何一方都不利的僵局。

一件事情，到了对哪方都不利的时候，就说明这个决定是有问题的，那为什么一定要坚持这个决定呢？这个局面不是我们造成的，从决定时开始，不就已经注定事情会是这样的吗？再拖些时间，有什么关系？林晓阳说这话时，眼睛仍然一直看着刘书雷。

刘书雷知道林晓阳明显是在等自己说话，于是依然用很平静的口气说，我来猜猜你们的用意，你们看对不对。第一，提出依法诉讼本身对岚岛来说就是个难题，法院受理吧，有可能会否定政府的行政决定；法院不受理吧，这可是全村几百号人的连署诉讼请求，不立案说不过去。最要害的是不管法院受理不受理，从你们向法院提起行政诉讼的那天起，你们就已经成功地制造出了一个能够引起更广泛关注的热点，随同这个新热点产生，蓝港村的搬迁问题就自然再次进入人们的视野里，矛盾变得叠加起来，更加复杂化了，你们认为对你们有利。第二，你们应该也咨询和研究过，你们这次诉讼，从现有的证据来看，很难认定政府在相关决策和流程上有什么大的瑕疵，为了岚岛的新发展，政府有权做出决定，这是政府职责范围里的事情，蓝港村的搬拆决定，从法律上来说，根本找不到政府违法的事实和行为。但是，几百个村民的联名上诉，又体现了一定的民意，从情理上来说，不能不予以尊重和正视，法院也将陷入法理与情理的矛盾纠缠中。可能在几方的重视下，采取调解的方式来解决会成为最后的选择，也是一种通常的选择，这样等于迫使政府再次坐下来与村民面对面认真地谈判。第三，按照法律程序，这个诉讼可几上几下走各种法定的流程，流程中都有许多规定的时间，短时间内解决几乎不可能，政府这方将失去时间上的主动，而兰波国际也会被拖得焦头烂额，最终可能失去耐心和信心，也许将会选择放弃项目。可能你们认为，让兰波国际主动退出，这是一个最好的结果，政府就不会要求你们搬迁，而渔村也就保全了下来。你们不是想从依法提起行政诉讼中获得结果，只是想通过这种方式来达到目的。而采用这种方式，你们觉得对各方来说都有台阶，对吧？

海妹几乎惊呼起来，说，你这大博士好像每次都在现场听我们讨论一样。我们可是思来想去，费尽心思，你怎么一下子就可以一二三了呢？

林晓阳的眼睛闪亮起来，说，刘老师，你今天用事实告诉了海妹，崇拜你一点都没有错！

什么意思？刘书雷没反应过来，困惑地问。

我曾经跟海妹说，我非常崇拜你。但海妹说，我简直是盲目崇拜。刘书雷注意到了，林晓阳是有些自得地对海妹说，海妹，你看看吧，你终于输了我一次。

海妹瞪了林晓阳一眼，说，就算你赢了，不也是没解决什么问题吗？

张正海站了起来，明显再也沉不住气了，说，我希望你们千万要慎重，这么做会带来无法收拾的后果！岚岛现在发展的形势这么好，如果公铁大桥建成通车，两座跨海大桥直接将把岚岛变为半岛海滨新城，昔日的海防前沿将成为改革开放的新窗口，与特区鹭岛珠联璧合，构成我们闽省东南沿海经济发展的全新地带和改革开放新走廊。这是一个大的战略格局，同时是岚岛人的发展之福。如果按照你们的想法，那会给整个岚岛的对外形象带来不良影响，甚至可能会拖累岚岛的建设和发展步伐。我们都是岚岛人，都有责任维护岚岛对外开放的良好形象，不能因具体问题而再制造出负面热点，通过掀起舆情或发酵舆情做出有损我们岚岛的事。实在不能添砖加瓦也罢了，但我认为至少不能做有损一砖一瓦的事！

张正海说得太严肃了，海妹有点不安起来，说，张支书，我们没想要这样，正是想到了这一点，我们才决定来找刘博士谈谈。

张正海忧心无比地说，这么做，后果不堪设想！希望你们至少懂得维护岚岛这来之不易的大局！

林晓阳坐在那里没吭声，似乎也不想争辩。

刘书雷很好奇林晓阳此刻的反应，从感觉上来讲，林晓阳本属于热血到有些偏执的人，应该会反驳张正海的。刘书雷主动问，晓阳，你们既然对此事经过了十分认真的考虑，按说你们会有后果评估的呀？

刘老师是怎么看的？林晓阳把话题还给了刘书雷。

刘书雷一听有点明白了，原来林晓阳还在试探自己，看来林晓阳来村里相见，也是颇费了心思的。

不能再不说出自己的意见了。刘书雷就说，你们想出这么个办法来，单就这办法来说，对应你们的保村目标，当然可能是最好的。但是，从事情的整体关联性来说，我真的不赞同！你们这么做，目的无非两个，一是想争取到一种道义上的支持，但一旦真正实施，恰恰会让你们失去道义上的高度，会出现对各方的损害，这点张支书已经说得很透彻了；二是通过法院，你们认为也就是通过法律渠道，这让各方都没退路。只是你们可能没想过，按你们的思路走下去，真的会得到你们想要的结果吗？村子可能保全下来了，但蓝港村的出路呢？出路在哪里？出路是什么？可见，你们的想法最致命之处在于，看似有思路，其实缺出路。另外，我感到前提并不存在，寻求法律渠道来解决问题，一般情况下是当事双方已经到了无法调和的程度。但是，目前没有任何领导表示要采取措施强制搬迁，仍然还派我下来再次了解实情，征求意见，说明仍然对搬村决定还在进一步考虑，十分尊重村民意见。在这种情况下，你们征求过村民的意见吗？他们是否愿意采取这种方式来解决问题呢？寻求法律公正解决，提起行政诉讼，我个人倒认为是社会进步的表现，体现了依法治国。你们这么做，会不会造成负面的社会影响，我不敢说。但是，如果想尽办法让兰波国际退出岚岛，放弃项目，这肯定会对岚岛建设带来深深的损害，明摆着会影响岚岛的扩大开放和加快发展，这是自断后路。现在还有一点时间，希望你们专注地思考一下这些问题！

刘老师说的都是切中要害的问题，证明我回村来找您十分正确。林晓阳一脸欣喜地说，那天晚上，“深海章鱼”发来微信说，岚岛两位主要领导对村里的事做了批示，我们分析了一下，领导批示意味着问题很快就要解决了。“深海章鱼”建议我们加快提出法律诉讼，给政府再施加点更大压力，这样就可以让他们更快做出决定，并在决定过程中，会对村子和村民做出更大退让。我们当时觉得非常有道理，就快速发了帖子。但刘老师非常及时地联系上我们，给我们发来了微信，让我一下子觉得哪里有点不对。此时海妹发来微信提醒我，说，据她所了解和直觉，刘老师下来之后，非常尊重村民，还专门向她问起了林杨的《奏蠲虚税疏》是怎么回事，从态度上讲，她觉得刘老师很为村民着想，问我有没有想过，如果政府最后决定村子不搬迁了，那么我们去法院告是不是没有意义，而且会出很大的洋相？我被问傻了，立刻意识到我们的想法有个致命的问题，那就是刘老师刚才说的，如果政府决定村子真的不搬了，我们的做法就成了大笑话，不知道该如何交代和收场。正好，我同时在微信里与“深海章鱼”讨论，提出法律诉讼，由谁来做村民代表去申请立案，我们都不合适出面。“深海章鱼”还没回复，于是我就又给他发了微信，表示了担忧，并希望他尽快弄清领导批示的真实意图。这次要说的话比较多，我给他发的是一大段的语音。好一会儿，“深海章鱼”才回复，说去法院申请立案的村民，由他负责找，我们负责尽快把诉状弄出来。他同时说，暂时不要考虑那么多，不相信政府会因此而改变决定，因为后面有许多非常不好解决的问题，特别是涉及兰波国际了。在过去的招商引资过程中，好些地方特别是本身条件并不好的地方，为了完成招商任务，为了着急上项目，引进上可是不惜血本，哪里会去考虑大多数群众的意见？兰波国际可不是一般的外资企业，蓝港村的项目也不是一般的招商项目，又已经签订了白纸黑字的协议，现在的政府决策哪有那么容易否决？他还说，这个项目是县和镇以前的领导决定的事，那些领导现在或调走了，或离开岗位了。如果有什么事，也是前任的责任，现任领导是很好推脱的。所以，要我继续加快行动，增强网上压力，要尽快让村民全都签下字，迅速去法院申请立案。他这么一说，依芳、依华、依秀都认为非常有道理，都支持他的意见，我们“深海蓝影”第一次内部出现了分歧。我看海妹没表态，而且我们发起的五个人里，只有海妹这段时间一直在村里，对村里情况最了解，我只好打了海妹的电话，问海妹的意见。海妹说，你不是相信你的刘老师，怎么不给他点时间？再说，我现在越来越感到，去法院告政府，真没什么道理，想想这些年政府真没什么对不起我们的，从感情上讲，实在过意不去。海妹最后建议我，要不，见见刘博士，听听他的意见？

是海妹建议你回来的？刘书雷眼睛转向海妹，明白了林晓阳今天为什么一直注意观察自己的反应，为什么海妹会说“无路可走”。

我只是建议，他在知道你到村里时就想来见你了，只是我们不想让人知道我们是“海上蓝影”，也不知道怎么跟你说。还有，我们都不敢让家里人知道见了你，他怕会被定海依公知道。我也怕会被我依公知道。这会让他们受不了。海妹说。

刘书雷懂了，说，那现在就不怕了？

海妹叹息了一声，说，没料到你会来村里，也没料到领导会批示，这两个因素让我们无法把握，感到情况或许会出现让我们意想不到的变化，我们无法再按我们的想法行事。再说，我们可以要求你为我们保密。这点你可以做到吧？

刘书雷说，替你们保密不难，但是我最担心的是你们怎么自我圆场。你们今天来找我和张支书，说明已经感到了困惑，如果实验区领导的批示预示了搬村问题有了转机，可你们在网上又已发出了“蓝港之约”，到时该怎么办？这就是你昨晚说的无路可走，对吧？其实这是好事，说明你们开始想明白了。

刘老师好像话里有话。林晓阳又兴奋起来，满眼期待地说，刘老师不妨直说。

这是个绝佳的机会，刘书雷感到此时必须牢牢把握住，“海上蓝影"其实是一拨好青年,他们懂得思考。刘书雷说,你们有没有想过,你们去法院告了政府,就算你们告赢了,村子留住了,但是蓝港村留下的仍然是老人、妇女和孩子,石厝依旧,涛声依旧,这对岚岛的发展又有什么意义呢?这是你们心中的追求吗?你们想要的是你们童年、少年时记忆中的蓝港村吗?总不能让蓝港村如此落后地存在吧?所以,核心的问题不是村子留不留的问题,我相信如今岚岛领导考虑的也不仅仅是要不要搬迁村子的问题。

林晓阳激动地站了起来,说,当然不是!我就想听刘老师这句话!林晓阳的反应,让刘书雷觉得他很有想法。林晓阳接着说,昨天一早,有个叫"思蓝未了"的人,突然加进群里来,他发了条微信:发展才是硬道理,落后就要被搬迁,悠悠岁月,发展唯大!我正一脑乱麻、两眼发黑时,这句话如划过了一道闪电,让我一下子心生亮光。你刚到村里时,我知道后十分高兴,就在微信里讲,村子有希望了。海妹当时不相信,依芳、依华、依秀都挺不屑的,说我是盲目崇拜造成的盲目信任。这几天,他们还问过我几次,你说的希望在哪里?怎没看到你的偶像有什么表现?就在那一瞬间,我反应过来了,为什么你一直没有什么特别的表现和行动?我想到了,你如果想为我们保住村子,你一定会想到保下来的村子要怎么办,肯定是你还没找到办法,你还没有想清楚村子留下后的出路,只能按兵不动,对吗?

海妹的眼睛也盯在刘书雷的脸上。

刘书雷知道对林晓阳、海妹这样的人,这时的坦诚比什么都重要,就说,我承认,我目前确实被牢牢地困住了。我被派来村里，不可能在最后只交上一份报告说，蓝港村不搬为好，我必须还要说，不搬的蓝港村应该怎么发展，这才是决定搬与不搬的真正理由。蓝港村现在在岚岛前进的步伐中落后了，成为一个后进村。你们也不希望，保留下来的家乡是个美丽却贫困的村子。“深海章鱼”既然如此了解村里的情况，难道没告诉你们，张支书在传达领导批示的同时，已经开始组织村两委讨论了村子要如何发展的问题吗？现在，围绕蓝港村的发展出路，我们都被这个问题困住了。还有一个问题更重要，蓝港村确实拥有独特的资源和条件，但是村子的发展，总不能靠老人和孩子来建设吧？

后来者的诅咒！林晓阳突然说出这么一句话来，让刘书雷有点吃惊地问，后发劣势！经济学家沃森的理论，你读过了？

林晓阳说，华人经济学家杨小凯提出后发劣势的问题，我当时就关注到了。今天在路上我就一直想，如果我见到了刘老师，刘老师肯定会劝我们不要那么做，刘老师能说出来的最充分的理由是什么呢？想了许久，我不知道为什么会联想到“思蓝未了”发来的那句话——落后就要被搬迁！我也同时想到，蓝港村目前最缺乏的就是自我发展的内在张力，资金、劳动力、项目等要素严重匮乏。正因想到了这些，我才想到刘老师为什么迟迟没有明确态度和具体行动呢。

实在太好了！如果你已经想到了这些问题，那么我希望你们现在就帮助村里谋划如何发展。如果我们自己都无法说服自己，那么怎么去和有关部门说村子搬拆的决定是错的呢？说到这里，刘书雷的头脑中又闪现出一个想法，继续说，我突然想到，你和海妹不是正担心如果村子不搬了，那么你们的“蓝港之约”怎么办吗，我个人建议，你们能否把主要议题改为探讨村子如何发展。张支书在这里，张支书同意吗？刘书雷说到这里，头转向张正海。

如果是这样，我也一定参与。张正海立即明白了刘书雷的意思，你们邀回的在外乡亲，眼界开阔，大家如能集思广益，也许能给村子真正谋划出一条出路。

你们别听他的，正海是下派村支书，他才是这个村子的主心骨。刘书雷说，你们可能不了解，下派村支书，是总书记在闽工作时开创的农村工作的新方式、新做法。你们要探讨村子如何发展，离开了正海，那可真不行。村里的事，要靠村支书带领带动，我只是下来帮助了解些情况。正海不一样，他责任重大，要在村里留下一张发展蓝图、建好一个村班子、走出一条新路子，这是上面给下派村支书的任务。所以，他不能说参与，是我们都离不开他，让他一定要加入进来，还要成为主导。

海妹在一边高兴地说，晓阳哥，你对我也打埋伏，怎么都没跟我说过你想的这些事？

林晓阳站了起来说，不是对你打埋伏，我也是快到了村里时，在那路坡上，俯瞰整个村子，才一下子有了感觉，这么美丽的海边，这么美的渔村，我一下子有了灵感，才想清楚的。然后他又笑着对刘书雷说，刘老师，我现在才体会到，茅塞顿开是什么感觉，这种感觉实在是妙！村里的事，我们知道，是得听张支书的。你放心，海妹是村子老支书的孙女，我也是这个村子支书的孙子，依芳的父亲曾是村委，依秀的父亲也当过村委，依华的父亲是村里的党员，说起来我们身上都带有他们的基因，我们懂。

刘书雷也感到了一种心堂明亮的惬意，说，张支书，我现在是胃口大开，怎么没给我们叫吃的来？

张正海一看时间，都快下午两点了，忙说，我忘了，我立即打电话叫送饭。

林晓阳说，现在其实可以去小饭店吃饭，我真诚地请刘老师和张支书。

刘书雷说，等你们想清楚了，有个具体的想法，我们再吃你这顿饭，今天让张支书出钱，还是在村部简单吃点，我还有事想问问你们。

林晓阳说，一言为定，刘老师说话要算数，我一定得请一顿，不然，我会后悔一辈子。

小饭店的饭菜早就备好了，张正海一打电话，饭菜很快就送到了村部。吃完之后，刘书雷问，晓阳，你能不能再详细一点说说那个“深海章鱼”的情况？

林晓阳一下子沉默了，许久才说，刘老师，“深海章鱼”的情况我刚才都说了，更详细的情况我不知道，现在在网络上，对方如果不愿透露自己的真实信息，我不会去刨根问底的。再说，我对他也隐瞒了自己，他也不了解我是谁，我也没让他知道我是谁。

刘书雷意识到自己犯了一个错误，立即补救说，也是，我怎么一下子忘了这点？我只是想，如果他在村里，我也想去见见他，同他好好聊聊，劝劝他能跟你们一样，一起想想村子应该怎么来发展。我想，他也是个很有主意的人。

刘老师，谢谢你的理解。林晓阳说，今天先到这里，我和海妹就告辞了，我们要去商量一下，接下来我们该怎么办。你放心，只要知道怎么做对我们村子最有利，我们就会朝这方向努力，这其实是我们的初衷。

林晓阳和海妹走了，张正海说，你这粉丝还真有个性。今天太好了，“深海蓝影”终于和我们想到一块了。

刘书雷说，没想到这个林晓阳懂得这么多，思考得这么深。连后发劣势，他都那么早就关注到。还好，来援岚后，我有时间读了些非文学的书，有一次正好看到了关于后发劣势的介绍，我都还来不及思考呢。他们比我们更年轻，有他们自己的想法和行为方式，我曾经还以为当下的年轻人缺乏思考和追求，他们已很难得。还有，你有没有注意到晓阳讲的那个“思蓝未了”？我本来想问，但想想也就不问了，这个人似乎也看到了村子存在的根本问题，思路与我们接近。

张正海说，我相信，清醒地看到问题的人还是有的。

十二

刘书雷正与张正海聊着，张正海接到了一个电话，通话只几秒，张正海嘴上只是应了几声，收起电话时表情却有些异样。

张正海说，镇里来电话，董书记要到村里来，只见我们俩。

刘书雷说，董书记来村里，这正常呀，有什么问题吗？

张正海面露忧色地说，蓝港村确定为搬迁村后，镇里的领导在前期还来得很勤，帮助做搬迁宣传动员、督促相关工作等。但自从那次村民与兰波国际发生了冲突，镇长后来被撤职了，镇里的领导就很少再来了，连一般的干部也怕来村。见刘书雷似乎不理解，张正海就解释说，这主要是蓝港村被定为搬拆村，反正要搬拆了，工作布置和安排给村的就很少了。另外村民们总认为镇里干部来，反正就是奔着搬迁工作来，一点也不欢迎，态度都十分冷淡，干部也怕村民的冷脸蛋，怕来了万一又与村民发生什么纠纷，会被问责，也不愿意来。这基层就是这样，只要你这个村让人觉得问题多，那谁都不愿来，谁都怕来。那次我当场又顶撞了镇长，人家认为是我害镇长被撤的，所以，镇里领导也并不爱见我了。

原来你在村里的日子还挺孤独的。刘书雷十分同情地说，那你有事怎么办？

镇上有事，能打电话都打电话，实在打电话不能说清楚了，那就通知我去镇里，反正是认定要被搬的村，镇里不少工作就对村里盯得不紧，有时根本就不管，只求不要再出什么乱子就好。张正海说。

所以，你对董书记突然要来，有点不安？刘书雷问。

董书记是去年才调到镇里来任书记的，上任后例行到各村走走时，曾到这里，就与村两委简单见了面，听了听村子的基本情况汇报，然后要求我们继续做好村民搬迁的相关工作，做好稳定工作，强调了几句就走了，说是这次主要来认认路，有时间再来调研。但是，就再也没来了。有一次打电话把我叫到了镇里，问得挺详细的，都是搬拆的一些问题，也听我说了村里人的意见、村搬迁工作的艰难。听完后，他没有具体表态，只说那还是等上面意见明确后再说。我知道，他也很谨慎，也不爱去碰这个难题，这也确实不是他一个镇党委书记能解决的。因此，我后来也没再去找他，找他不就是给他出难题吗？多数见面都是到镇里开会时，他一般也就与我点点头打个招呼，基本上每次就一句话，村里没事吧？我说没事，他就“哦”一声。那次金书记和赵主任听取我的专门汇报，我一回村他就把我叫去了，问得十分详细，金书记和赵主任主要了解了什么，金书记怎么说，赵主任怎么说，要我把能想起来的都告诉他，还问我有没有做记录，让他看看。我说那天是带着辞职报告去的，忘了带本子，没有记录。他挺失望的，最后说，那你就按两位领导的要求办。我后来按赵主任的意见送了份报告上去，他知道后就给我打了个电话，问我怎么送报告上去时，没先经过镇党委？我说赵主任交代我直接打报告上去，我也不知道做什么用，那是反映问题的报告，送镇党委再由镇党委转报上去，弄不好会给镇里添麻烦。他听了虽很不高兴，但也没再说什么。今天，他突然来，我想不起村里还有什么事能让他来，我想可能是因为两位领导的批示，肯定是为这事来的，只有这事才能让他踏进村里。不过，本来这事，他可以喊我去镇里呀。张正海边想边说，对了，他指定只见我们俩，如果连同你，你是省里下来，又是副处级，级别比他高，他让你去镇里不合适，只好到村里来。反正我心里没底，不知道他要来干什么。

刘书雷想让张正海放松一点，就说，你也别浪费那些脑细胞了，别想那么多了。两位领导的批示，从一定程度上对你的工作也是直接肯定，至少证明你的意见获得了高度重视，他是镇党委书记，还嗅不出来？也许只是表态式地来关心一下呢？

张正海心情开朗起来，说，也是，反正有你在。

董书记的车在离村部比较远的时候，就摁响了喇叭，可能算是个通知吧。张正海听到了喇叭声就急急地说，我要下去接董书记一下，你去吗？刘书雷说，当然，不去没道理。两个人就下了楼，往村部门口走去。

车很精准地停到了村部前面，停在张正海和刘书雷站的地方。张正海上前一步，伸手拉开了车门，董书记从车里面钻了出来。张正海喊了一声，董书记！董书记"嗯"了一声，向刘书雷走过来，伸出手说，你应该是刘副秘书长吧！幸会幸会！听说你到蓝港村来调研，一直想找个时间来看你，听听你的意见。但你看，这些日子就是忙，这镇里的事，事无巨细，都要处理，基层就是这样，每天要应付的事太多。今天还要到几个村走走，赶紧过来了。

董书记很壮实，手也很有力。刘书雷说，我也知道董书记忙，所以不敢前去打扰，基层工作很辛苦！

上了二楼，张正海就把董书记往村会议室那边带。董书记说，今天不是来开会，不要去会议室，就到刘副秘书长的办公室坐坐，我们好好聊聊。

刘书雷把董书记带进了自己的办公室，张正海给董书记泡了杯茶。董书记掏出一盒烟，递到刘书雷面前，说，刘副秘书长来一支？刘书雷说，我不吸烟。董书记还是叫我小刘吧，显得不生分。

董书记就自己点燃了一支烟，说，这不行，刘副秘书长虽然年轻，但上级就是上级，怎能不讲规矩？我们基层人说话粗点，但是规矩都懂。今天来，我还想顺带和刘副秘书长谈谈蓝港村搬迁的事，刘副秘书长是专门为此事来调研的，我想镇里应该也表达一下我们的态度。

这个董书记果然是个久经官场之人，刘书雷意识到接下来的谈话要格外小心，便说，董书记客气了！能听听董书记的意见，真是太好不过了，请董书记直说。

董书记向烟缸里弹了弹烟灰，说，刘副秘书长到村里也有几天了，这小小的一个村，村里的情况和意见，刘副秘书长肯定都清楚并掌握了。搬村决定，那是原来县里和镇里决定的，到我这里，算是遗留问题。能成为遗留问题，多数都是不好解决的，做后任的最怕就是接前任留下的遗留问题，来龙去脉不是很清楚，时间一长，情况也变化了，所以越是遗留的就越难解决。我来了之后，特别慎重，不敢急着表态，想等情况清楚了明了了再说也来得及。

刘书雷赞同地说，那是。董书记工作经验丰富，但这搬村的事，确实挺为难董书记的。

董书记说，那可不是！你能理解就好。蓝港村的事还不是一般的遗留问题，是个太大的事，涉及上面的层面高，涉及下面的范围广，我不能不更加谨慎了。说老实话，自村子发生那次冲突后，镇长被撤，搬迁这事到底怎么办，镇里不敢拿主意，上面态度不明确，我来了解了一下，就不敢碰了，连来村里都怕呀。如今，金书记和赵主任两位主要领导都做批示了，批示也下发到了各部门、各乡镇，影响很大，对镇里震动也很大。这一年多岛上少有两位主要领导同时就一件事做批示的，还是对个小村子。我也知道这是领导高度重视，昨天，我们镇党委组织传达学习时，宣传委员就接到电视台和报社记者的电话，说要来镇里采访，我拒绝了，后来他们又问那可不可以采访张正海和村民，我更没同意，我直接给他们台长、总编打了电话。这都是前任的事，我作为现任很不好表态，再说，这一弄别让蓝港村又成为焦点，这不仅不利于解决问题，而且还会增加解决的难度。最关键的，我说，两位领导的批示都没有明确是搬还是留，这个让我们镇里，特别是我，更难说些什么了，万一领导的意思不是我们理解的那个呢？我昨夜是一夜都没睡好，一直在想这问题，我才来这镇上任职没多久，这事我只能听上面的，只要上面发话，我是二话不说坚决执行的。董书记说到这儿，就对张正海说，今天我来，也是专门来交代你正海，鉴于目前情况比较特殊，近一段时间你暂不能自行接受任何媒体的采访。正海，这也是为你好，你说是不是？

张正海说，董书记，我明白。

董书记见张正海表了态，才又转过来对刘书雷说，当然，我这次来主要还是找刘副秘书长诉诉苦。刘副秘书长是受省政府的吴副秘书长指派来村调研，我直说吧，省里下来，上面情况肯定更了解，我能不能打探一下，这上面到底是什么意见？至少，刘副秘书长能不能透透，上面有没有个方向或者倾向？

没有。刘书雷想都没想就说，派我下来，是把具体情况再摸清楚。金书记和赵主任的批示,我也是昨天才看到,和董书记一样,正在领会消化呢。

董书记把牢牢盯在刘书雷脸上的目光收回去了，有点失望,但又有点不甘心地说,那刘副秘书长来村里也有些天了,刘副秘书长有没有什么具体想法和倾向？我知道,你的调研虽是给领导决策提供参考,但还是十分重要的,字字千钧,这个我们都懂!

刘书雷有点不喜欢面前的这个人，既然想来沟通意见,就没必要说得这么遮遮掩掩,于是面无表情地说,我也还在了解情况,连镇里的意见都还没听,怎么敢有想法和倾向？正好,董书记今天来,能不能给我直接说说镇里什么意见？或者说你有什么意见,省得我再去镇里一趟。

董书记又点上一支烟,说,刘副秘书长问起镇里的意见,我们从昨晚到今天上午,镇党委开了两次会,大部分党委委员都认为,引进兰波国际来投资开发蓝港村的旅游,这是镇里改革开放以来最大的招商项目，将给镇里的发展带来巨大的机遇,对镇里的经济发展和旅游开发将有巨大的推动,并将带来镇里今后巨大的变化。这个项目对我们镇里来说真是百年一遇,短期投资就是几十个亿,中长期投入那是上百亿,拉动效应将非常明显。镇里正准备借这个良机,再进行规划,配套建设,我们提出了打造海边名镇的目标。如果这个项目不能实现,对镇里发展的打击也将是致命的。

那镇里有没有想过，现在是蓝港村全体村民反对搬迁,这应该怎么解决？刘书雷问。

董书记说，从全镇的发展来说，蓝港村只是个局部；从整个岛来说，这里的村民只是少数中的少数。镇里认为，这村里的村民没有看到长远，认识有问题，觉悟更有问题。我这镇里有几万人口，不能因为这几百人反对，我们就让几万人陪着等。

刘书雷说，董书记，据我的了解，这里的村民他们并不是没有看到长远，恰恰是他们看到了国际旅游岛的建设将给他们带来无限的希望，这里将变成一个更加美好的家园，他们才不愿意离开。人往高处走，他们认为现在不走可以让他们留在高处。

刘书雷这些针锋相对的话让董书记愕然了一下，说，刘副秘书长，这个……是你的认为？

刘书雷放缓了语气，说，董书记，说真的，这是我来这里了解到的村民的真实心愿，只是，他们不懂得如何表达。

董书记又点上了一支烟，说，刘副秘书长，这镇子是需要发展的，我也认真想过了，我们也认真研究过了，现在镇里的运转主要是靠中央财政的转移支付，我们自身没有这个能力，资金、人才等这些我们现在都无法自理。你在省里，基层情况可能不了解，像我们这样的镇子，哪里有不靠上级给的好政策或遇上好机遇，再加上引进投资、引进项目来拉动发展的？引进一个大项目落地，就可改变一个地方，让一个地方产生天翻地覆的变化，这种情况到处都有。所以，我们也没什么私心，也是想急着推动发展，我们也不是不重视蓝港村村民的意见，只是这件事原本就定好的，原来也签有协议的，我们不想失去与兰波国际合作这个几乎是过去做梦都不敢想的机会。没有改革开放、国际旅游岛建设这张蓝图，兰波国际是不会来我们镇的，蓝港村也不知道还要等多久才可能有这样机会的。这些村民怎么就是不明白呢！他们的觉悟真的很低，也没有一点牺牲精神。

刘书雷知道，董书记讲的这些大多都是对的，只有最后一点，刘书雷感觉需要提醒董书记一下，这也十分重要，就说，董书记，你不是当地村民，所以，你可能也不理解村民，他们需要对他们选择权的尊重，他们认为他们也应有追求美好生活的权利。

董书记可能也感到再谈下去可能会是僵局，没什么意义，便说，刘副秘书长，听说你是个文人，可以理解。有些东西，我们做基层工作的，跟你们文人看问题、想问题的出发点不一样，实际工作中，难呢！这硬碰硬的事，大多数时候都是实实在在的，没办法有那么多理想的色彩。

文人？董书记的话让刘书雷听了非常刺耳，心中一下蹿上一股怒火，很想问问文人怎么啦。但刘书雷强压住了火气，说，董书记，如果从内心怀有美好感情和浪漫理想来说的话，我觉得我们这个时代的每个好干部、好官员，他们一定是比文人还文人。我还觉得，共产党人的初心，里面所装有的信念，是最浪漫的伟大和最理想的崇高！

董书记脸色涨红起来，却又装着笑出声来，说，哈哈，文人就是文人，说得让人没法觉得不好。说到这里，董书记站起身来，说，正海，我等下还要去其他村子里跑跑，我得走了。听说你和刘副秘书长配合得很好，你虽是下派村支书，但怎么说现在也是在镇党委的领导下工作，你可要替镇里多说说话，让刘副秘书长能更进一步地了解和理解我们镇的发展大局。还有，你要照顾好刘副秘书长，他来村里不容易，生活上、工作上都要替我们镇里把他照顾好。

刘书雷也从座椅上起身，董书记又主动伸过手来，握住刘书雷的手，说，刘副秘书长，一个镇的发展总比一个村的发展重要吧？我非常诚心地希望，刘副秘书长能为我们镇多说些话。我们就在这里告别，刘副秘书长留步，正海送我下楼就行，我正好有事要交代正海一下。

刘书雷本来就不想送董书记，于是顺势说，董书记还有事要交代正海，那我就不送了！

好，好！董书记边说边往外走，张正海跟着下楼。刘书雷从窗口往下看，看到董书记正对张正海说着什么，手势比较猛，有点激动呢。

送走了董书记，张正海上楼见刘书雷呆立在窗前，就倒了一杯茶，走过来，说，你在想什么？喝杯茶吧！

刘书雷接过茶杯，端着从窗前回到办公桌前，放下了茶杯，说，我在想，这个董书记，我来村里，他应该也在第一时间得到消息，早不来晚不来，偏偏在这个时候来，明显是来告诉我，他坚决想搬村！

张正海说，我正想告诉你，他刚才单独跟我谈，就是狠狠地批评我，为什么组织村两委开会讨论村子发展？这是乱弹琴，不就等于让村里人增加不搬的希望和期待吗？是谁说村子可以不搬了，要去考虑发展了？这会给后面搬村工作带来更多的阻力和压力。他说，在上面没有明确的新意见下来之前，我在村里的工作主要还是继续做好搬迁的相关准备，必须继续做村民们的思想工作，必须继续做好搬迁的宣传发动工作。我估计是村委里有人向他报告了。

难怪，他今天会赶来！刘书雷说，你怎么回答他的？

他是镇党委书记，我这村支书主要还是在他直接领导下工作，我什么话也没说，我能说什么呢？也不能顶撞他，我没吭声。张正海一脸无奈和愁容地说，只是，我刚刚还用手机短信给每个村委发了个通知，说明天继续商讨深议渔村发展。这怎么办，再通知取消？

刘书雷说，总不能他刚说，你还继续，不是有人会向他报告吗？你不取消，他会知道的。我看你还是先取消吧，你又好些天没回去了，要不你明天回家看看？

其实，我觉得村委们讨论渔村发展，大家的热情和兴趣都很高，这本来挺好的，状态才刚有。我正好也和大家一起思考，按说这本来也是下派村支书的任务要求，要给村里留下一张蓝图，要为村里谋划出一个发展规划。我真的不想取消，让我刚有的一点思路又化为泡影！张正海赌气地说，要不，不管他，我都是写过辞职报告的人了，大不了提前回原单位。再继续做什么搬迁的宣传动员、村民思想工作什么的，我真做不下去，也做得一点感觉也没有，那好像是在做一件毫无希望的事！

刘书雷的脑中又划过了一个闪念，说，要不，我给你一个建议如何？你把村两委这边的会取消，你去和林晓阳、海妹他们聊。他们不是正在往这个方向努力吗？

张正海的神情一下子振奋起来，说，你好高的一招！我明白了,跟他们商讨,既可以听听他们的好想法,又可以让我帮他们把一把关。被你这么一提醒,我突然还有个更大胆的想法,如果条件具备,干脆让他们在网上公开征求在外蓝港村人对村子发展的点子和建议。毕竟从外面来看蓝港村,也许思路就完全不一样。

刘书雷说,后面的主意是你自己的,合不合适你自己有数。不过,我觉得这真是个不错的点子,对你来说,那个微信群应该也算你的基层,你如能进去并深入,或许就真的能把那些年轻人拉过来了。不然,像"深海章鱼"这种人到时又会出什么歪点子。

好,那你不劝我明天回家了吧?张正海说,我今晚就和晓阳与海妹联系,约他们明天一起聊聊。你呢?明天要不要一起?

我们一起去,目标太大,我想好好理一下,今天董书记的话有些也不是没有道理,但有几句话让我很受刺激。这一两天,我想整体梳理一下。刘书雷说。

那我们就先分头行动!张正海说。

十三

刘书雷没想到陈海明会找上门来,还带着三个陌生人,一个五十岁出头,腆着的肚子把里面穿着的衬衫撑得胀鼓鼓的;一个年纪较轻,手腕上戴着一串质地很好的蜜蜡,脖颈上挂着一条粗粗的金项链;一个年龄不好判断,拎着个黑色的大公文包，穿着一双白色的休闲皮鞋。陈海明进门就说，刘博士，这几位是隔壁融侨市的老板，他们想到村里来看看有没有可投资的项目。他们来找我，我这怎么敢做主，就带到村部来找张支书。张支书怎么不在？我一看你办公室门掩着，人又在，就把他们带过来了。跟刘博士谈更好，刘博士是省里派来的，思路更开阔。

张支书临时有事不在，他没告诉你呀？刘书雷起身请他们坐下，说，几位来村里想找项目？这村管事的是张支书，陈主任也是管事的，我恰恰不管，只是来驻村调研的。所以，其实你们找陈主任先谈就可以了。

那位拎包的老板先说，刘博士，我们一听说这村里有希望不搬了，就想先来报个到。你也知道，我们融侨市很多老板不缺钱，缺的是好项目。几年前，我们几个就来过村里，当时就和陈主任谈了，能不能村里划块地，我们在这边搞个海边休闲项目，建几个小别墅群，搞个游艇俱乐部。当时村里不同意，说这是想做房地产开发，规划肯定批不了。后来，我们就提出把村里的空厝全买下，跟村民个人谈，就不用经过你村里了吧。才刚谈意向，就说村子要搬了，全部的宅基地流转都要停下，整个规划由上面直接管理了。上面有政策了，我们也没办法，那时，我们好扫兴！昨天正好给陈主任打电话，听说现在情况有了点转机，村子有可能不搬了，我们就马上赶过来，看看原来的想法能不能续得上。陈主任我们早先就谈过了，他是支持的，认为我们这是个好项目。现在主要是张支书，我们想向张支书汇报汇报。

融侨市毗邻岚岛，原先从岚岛乘船出去，都是先到融侨市的一个乡镇码头，再乘车经转。融侨市是个有名的侨区，经过这些年的发展,已经成为经济发达的新城。刘书雷知道,融侨市有钱的老板确实很多,就说,你们想来这里投资兴业,这本来是件好事。但在这时候赶过来,又是找我,我无法答复你们。

听刘书雷这么一说,那几个人都不吭声了,眼睛齐齐地看向陈海明。陈海明尴尬地笑了一下,说,刘博士,是这样的,原先他们来过村里寻找项目投资, 那时与几个村民都商谈好了,买下他们的空厝,有几户都草签了合同。后来,上面确定村子整体开发,村里不允许村民擅自转卖自己的空厝,他们就只好退出了。昨天有几个在外的空厝户主给我打电话,问我村子不搬了,他们的空厝能不能卖了。正好这位熊总打电话过来,就这么聊上了。他们想再同那些村民们谈谈,愿意出高于搬迁补偿的价格,把那些空厝买下来。这件事,我想一有利于村子,那些空厝老空着也不行,村子一直没人气;二是有利于村民,过去价格不好定,现在他们出的价格比搬迁的补偿标准高,村民得实惠。这是件好事。所以,为这件事,他们今天就赶来找我,我跟他们说我也做不了主,再说与他们的关系怕说不清楚,就想还是直接找张支书比较好。你在张支书心中可是个说话管用的人,我看得出他挺听你的,所以,他不在,找你说说也是可以的。村子不搬,也要有变化发展的。

刘书雷想到去陈海明家吃饭的那天,张正海在饭后出来时曾提起过陈海明想包租下村里所有的空厝,这个陈海明也许不知道张正海与自己说过此事, 所以今天见张正海不在村部,故意带人来找自己。刘书雷就说,几位老板,你们辛苦跑来,正好张支书又不在,为了让你们不白跑一趟,我讲讲个人意见吧。现在村子什么情况并不确定，这时候来谈这事，我估计张支书也答复不了你们。假如你们认为村子不搬了，我想村子要发展、要变化这是肯定的，但是发展变化现在与过去不同，有了打造国际旅游岛这个明确的方向和目标，还有国务院批准的规划，村子今后的发展肯定必须要整体来考虑衔接对应的，村子今后怎么规划发展，还要经村民大会表决通过，还要经上级有关部门批准。所以，你们想做这个项目，如果到时和村里规划能够对接，那么才有可能。这事跟谁早来迟来都没关系，你们说呢？

几个人默然无语。陈海明见状就说，看看吧，我跟你们说这事不急，你们不信。刘博士，张支书说这几年村里没项目，其实也不是村委不作为，是有项目也进不来。如果这次不是张支书说了要考虑发展，让我心里热起来，我也不会由着他们来。我原本认为这可是个好项目，刚才你一说，有道理，省里来的就是水平高。你们几个还是回去吧，刘博士说得对，项目要对接上面政策和规划，你们的项目设想如有希望对上，到时再说。

刘书雷说，是，现在真不好说。这话等于是逐客令，那三个人也听出来了，就起身和刘书雷道别，跟着陈海明走了。

快傍晚了，刘书雷在办公室里才等到了回村部的张正海。张正海的脸上挂着明显的笑容，刘书雷一看就知道他与林晓阳和海妹肯定谈得很好。

果然，张正海一坐下就说，我有很重要的消息要告诉你。

刘书雷说，我等了快一天了，快说吧！

张正海说，今天，我和他们是在林杨那个纪念宗祠里谈的，那里平常很少有人去，是海妹约的。林晓阳昨天把与你的谈话用手机录下来了，一回去就把录音发给了依芳、依华、依秀。昨天晚上，他们用微信开会进行了讨论。你说的那些话，依芳、依华、依秀都服了，都说晓阳哥的个人崇拜还是对的。

刘书雷说，这些我不想听，你快说我想知道的。

张正海说，好，你打开了他们的梦想大门。今天我们一边谈，一边还用微信，让依芳、依华、依秀全部参与进来了。你知道林晓阳怎么说？他说，深圳当年也就是一个小渔村，现在成了一个奇迹般的大城市，太多人都往深圳去，现在进都进不了。他在深圳工作好些年了，到现在户口还是迁不过去。如今，岚岛虽然不能同深圳比，但这次的发展是总书记定下的目标，这个机遇跟当年的深圳太相似了，这是个做梦都梦不到的机遇，现在就在面前，今后岚岛的发展肯定了不得，只会越来越好，这是可以预见的。所以，他现在决定赶早回村里，准备把公司搬回村里，将深圳那边的变成分公司。他说，说不准以后也能成为岚岛第一代创业者和致富人。依芳读的是农大园艺学院，现在在闽南那边一个台湾老板的花卉种植园当技术员，她说岚岛的鲜花都要从各地进货，现在科技条件成熟，采用棚植完全可以在村里种，她可以回村开个花房，搞花艺、盆栽、租摆、婚庆宴会设计和布置等，让蓝港村的海边鲜花怒放。依华读的是海洋大学的水产养殖专业，正值“大四”社会实践，正跟着一个同校博士参与一家大公司做水产养殖的相关课题研究。他说岚岛的滩涂多，海水回流缓慢，泥沙质滩涂优质，适合养殖，如果回村，他就想自己搞个现代海产养殖场，主要养优质鲍鱼。依秀读了个大专，现在在上海的一家大的糕饼店里学艺打工，她说现在台湾那边过来的人很多，台商创业园已建成了，她回村可以在村里搞个小点的台港特色的糕饼店。只有海妹说，我也赞同回村，但是我学新闻传播，还真不知道回村干什么，总不能回来在村里办报纸或办个电视台吧？晓阳就对她说，海妹，你可以回村搞旅游文化创意，在村里办个影视基地或者海边婚纱摄影楼，同时办个海边电子商务平台。海妹说，哪有新闻传播硕士去干婚纱摄影的？晓阳说，你这个是老观念了。他们最后决定都回村创业。

刘书雷听后，在屋里走了几个来回，又有点不相信地问，他们真这么决定了？

他们约定先回村五年，五年之后再看情况。张正海说，他们还想到仅靠他们五个人的力量远远不够，所以商定广邀在外的蓝港村人共同回村创业和效力。他们是一边用微信核心群商议，一边在“深海蓝影”的大群里谈。林晓阳提出，蓝港村现在在外面的人不少，有的发展得也不错，有的也有一定实力了，让大家各自在自己的微信里联系一切可以联系上的人，甚至可扩展到只要是蓝港村出去的，或是愿意来蓝港村的，凡是联系得上的，都让入群参与商议。今天参与讨论并响应回村的年轻人，又有六个了。张正海说到这里一脸兴奋。

这真太好太重要了！刘书雷激动地搓着手说。

还有呢，张正海接着说，他们同时也决定接受你的建议，把“蓝港之约”的内容改为“效力故土”，按村里过去的老办法、老传统，请能回来的都抽空回来，与在村的村民一起商议。这次仍让大家一起签名，但是是向实验区乃至省里请愿，不拆迁村子，给蓝港村一个重建重生的机会。林晓阳认为，上次实验区及时制止了兰波国际的强拆强迁，实验区领导和省领导还狠狠地批评了这种粗暴的做法，这次又派你来，似乎从另一方面说明了一个好的迹象，就是现在上级都能听到或认真听取我们基层的声音，更加重视村子人的意见，更加尊重村民们的想法。他关注到，这几年来中央不断地再三强调，做任何事都要为群众着想，并且真正地在实际工作中越来越重视民情民意，大气氛现在对村民们表达诉求非常有利。因此，现在时间不能再等了，原来约定仍然有效，干脆一鼓作气把事做完。只要愿意，谁都可以尽一切努力把能联系到的人都请回来，范围再扩大一点，哪怕只要是与蓝港村有关的人，愿意来的都行，不要再局限蓝港村籍的人了，达不成其他意见没关系，最重要的是先完成为蓝港村重建重生请愿书上签名的任务。有请愿书递交上去，还有可能争取一些时间来进行更细致的思考。林晓阳还说，这是正当地反映美好心愿，这样即使最后没有结果，也不会害我和你受批评。这个晓阳想得还真是周到，风格有点像你，连说话的样子我觉得都有点像！

刘书雷的心情一下子舒展开来，有如海上晴空，说，你别给我戴高帽了，能把这些年轻人吸引回村，那是他们看到了打造国际旅游岛的蓝图和建成自贸区的远景所展现出来的巨大希望。能说服他们效力蓝港，那是你的功劳！

张正海“哈哈”笑起来，学着机场广播员的语调说，我正想非常抱歉地通知你，今天我完全是借用了你的名义，请你耐心听讲！

刘书雷问，什么意思？

张正海说，我今天一去，林晓阳和海妹就几乎同时问我，刘博士怎么没来？我告诉他们说你临时有事，你委托我先来听听他们的想法。后来，他们就说了决定。我告诉他们说，刘博士已经猜到你们可能会有这些想法，让我转告你们，有这些想法非常好，他十分支持。只是愿望不能代替具体的实际行动，他让我转告你们，有几个问题，你们要认真思考。第一个，回村创业，效力蓝港，这点非常符合中央现在相关的政策和倡导。只是你们的这个想法现在是自发行为，是个愿望，让人觉得好像缺少一点必要的保证，应该通过一个可靠可信的渠道来解决。所以，还是应该依靠村两委，如果能与村两委一同计划，那就是有组织的行为，可信度就大了，容易获得信任，也许响应的人就会更多。第二，要想保留下村子，就应该让村里的建设目标紧紧围绕岚岛打造国际旅游岛这张总蓝图，整个村子的建设，各个方面要高起点、高标准、成配套，特别是村子里的基础设施建设，必须能够提升到相应的标准和要求，这需要较大的投入，投入的资金通过什么渠道来解决？这需要大家一起想办法。第三，常言道，创业容易守业难，按你们的设想，村子建好了，那么今后的整体常态治理将是重中之重，比如说，村环境的整治、村里的日常管理、村里的公共服务管理等，这些要有制度化的保证和措施，怎么解决？第四，更为关键的，村里必须要持续发展，甚至要赶超发展，发展思路、发展方向、发展目标，这些都要具体化，也就是说村子的发展定位要明确。第五，现在村里多是老人、妇女和小孩，不仅经济空心化比较突出，建设主体的空心化也十分明显，如何解决这些具体问题？当初为什么会确定村子搬迁，这也是有很多考虑的，领导也不是随便拍板的。如果你们要留下村子重建，领导也是要多方面权衡考虑的。

那他们有什么反应？刘书雷问。

张正海说，海妹的脸色当场就有些苍白起来，林晓阳也答不上来，只是说，刘老师想得更深刻更深远。我见机就说，我有个体会，一些事情不能仅靠满腔热情，也不能仅凭愿望支撑。良好愿望容易产生，但实现愿望却任重道远。发现问题容易，解决问题很难。尊重民意民情，是尊重合理的民意民情，你们的想法和意见必须合理，理由要有说服力，因为最重要的，你们最后还是得依靠党和政府来解决。

你提醒一下他们也是必要的，他们还太年轻。刘书雷深有感触地说，如果这次没来援岚，没有进村，遇到这么多的事情，我也是和他们一样很幼稚、很简单，做事很激进。

张正海说，我这么一说，海妹都绝望了，就问，那我们现在应该怎么办？林晓阳的回答让我有点意想不到，他说，张支书，你说的正是我们没有考虑到的。没关系，既然到这份儿上了，那我们就努力想办法，我相信事在人为。你说的这些都是许多地方农村普遍存在的，总会解决的。如果他们都有解决之道，那我们也应该有，更何况我们现在还有比他们更多的优势。这个年轻人身上有股韧劲，死不认输，我有点喜欢他了。我说，我非常赞同你的意见，蓝港村的自然条件，可以说是拥有得天独厚的优势。下派之后，我也想过相同的问题，所以特别关注其他地方一些好的经验和做法。你们想做的事，在一些地方的农村里已经有人开始尝试了，而且取得了成功。前一段，我去开下派村支书会议，实验区请来一位中央党校的教授给我们授课，做关于中央农村农业政策的解读培训。那个教授讲课时透露，说中央正在准备出台关于农村农业的大政策，叫"乡村振兴计划"，他说，这个政策如果正式出台，将大大改变中国农村今后的发展格局，中国农村将更有希望了。近几年来，为了解决农村、农业问题，中央不断出台许多相关的政策和重大举措，"三农"工作已经有了新的突破。我们省委按照中央的指示精神，提出质量兴农、绿色兴农，进一步调整农村产业结构，优化产业布局，培育龙头企业，创建现代农业产业园，推进农业转向提质，加快建设现代农业产业体系、生产体系、经营体系。你们提到的回村创业想法，其实都有涉及农村旅游开发、现代农业、农村服务业发展等，包括互联网+农业等发展，这算是新产业、新业态，都是属于重点扶持和培育的项目。关于返乡创业，各地还陆续出台了不少具体的鼓励措施，都开始实施了。如果真想留下村子，并建好村子，你们就应该进一步去了解这些大政方针和人家成功的实践经验。我说到这里，林晓阳听懂了，他说，张支书的意思是我们应该先去外面考察学习一下，然后再回来提出些具体可行的方案？我说，你认为呢？林晓阳说，好，请张支书帮我们推荐几个有代表性的地方，我邀请海妹、依芳、依华、依秀一起去认真看看，费用我全包。张支书能够一同前往，那是最好，如果不行，那就给我们出具村里的介绍信，我们好向人家正式讨教！这个林晓阳一下子就决定了，海妹的眉头也舒展开了，在一边立即举双手表示赞同。我说这些话时，林晓阳又用手机录音，即刻就发给了依芳、依华和依秀，他们很快回复说，这真的很有必要，这样回村心里会更踏实。我于是就给他们推荐了几个我认为对我们村今后建设发展很有参考和借鉴意义的先进村，有两三个本省的，那次下派村支书培训时组织我们去现场学习过；几个省外的，都是我看了报刊相关报道了解的。所以，今天谈了快一整天。

刘书雷很振奋地说，你今天收获太大了！如果“海上蓝影”这拨人真回来了，并且能陆续带动一些在外的年轻人回来，这不就解决了你说的村里缺少主要劳动力、缺少建设主体的问题吗？这些人文化程度高、见识面广、接受新东西快，最重要的是思想观念新，有创业热情，有创业胆量，有创新能力，那真是生力军！如果引领得好，村子将大有希望！

不过，林晓阳突然问了一个我也回答不了的问题。张正海说。

什么问题？刘书雷问。

他说，张支书，我们现在是豁出去了，下定了决心，但是你能保证，如果我们真的回村，村子就能保下来吗？张正海说，我被他问得无语了。他好像也明白，就说，我们得准备准备，尽快出发考察学习。你帮我们转告刘老师一下，他担忧的问题，我们去尽力解决，而我们希望的事情，请求他尽可能努力！

刘书雷说，这家伙的头脑真好用，心思也好缜密。还想与我们交换条件呢！他想让我们相信他，但也要我们让他相信。

张正海的眼睛紧紧地盯着刘书雷，说，你真的想把村子保下来？真有把握留得住？

刘书雷淡淡一笑，说，什么真想呀、把握呀，都没有。我的任务是反映实情，下情上传。我只觉得村里人被激发出来的爱土爱乡之情很重要，这种感情常常是村子发展的真正内动力。你下派后不是感到村子里找不到发展动力和缺少活力吗？我觉得就是缺了这种愿望、这份心。我们只能按正常的程序来，唯一能够做的就是实事求是地反映和建议。

但我感到你真下了决心。张正海说。

那倒不是。体察民意，尊重民心，理解民情，我认为这是我当下职责的重中之重。我这几天睡前都会用些时间，认真读一读《摆脱贫困》。我最钦佩和感动的是，从那么早开始，总书记那时还那么年轻，就有那么强烈的为民情怀和高度的使命担当。我觉得，这也是我们中华民族传统文化的优秀遗产，在历史上，有那么多有识之士，敢于为民说话，为民请愿，以天下为己任。大依公那天给我讲到林杨，我一听就懂他的意思，他是希望我们身上都还能留有这种精神。你是这个村的支书，你的责任比我大得多！

你真这么想，那我就彻底豁出去了。张正海说，我们现在就是一根绳上的两只蚂蚱！

没那么可怜，还蚂蚱呢！刘书雷说，只是这村子要留住，必须有个好的发展方案。如果有好的、可行的发展方案，我想金书记和赵主任，还有秦副主任，应该都会支持。搬迁村子，原先的主观愿望也是为了蓝港村好。这里面其实没有太多复杂的矛盾，目的是一致的。蓝港村提出的发展方案如能够与岚岛建设国际旅游岛紧密对接，我相信，现在的领导不会有人敢去或愿去违背村民意愿,一切以人民为中心,一切为了人民,这才是村民们的尚方宝剑,也是我们的!

这个我也有信心。张正海说,只是这里面还有个兰波国际。兰波国际的问题怎么解决?

刘书雷眉心紧锁地说,想到一块儿去了,现在与兰波国际的关系怎么处理,已经成为回避不了的问题了。当然,我认为这不是原则问题,只是个技术难题。我想再认真理理,应该回城里一趟,去找吴副秘书长,该把情况向他汇报一下了。什么意见,等见了吴副秘书长后,回来我们再说。

张正海说,要不要我陪你一起去?

刘书雷说,你怕吴秘批评我呀?我了解他,他这位领导,原则性比我们还强,涉及民情民意和群众切身利益的事,他比我们还看重,在心里都摆在更高位置。不然,蓝港村的事都是明摆着的,他干吗还急急地派我下来?你有机会还是继续找晓阳他们聊聊吧,依芳、依华、依秀你都没接触过,现在他们能听进我们的建议和意见太重要了,能直接接触一下最好,巩固一下关系,最重要的是他们提出的相关方案,你更应该引导,他们毕竟不太懂这些事。不是还要提交村民讨论吗?我感到这对你、对村子都是个机会,把握住这个机会也非常重要。村里人都能达成共识,心聚在一起,那就太有希望了。

张正海说,你说得对,我应该好好把握这个机会,这也许是我下派村里后工作的第一个突破口。我是要好好想想。

刘书雷说,主要不是还有个“深海章鱼”吗?他在大群里应该看到了相关情况,他难道没有参与或发表意见吗?

你不说我倒没在意。“深海章鱼”今天没参与进来，连露脸都没有，是不是忙什么事没有空看微信？张正海说。

还是要注意这只“深海章鱼”，不要让他再对晓阳他们进行误导。刘书雷说，对了，你今天不在村部，陈海明知道吗？

知道，我去与晓阳和海妹见面时，曾给他打了个电话，说我今天有事，不在村部。张正海接着问，怎么，陈海明今天来找你了吗？

是，他带了几个融侨市的老板说来找你，你不在就找我了，那几个老板想联手买下村里的空厝。我告诉他们，这事要找你，找我没有用。刘书雷把情况简单地说了一下。我明白了，这个陈海明是有点不地道，这么幼稚的花招也耍，真把我当成了书生！

他是想在你这边表现一下，他有人脉、有关系、有能力给村里找来项目，目的还是想当村支书。张正海说，明年年初我的下派任期也到了，村子保留下来，就必然要找个村支书。

你不是说，村里没人爱做村干部吗？刘书雷问。

那是因为要搬迁。如果不搬迁，那么，村支书还是掌握着一定的权力的。如今上面对农村更为重视，对农村的一些项目扶持资金、补助款、专项经费等，还是不少的。如果村里不搬，现在大家也看到了，蓝港村将很快成为海边宝地。张正海说，这个村支书会有人抢着做呢！

所以，可能陈海明比任何人都不愿意搬村。刘书雷说。

张正海说，也许吧，不搬了，他认为村子将会是他的舞台了。你怀疑他是“深海章鱼”？

没有任何证据，不能这么说！刘书雷摇了摇头，说，本来也没这个联想，但是到他家吃饭时，他不是说，他儿子读的是法律专业吗？给晓阳他们出那个主意的人，肯定比较有法律常识。无所谓，晓阳对这事好像很敏感，我们尊重他的意见吧，不去管什么“深海章鱼”了。再说，这个“深海章鱼”也没做什么明显不法之事。

是，如果他不再干什么就随他去吧！张正海说。

十四

接到陈海明打来的电话，才早上八点多。陈海明在电话里说，刘博士，有个村民反映，村里来了个奇怪的人，好像天亮不久就到了，把全村走了个遍。开始这个村民以为是个游客，没在意。但是，后来跑到村民家里去了，已经走访了好几户了，什么都问，会不会是什么记者暗访？村民用手机拍了几张照片，我没加你微信，就用彩信把照片发给你。刘书雷说，你没向张支书说一下？陈海明说，我先向你报告，然后再向他说。

刘书雷把彩信打开，一看照片，先是一惊，照片里的人是吴副秘书长。刘书雷大喜，大声叫道，正海，正海！张正海从隔壁屋过来问，怎么啦？刘书雷说，我们快走，吴秘来村里了。张正海说，在哪儿？刘书雷把手机递给张正海，指着照片问，你看看这是哪里？是谁家？张正海接过一看，说，知道了，我带你去。

刘书雷和张正海赶过去时，吴副秘书长正好一个人从一个村民家里走出来。刘书雷兴奋地叫起来，吴秘！吴秘！

吴副秘书长也看到了刘书雷,说,我正准备到村部找你呢,你怎么过来了?

刘书雷说,您来了怎么也不打个招呼?这是下派村支书张正海。张正海微笑着说,吴副秘书长好!

吴副秘书长一边与张正海握手,一边说,我知道你,下派前在实验区文旅委工作,还是个文化创意产业的硕士。然后又对刘书雷说,我要是先打了招呼,那还怎么了解情况?你们陪着我到村民家,谁还敢讲真话?

刘书雷说,吴秘一个人来?那我们现在回村部等您,您继续走家入户?

吴副秘书长说,一个人来方便,村民又不会吃了我!我天没亮就出发,到这里刚好天亮,已经在村里走了两个多小时了。不走了,一起回村部。

回到了村部,张正海就忙着去烧水泡茶,刘书雷把吴副秘书长迎进了自己的办公室,小声问,叫其他村领导来吗?

吴副秘书长在一张座椅上坐下,喘了口气,说,不用了,我这次来主要是想来看看渔村,顺便看看你,见到你和正海就好,不要惊动村委了。说着,从一旁的茶几上扯出几张抽纸,擦去额头上的微汗。

刘书雷在一旁坐下说,吴秘,我正想找个时间向您汇报一下情况,您今天来了,这真是太好了!

吴副秘书长说,你下来时间也差不多了,事情应该心里也有数了。我实地来看看,听你说说情况,这样不更好?你想说什么,抓紧说说吧!

刘书雷就把来村后如何开村两委会，如何去见大依公，如何走访虾米家，如何遇见余望雨，还包括小饭店女老板怎么说，村两委目前的思想状况和情绪等，一五一十地向吴副秘书长做了汇报。

刘书雷讲得很细致，吴副秘书长听得很认真，中间一句插话都没有。期间，张正海把茶水端了过来，然后又退了出去。刘书雷本想叫住张正海，但见吴副秘书长没有表态，也就没有停止汇报，随张正海去了。

整个基本情况，刘书雷控制在十几分钟之内讲完了。讲完基本情况，刘书雷就打住了，说，吴秘，大体情况就是这样。

吴副秘书长用眼瞪了一下刘书雷，说，你说的这些，只表明了你很深入地又进行了一次调研。我耐心地听，是想知道你有没有偷懒，掌握的情况是不是准确。快接着往下说你想说的和真正想告诉我的！

刘书雷故意叹了口气，说，吴秘就是吴秘，火眼金睛呀！

吴副秘书长说，我一大早地跑过来，难道只是为了听你这些用书面材料传真过来让我看看就可以的东西？我知道，你没想法，不会来了这么些天，一个电话也不打给我！

吴秘就是吴秘，实在厉害！刘书雷又给吴副秘书长戴上一顶高帽，说，看来在领导面前，我只能诚实一点！

吴副秘书长笑了笑，说，你是个博士，我还会把你当作大学生下村实践来对待？

刘书雷就是要等这一笑。

刘书雷知道，吴副秘书长平常事太多，心里都是比较烦的。

只有让吴副秘书长有个好心情听建议,那么,这个建议就比较容易被接受。

刘书雷这时才开始讲“海上蓝影”,讲张正海思考的村里发展设想,讲余望雨说起的台湾青年音乐人租厝要求……

刘书雷说这些时,吴副秘书长才从包里拿出一个本子,用笔时不时地记下一些东西。

时间又过去了二十分钟,刘书雷又停下了,看着吴副秘书长。

吴副秘书长抬起眼皮,说,你还是没说你的想法。

这时吴副秘书长的脸上恢复了平常工作时的严肃,一点倾向性的表情都没有。

刘书雷心里有些发毛,现在不说也不行了。刘书雷鼓足勇气,说,吴秘,我斗胆建议,我们应该尊重蓝港村村民们的意愿,支持“海上蓝影”的行动,让张正海和“海上蓝影”按他们的思路去重建蓝港村!

吴副秘书长这才把手中的笔往本子上一夹,说,你这想法是挺大胆的,年轻人敢想敢干,精神可嘉。但你有没有想过,这一要对银滩的整体旅游开发调规,二涉及与兰波国际合作的调整,三是蓝港村整体建设到底有没有可行性?村子虽小,但这事可是件大事!

刘书雷的心都要跳出胸腔了,说,吴秘,我想过了,第一个调规问题,如果你支持,就要靠你协调省发改委和岚岛方面,应该不是问题;第二个问题,我正想请示您,能否让我去正式接触一下兰波国际?只要岚岛综合实验区领导一同努力,我想还是有回旋余地的；第三个问题，我来时已让正海同“海上蓝影”他们深谈了，他们决定外出去参观学习取经，尽快拿出一个完整的方案。我相信正海和晓阳，还有那些想回村的年轻人。当然，您是领导，我这只是建议，说得不对，请批评指正！

吴副秘书长仍然不动声色地说，建议没有对错之说，只有可行与否。你现在的建议，和你去渔村前的建议可是大相径庭。

是。刘书雷小心地说，那时真没想到村子是这么个实际情况。再说，那时真不知道“海上蓝影”他们能被引导，会有这么正确的想法，也不知道正海的心中有那么个宏伟的蓝图。如果没有来村，没有遇到“海上蓝影”，没有遇到大依公、虾米、余望雨等，我也不敢有现在的建议。我只是简单地想，村里人的心愿我们不应视而不见，那些年轻人被激发出的爱乡爱土之情和创业之心应该获得保护和支持。还有，台湾那些青年音乐人的愿望也值得我们重视。再说，那个明代林杨的气节，也值得我们学习。

吴副秘书长突然哈哈笑起来，说，你这个博士，还是喜欢文绉绉、酸溜溜地说话。我替你说吧，中央一再强调，群众利益至上，以人民为中心，现在更是积极鼓励返乡创业、建设美好家园，这也是中央和省委要求的。今天上午，我最不想听的，是你最敢讲的话；我最想要的，是你最小心翼翼说的话。不过，我还是喜欢你有跟年龄不相称的前瞻后思，思考重大问题必须周密细致，方方面面必须十分周全。不论是干事，还是做群众工作，还真要细致再细致。

刘书雷一颗悬着的心终于放下了，兴奋地说，吴秘，您是同意了？

吴副秘书长神色严厉地说，跟你说实话吧，在岚的两位省人大代表和三位省政协委员，联合了几位省里的人大代表和政协委员，分别提出了《关于将蓝港村石厝列入文化遗产保护的议案》和《关于把蓝港村列入古村落保护的提案》。我们援岚办不仅要帮助推进岚岛的政治经济建设，推进岚岛的文化建设也是我们的重要工作之一，特别是岚岛要打造国际旅游岛，文化遗产保护至关重要。这几位代表和委员，把相关建议还写成了信件寄给了省领导，省领导批给我了，所以，我今天必须到村里看看。他们说得非常有道理。至于你的建议，我感到那是建立在深入调查研究的基础上，顺民心，合民意，下了功夫，很不错！我来之前就和金书记及赵主任有过一次很认真的交流和讨论，基本上达成一致的意见。蓝港村的问题不能再拖了，总书记在闽任领导时，就一再要求对群众的事"马上就办"，率先在全国提出效能建设，我们要落实到行动中。今天我到蓝港村来，发现这里确实具有非常独特的旅游自然资源和文化优势，我觉得必须要遵循总书记的指示，搞生态旅游，不要搞大拆大建。说到这儿，吴副秘书长看了看手表说，时间快到了，我还要转到保税区那边处理一些事。你今天说得都很好，但从建议上来说，还是个比较初级的想法。蓝港村不搬迁可以，但要怎么建？如何与打造岚岛国际旅游岛的战略目标对接？怎样才能确保渔村今后可持续发展和生态发展？村里目前落后的面貌怎么能快速有效地改变？经济、政治、文化、社会、生态等各项建设如何全面加强？尤其是基层组织建设如何进一步强化，你和正海可以多思考。这些都必须有切实可行的发展规划和具体方案，这才算落实！想让村子不搬，就必须要有个具体的东西出来。至于兰波国际那边，我同意你去和温首席再谈谈，你私下邀请她来蓝港村，她回来后就找我了，说你似乎想推翻原有协议。我们也会做必要的工作。当然，这个工作要十分慎重，千万不要让人以为我们不欢迎人家来投资兴业，不能有负面效应。

温森淼从蓝港村回来后，就找了吴副秘书长，刘书雷还真没想到。刘书雷说，好的，我记住了吴秘的指示。

吴副秘书长说，你把正海叫来，我还有事！刘书雷就出去喊了张正海过来。吴副秘书长说，叫你们一起来，有两件事要交代。第一，现在看来，“深海蓝影”还是一群好青年，你们一定要加强引导，把他们对家乡的美好感情、对改革开放的信心和希望、对未来的追求和梦想，真正引导好，要真正地关心、爱护和支持他们，让他们能在蓝港村今后建设中发挥主要作用。至于“深海章鱼”，要密切关注，如果没有更多的破坏性建议，我同意你们的意见，随他去！也许，蓝港村今后的发展和岚岛的发展，会让他明白和相信，我们的政府是真正把爱民、为民、利民放在第一位的，只有光明能驱散黑暗，我们现在的光明是全世界有目共睹的。第二，昨天我收到了一封信，反映你们在村里联手，不贯彻不执行上级决定，不仅没有把搬村工作放在首位，而且还搞些手脚，扰乱民心、不讲规矩、不守纪律什么的。我估计，金书记和赵主任那里，也会收到这样的信。这个情况，你们知道就好了，特别是正海，我今天来，也从村民那里了解了你的情况，村民对你的评价还是很高的。你们要相信组织，别在这个时候被扰乱心神，还是聚精会神做好工作，岚岛的发展一天都不能耽搁，否则怎么对得起总书记的重托？

还有人写告状信？刘书雷有些吃惊地说。张正海在基层有段时间了，倒是比刘书雷坦然，很不在意地说，吴秘，您放心，我现在比任何时候都相信组织、相信领导。您的指示，我一定照办！

吴副秘书长说，我说的不是什么指示，正海，关于村里的事，你主要还是要听从实验区党工委和管委会的领导。好，时间差不多了，我要走了。吴副秘书长说着就站起身，刘书雷和张正海把吴副秘书长送了出来。吴副秘书长的车停在进村路口的一块空地上，在路上，吴副秘书长又说，对了，我在几个村民家里走访，有的村民反映，这几年来他们连戏都没看过呢。书雷，你是省文联下来的，这方面有优势，看看有没有办法近期就让村民看一次演出。没有文化生活的村子，就是没有精神生活的村子。刘书雷马上说，吴秘了解的和思考的比我们细致，我一定照办，请吴秘放心！

和吴副秘书长道别后，目送车远去，刘书雷无比喜悦地对张正海说，吴秘同意了我们的想法，也肯定了我们的做法，我们这次是对的，然后就把向吴副秘书长汇报的整个情况给张正海细细地说了一遍。张正海也十分受鼓舞，说，要不现在我们就通知村两委，你给村两委传达一下？

刘书雷说，暂时还不行。村里的事，主要还是由实验区党工委和管委会做主。我想了一下，现在的情况还有点小复杂，时机还不成熟,吴秘的一些指示还不到能扩大范围的时候。他刚才告诉我们告状信的事,还有跟你说的话,实际上也是在提醒我,村里的事最后还是要由实验区党工委和管委会来决定。我仍然只能配合、帮助你做些后续的工作。

对,还是你想得周到。张正海说,我有些激动,所以没想这么深。那接下来我们应怎么做?

刘书雷说,你没注意吴秘说了,岚岛的发展一天都不能耽搁?这是要求我们要全力抓紧。我们分工一下,我想明天就回去找一下单位领导,看能不能近期就组织一场文艺演出到村里来,再放映几部电影;另外,你不是设想在蓝港村这边搞几个美术、摄影、音乐创作基地和文艺名家工作室吗?我这方面正好也有单位优势,我想先去探探有没有可能性。还有,村里有希望不搬了,那么村里的公共文化设施要尽快建立起来,吴秘的话我理解,是希望即使村里只剩下老人、妇女和孩子,我们仍然也有提振他们精神和发展信心、生活信心的工作要做,我想回单位去争取看看能不能给点支持。来时,我的领导曾专门嘱咐,工作有需要,单位将全力支持。我想这方面可能没问题。这次回省城,我正好可以顺便去找找曾小海,争取能见到他。你呢,继续思考村子今后发展方案,可以和晓阳、海妹他们进一步深入接触,最好能进一步调动他们,让他们朝着和我们一致的方向和目标努力。

好,就这么定了!张正海说,快去快回,我感到村里的发展规划离不开你,我怎么有点依赖你了?还好不是个女的,不然说不准我就会爱上你。你这个人太善解人意啦,说你没女朋友,我真不敢相信！

你别干预我的私生活！刘书雷惨淡一笑，说，现在物质生活多直接、多吸引人，我一介书生，有什么钱？连房子都没着落，你让人家跟我过漂泊的生活呀？

张正海说，如果我有妹妹，我一定动员她嫁给你！

得了！刘书雷说，你妹妹不一定听你的。所以，像晓阳他们这种年轻人，真的很难得，不然你的蓝港村再美丽，也只是一道风景而已。

张正海说，我知道你的意思。

两个人又大笑起来。

刘书雷将车开到省文联大楼时，还不到中午。停好车，刘书雷就上电梯直接往李然书记的办公室奔去。

运气真好，李然书记正好在办公室。刘书雷探头一看，李然书记的办公室里有几个单位的人在汇报工作，就缩回了头。

李然书记看到了他，急忙喊，是书雷，进来吧！

李然书记把办公室里的人都打发走了，关上了办公室的门，说，怎样？去村里有一段时间了，我正想什么时候去看你。有什么感受？村里情况如何？

刘书雷说，不去不知道，一去吓一跳！感受真的很多。基层工作跟文艺工作大不一样，我学到了很多东西。真心感谢书记给我这么好的一个了解基层和提升自我的机会！

刘书雷简要地向李然书记做了自己到岚后的工作情况汇报，一下子就直奔主题，说能否请李然书记帮助支持解决三件事……

李然书记听完当即表态说，你这几件事还正好是我们能做的和要做的。到村里演出，我立即让我们文艺志愿者艺术团着手准备，尽可能最近下去，同时请电影家协会准备几部片子，到时白天演出，晚上看电影。在村里搞文艺家创作基地，这也很好，一方面有利于文艺家深入生活，扎根人民；另一方面也能让村民感受我们新时代的文艺，把党的政策通过文艺形式贯彻下去。去演出时，我会带美协、音协、摄协的秘书长们去，实地看看，一同来研究一下。关于支持村里公共文化服务建设，我看让机关党委牵头，和村里搞个“三级联创”，并结合创作基地建设一起来，让省作协、省电视艺术家协会、省书协、省民间文艺家协会、省舞协等都参与，让几个杂志社也去，在村里办读者俱乐部。这样，内容就比较丰富了，各协会和单位轮着去，活动就多起来，可经常性，可持续性。

这太好了！刘书雷说，书记到时一定要去看我。

李然书记说，我肯定去，也算去看看你。你说的那个蓝港村，我还真去过，我在榕城工作时曾分工挂点过岚岛，有次访贫问苦，我就去了那个村，那里的石头房子，我印象很深。

刘书雷兴奋地说，那我在村里等着书记的到来。

刘书雷从省文联大楼出来后，就拿出手机，试着给虾米的父亲曾小海打了个电话，电话居然能打通，一个男人低声地问，哪里？

刘书雷说，请问，你是曾小海吗？

对方一下子有点警觉,问,你是谁?

刘书雷从这句话里判定，接电话的应该是曾小海本人,就说,我刚从蓝港村来,虾米让我带话给你,你中午有空吗?

曾小海沉默了一会儿,说,虾米?

刘书雷说,是。我们最好能见个面,我想和你谈谈虾米。

刘书雷强调是虾米叫他联系的,有两个目的。一是向曾小海证实自己确实从蓝港村来,让曾小海有信任感;二是如果曾小海还牵挂着虾米,说明事情仍有转机。

虾米怎么啦?曾小海的语气一下子关切起来。

刘书雷说,电话里真的不好说,我想与你谈谈。我现在有点时间,去哪里找你?

曾小海明显比较犹豫,你不是村里的人吧?

曾小海对刘书雷还是不够信任。刘书雷就说,我在省城工作,参加第四批援岚工作队,叫刘书雷。近些日子,我正好到蓝港村,昨天到了你的家里,见到了你的父亲曾元海,他现在瘫痪在床上,你的母亲也丧失了劳动能力,现在家里全靠虾米。

曾小海相信了,你到我家里去了?好。要不,下午两点后,我两点才能下班。

刘书雷说,好,我等你。你说在哪里见比较好?我开车来的,你觉得哪里方便,我过去找你。

曾小海说,我快下班时,打电话给你。

刘书雷说,那好!

来省城帮虾米找到曾小海,这是刘书雷回省城另一个重要的事情。本来刘书雷也没什么把握,没想到这么顺利和简单。看来还是虾米太小了,还不知道该怎么找人。

离下午两点,还有比较充裕的时间,刘书雷就把车开到了金龙城。这是个大型商贸城,刘书雷直接上了第五层儿童商场。进入商场,刘书雷跟售货员说,身高一米四左右的女孩,比较瘦,你帮我挑两套春秋装、两双鞋子。刘书雷是第一次来买童装、童鞋,只能依靠售货员。

售货员是个女子,很有经验地问,你是买来送人的?送什么人?

刘书雷问,是,你怎么知道?这还有讲究?

售货员说,你这年纪怎么会有这么大的孩子。买来送人的,就有讲究。家里有钱的,喜欢样式新、面料好、有牌子的;普通人家的,买价格一般的就可以了。还有,这孩子长得快,一般穿一年,鞋子、衣服就要换了。

我想得买比较耐穿的。刘书雷说。

这就很好挑了,可以尺寸稍大点,隔年还能穿。售货员很快就帮刘书雷挑好了两套衣裤、两双鞋子。

刘书雷结完账后问,哪个柜台有彩笔卖?

售货员说,前面那边有个文具柜。

刘书雷说了声“谢谢”,走到文具柜,给虾米买了一个大的彩笔盒,还买了两包画纸。

刘书雷离开了儿童商场后,上了手扶电梯,从指示牌看到一层有通讯专柜。

刘书雷下到一层,进了通讯专柜,里面的手机很多。刘书雷选了选,就买了一部华为的智能手机。

金龙城一层有家咖啡店，刘书雷看了一下时间，就进了咖啡店，要了一杯拿铁，一边喝着，一边等曾小海的电话。

中午一点半，手机响起来，是曾小海打来的。

曾小海说，两点后，在三坊七巷澳门街出口这边有个叫石丐茶楼里见面。

刘书雷说了声“好”，就出了金龙城，开着车，往三坊七巷赶。省文联在三坊七巷这边有个八闽文学院，刘书雷刚来时还在八闽文学院做过一场公益文学讲座，对三坊七巷挺熟的。

刘书雷把车停在三坊七巷附近的停车场，刘书雷把那天从虾米那里买下的十幅画也带上了。

三坊七巷是省城著名的一条老街，原是闽都近现代一些名门望族的聚居之所。刘书雷知道，这个重要的历史文化街区得以保存下来，也是得益于当年总书记在省城任市委书记时所做的努力。

三坊七巷人流量很大，多是来榕的游客。石丐茶楼就在林则徐纪念馆的隔壁，刘书雷正好路过纪念馆正门，门的两柱上刻有林则徐的手书：“苟利国家生死以，岂因祸福避趋之。”这个对联前几次刘书雷路过时也曾看到，但没有像今天看到这般心里生出感叹来。很多东西，有了经历与没有经历，体验和领悟真是大不一样。

刘书雷到了石丐茶楼时，已两点多了。这个时间点茶楼的生意比较淡。一进茶楼厅堂，刘书雷就一眼看到，在临窗的一个品茶位子上坐着一个穿保安制服的中年男子。

那人应该就是曾小海，只有做保安的，要轮班倒，才会在下午两点下班。

刘书雷走了过去，那个男子也注意到了走过来的刘书雷。

刘书雷说，你是曾小海，虾米的爸爸？

曾小海站起身来，有些拘谨地说，你是省里来的刘领导？

刘书雷说，我不是领导。我们坐下谈。

曾小海坐下了，刘书雷把带来的那摞画递给了曾小海。

曾小海一脸的不解。

刘书雷说，你看看吧，这都是虾米画的。她每周周六早上，都会步行到十里外的快速通道路口去卖画。

曾小海这才有点明白，一张一张地翻看，边看边说，这妹丫，这画怎么卖得了？

刘书雷说，你知道她为什么卖画吗？这十张画，她卖十元，她说攒些钱到时出来找依爸依妈！

曾小海眼里闪过一丝惊讶，就把头低下了，不敢看刘书雷。

刘书雷接着说，现在你的父亲半瘫在床上，你的母亲半痴呆了，虾米妈又走了，家里就靠虾米，她一边要上学，一边要照顾两位老人，一边还拼命画画卖画。一个才十岁的女孩，你没想过她的日子比你的艰难得多？

曾小海从口袋里摸了很久，才摸出一支烟，点燃深吸了一口，夹着香烟的手，微微颤抖着。

刘书雷观察到了，觉得这也是个可救的父亲和男人，心里有些暗喜，就继续说，你没注意到，虾米画的画里，有几张都是两个大人牵着一个小女孩在海边沙滩走着的画面？两个大人都是空白的脸，没有眉毛、鼻子、眼睛、嘴巴和表情，而那小女孩脸上却有好几双眼睛，那是她在表达，她想见到你们！你们是什么模样，她都没印象，她非常希望能跟你们在一起！

曾小海再次翻了翻那摞画，泪水流了下来，狠狠地猛吸着烟。

刘书雷说，你小时在蓝港，家里可能穷，但你有父母，和父母在一起。孩子可能并不知道什么穷呀富的，但是她知道没有父母是多么痛苦的事情；有父母但见不到，对她更是个怎样的折磨！现在她每天还得替大人照顾大人的父母，这对她来说，那又是怎样的一个重负！

曾小海终于说话了，我知道我对不起虾米，我也是没办法，一次事故，死了两个民工，法院判我赔偿，我只好拼命打工还钱。我在三坊七巷这边做保安，两班倒，白天不上班，我就去劳务市场那边打零工；晚上不上班，我就去帮人一起守工地。我想等钱还完了，赚些再回去，不然，我有什么脸？人家如果追到村里去，我的脸不更丢尽了？村子里从来就看不起欠人钱的人！再说，回到村里去，我哪里找得到事情做？

听说你在这边也有家了？刘书雷试探性地问，虾米母亲就是因为知道这事才出走的。

没有家，我这样子谁会跟我成家？曾小海还挺诚实，坦白地说，是有个女人，她也是出来打工的，在老家有自己的家。我们只是临时在一起，这种事现在也只能这样。我们说好了，她回家我不能管，我回家她也不能管，我们没有长久在一起的打算，经济上各自独立，只是房租由我出，日常开销由我承担。

曾小海说的基本可信，看来还是个诚实的人。

刘书雷说,你现在还差多少钱没有还?

这些年下来,我还了一大部分了,现在就差两万元。我曾想过,等今年还了这钱,我就回去。只是,村子里没办法赚钱,我不是还得出来? 曾小海停了停,说,我怕到时更难受。

刘书雷想了想,说,如果你真有这想法,我愿意帮你。那两万元,我借你,你以后赚到了钱还我。另外,如果村里有事让你做,你是不是真的能不再出来? 在村里好好地陪着虾米,照顾好老人?

曾小海的眼睛睁得大大的,有点不相信地说,你借我? 村里有事做,我怎么可能再出来? 我在外面想到村里的家,心里也是苦着痛着的!谁的心不是肉长的?半夜三更心也会疼得要命。只是,听说村子要搬迁了,那以后有什么事可以做?

刘书雷说,你知道吗? 我见到虾米时,她苦苦地求我,说能不能不搬,怕你和她依妈回村,找不到她了!

曾小海的泪水再次落下来。

刘书雷接着说,你认识林定海老支书的孙子林晓阳吗?

曾小海用手背擦了擦眼泪,说,我出来时,他在外面读书,在村里他算小我一辈的人,我对他有点印象,曾听说他在深圳开了个公司。

刘书雷说,他现在和大依公的孙女海妹,还有几个幼时小伙伴正在策划回村创业。如果他们回村了,那么也许就需要人手。你如想在村里找事做,可以和他们联系一下。

曾小海不解地问,他们不知道村子要搬迁吗?

刘书雷说,你没看到他们在网上发出的邀帖吗? 面向所有在外的蓝港村人。

曾小海说，那帖子我没看到，但曾听一位同乡说起过，说是召集我们回去签名请愿。我们在外打工的，哪里有办法去管政府定下的事？所以，我们就没关注。到时走得开，就回去一下，走不开就不回了，家里的事，反正还有老人在。

刘书雷说，他们现在不是这个意思，你可以与他们联系一下。如果这边事理得清，我建议你回村里，先去看看虾米。如果那时我在，你可以找我；我不在，你就去找下派的正海支书。

曾小海抹着眼泪，说，你真是个好人。谢谢你！

刘书雷说，我也有过童年。你要谢谢虾米，是她让我真的很感动，觉得能为她做些事，真的很值得、很有意义。

曾小海似懂非懂地点点头。

刘书雷问，对了，你身份证有没有带在身上？

曾小海说，有，有事？

刘书雷说，我过来时看到对面有一家移动的营业厅，我给虾米买了一部手机，我陪你去用你的身份证办理开通业务，我回村后就把手机交给虾米，她今后就可以给你打电话，你们还可以用手机视频，行吗？

曾小海用颤抖的手在身上摸了很久，才掏出身份证来，说，太感谢你了，虾米真是有福气，能遇到你这样的好人！

我希望她的日子好起来。你不用谢我，我要的也不是你的感谢，我只希望，虾米从此以后的生活真正有希望起来。怎么都不能让孩子绝望，这是最重要的！刘书雷说。

刘书雷在移动营业厅里帮虾米办好了手机开通业务，并预存了一千元话费。同时,用开通的手机扫了一下曾小海的微信二维码说,我回去就让虾米自己起个微信名,到时你们就可以用微信聊天了。

走出营业厅,刘书雷对曾小海说,你如果想清楚了,就回村里找我,我把钱借你。希望你说话算数,不要让虾米失望。她太小了,禁不起!

曾小海眼里噙着泪,说,我看得出来,你是真心帮虾米,也是真心帮我们。你这么说到做到,我再不说话算数那还是人吗?

毕竟是在海边长大的人,曾小海身上还有着海边男人的秉性。

与曾小海告别后,刘书雷的心情一下子轻松了不少,感到肚子有些饿,就在旁边的一家小吃店里点了一碗鱼丸、一碗肉燕,赶紧吃了,吃完就去停车场取车,然后开着车往岚岛而去。

十五

刘书雷回到岚岛时,已是傍晚。傍晚的岚岛上空,飘浮着淡淡的迷雾。来岚岛有些日子了,刘书雷知道,岚岛之所以叫岚岛,就是经常有这种状如袅袅轻烟般的迷雾飘浮在海上,也飘浮在岛上。

赶回岚岛, 是因为刘书雷想到了上午给吴副秘书长汇报时,吴副秘书长说起过温淼淼从蓝港村回来后找过他。如此说来,关于银滩整体开发一事,温淼淼应该是与兰波国际总部一直保持着紧密的联系。刘书雷想尽快与温森淼再谈一次。

刘书雷边开车边打通了温森淼的电话，说，温首席，我刚好在岚岛，不知你现在有没有空？

温森淼没有一点意外，说，我知道你还会来找我。我正好在办公室，今晚没什么安排，要不我请你吃饭？

刘书雷说，不是我客气，我吃你的饭，就违反规定了，所以不是不想吃，而是不敢吃，也不能吃！

温森淼说，那欢迎刘博士来我办公室！

刘书雷说，当然，如果你的肚子饿了，还有一种选择，就是我请你吃吧。我个人请你吃，这倒是可以。不然，让温首席饿着肚子，也不太合适。

温森淼说，那也不行，我吃你的请，同样也不合适。在国内，好像女人饿肚子，那叫减肥美体，我没什么关系。

刘书雷说，那我现在就去你办公室吧，我饿肚子也没关系，那叫加班加点干工作，要被表扬的。

温森淼在电话里"哧哧"笑起来，说，刘博士实在会说话，我相信等下你过来，我听你说话就会撑饱肚子的。

刘书雷说，那麻烦温首席把办公室的定位发给我，我导航过去。

温森淼说，这么聪明的刘博士也会疏忽，我们好像没有互加微信，怎么发定位给你？

刘书雷说，我就是想与温首席加个微信，才这么曲折一点说的。现在不是有理由加微信了吗？温首席就不好拒绝了吧？

温森淼又笑起来，说，看来，想难倒刘博士还是很难的。

刘书雷说，怎么会呢？我只好以公事的名义要求加温首席私人的微信，这真不是容易的事！

温淼淼说，我的微信号就是我的手机号，你加上我为好友，我就把定位发给你。其实，我的办公地点很好找，就在岚岛免税商场旁边的天和之楼，我在三十七层的三〇三室。

天和之楼，那是岚岛的最高建筑，刘书雷当然知道。

刘书雷说，那这么说，就可以不加微信了？

温淼淼说，随你。我就知道你嘴上说得好听，其实找我还是为了公事吧？按说现在是下班时间，我可以不办理公务的。但念在你这么辛勤办公务，加班又不要求加薪的分儿上，我就破例一次，你过来吧！

与温淼淼斗嘴，也是很难占到便宜的。

刘书雷把车往天和之楼开去。

温淼淼派了一个小姐在楼下等着刘书雷，刘书雷有点不好意思，正要客气一下，那小姐微笑着说，上电梯要刷卡，到楼层有门禁，你自己是进不来，也上不去的。这么一说，把刘书雷想说的客气话全挡住了。

小姐把刘书雷引进了温淼淼的办公室。那是间气派十足的大办公室，放着一张宽大的水沉木桌面的桌子，那是用一块整料锯出的，仅桌面就价格不菲。墙上挂着两幅金属框架的大油画，出自北京中央美院某知名教授之手。一套八个座位的红木沙发，放在透明的落地玻璃墙前，沉甸甸的木质，加上四四方方的结构，透出一种厚实的富贵气息。

温淼淼身穿一袭白色的套裙，从座位上起身迎接刘书雷，引领着他到沙发上坐下。实木大茶几上，放了三盘水果，一盘是切好的台湾莲雾，一盘是海南杧果，一盘是牛奶草莓。刘书雷坐下后，透过落地玻璃墙将整个岚岛的夜景尽收眼底。

小姐给刘书雷端上了一杯咖啡，说，这是温总交代现磨现煮的蓝山咖啡，请慢用。说完，小姐走出了办公室，轻掩上了门。

刘书雷说，温首席在这里办公，赏心悦目，这对身体很有好处，会长寿的。

温淼淼说，我还没那么老吧，刘博士今天就赶来向我祝寿？

刘书雷端着咖啡正准备喝，一下子就停下了，尴尬地说，终究犯了个用词不当的错误，抱歉，抱歉。

温淼淼说，咖啡刚煮出来，太烫了，刘博士可以先吃点水果。我了解过了，吃我这里的水果不算犯错误。

刘书雷放下咖啡，吃了几个草莓。办公室门被推开，小姐端着几小碟台湾糕点走过来，有凤梨酥、花生糕、老婆饼等。

温淼淼说，我知道你肯定有点饿，先补充点热量吧，等下说话挺耗能量的。

刘书雷一天下来只在省城吃了一碗鱼丸、一碗肉燕，确实感到饿了，就不客气地吃了两块凤梨酥。

温淼淼说，刘博士肯定又是为了蓝港村的事来的吧，不然不会这么拼命，也不会这么委屈自己。

刘书雷说，温首席知道我的来意可是件好事情，不然我还不知道这话从哪里开始说。

温淼淼说，其实意见在蓝港村时我就告诉你了，目前，我还没有更多的补充。

刘书雷说，我知道温首席不可能在这么短的时间里有补充，但是，我这边有点小变化。假如蓝港村不搬了，这样必然会影响与兰波国际原先签订的银滩开发协议。我想了解一下，要更改协议，贵方有什么条件和要求吗？

温淼淼说，这不是我考虑的问题，这是董事会的事情，我无法答复你。目前，我们要求岚岛方面能信守原来的承诺，这是一个信用问题。生意场上，信守协议，这很重要！

刘书雷说，我很同意你的看法。问题是，现在我们在蓝港村的问题上已经不是一个单纯的生意信用问题。村民们坚决不同意搬迁，如果强行让村民搬迁，那就是违背了民意，就是我们对村民们不负责任，这个就成了比生意信用更严肃的问题，是政治问题。你知道这个后果将会多严重吗？你希望与一个不尊重民情民意的对象合作吗？还是贵方本来就希望我们逆民意而为呢？

温淼淼一时答不上来了。

刘书雷接着说，正是因为我们高度信守与贵方的合作承诺，所以我才觉得应与温首席进行洽商，希望兰波国际能够理解我们目前的苦衷，支持我们顺应民心的想法，我们一同来解决问题，加深理解，更好地合作。

温淼淼说，那由此会给我方带来损失，我方的损失怎么办呢？

刘书雷说，为了与你商谈，我认真研究过很多东西。从我的理解来说，我们的目标从来都很坚定，那就是合作共赢。你认为按照原有的协议，现在执行下去，我方能赢吗？违背了民意，失去了民心,那就失去了我们的初衷,也不符合合作共赢的要求。蓝港村的情况,你是非常清楚的。你能否站在我方的立场思考一下,如此按原协议做下去,我们的损失就不仅仅是经济上的损失了,我们还要承担比经济损失更大更重要的损失。这个损失,不是我们可以承受的!

温淼淼惊奇地看了刘书雷一眼,欲言又止,复归沉默。

气氛很沉闷。刘书雷抿了一口咖啡,起身走到了落地玻璃墙前,看着外面的点点灯火,说,温首席,我们希望这岛上的人能过上安居乐业的生活。你应该清楚,我来找你商谈蓝港村的事,那真的是代表全村人的真实愿望。

温淼淼也站起来,走到刘书雷的身边,说,你上次是私下聊聊,这次是代表全村人,下次将会代表谁呢?

刘书雷尴尬地笑起来,说,这我真没想过。确实,我没得到正式的授权,只是为了解决村子的事情,不得不来找你。冒昧之处,请温首席见谅!

能不能透露一下,你到底想怎么解决村子的问题?温淼淼说,那个村子多数都是老人、妇女和小孩,从现状看,当初你们那边做出搬迁决定,并没有什么大的问题。让村子里的人搬入我们建在新城的安置楼,让他们成为新城的市民,不是更好吗?如果留在原村里,他们还能做什么呢?不仍然是现在这种比较落后和贫困的状况吗?

刘书雷说,如果是你上次问我,我还真的难以回答。这里面的关系,怎么说呢,我当时被这个问题困住了。一方面,村子不搬迁,兰波国际进不来;另一方面,兰波国际要进村,要求村子全迁，村民又反对。如果仅仅是尊重村民对故土的朴素感情，那么的确如你所说的，这不是保护落后吗？所以，我一直在想，能否有第三种方案，既能尊重村民意愿，又能确保兰波国际的项目落地实施？

你现在找到了？温淼淼问。

只能说有点小想法。刘书雷说，这就是我苦不堪言的地方，既要与村里谈，又要与你们兰波国际谈，两头我都不讨好。村子不搬迁，但必须确保能够对接发展；兰波国际要进入开发银滩，我又要帮助村民们请求能够尊重他们的意愿。要保村子，又不能让兰波国际承受损失；要保兰波国际项目落地，又不能让村民不满和反对。所以，我只能想，是不是两边都能够站在对方的立场上各自考虑并做出一些适当的调整，找到一个最佳方案？

你的最佳方案是什么？温淼淼又问。

我是想，能不能兰波国际和村子直接合作？刘书雷说到这儿，认真地看了温淼淼一眼。

温淼淼波澜不惊，脸上没有特别的表情，静待刘书雷说下去。

刘书雷只能继续说，村子直接以土地、海域和相关资源折价与兰波国际合股开发银滩，项目开发可由兰波国际控股并具体负责实施，一些重要的旅游基础设施配套由兰波国际投资建设，村子自身的建设按对接兰波国际相关开发要求由村子自行建设。这样形成一个有人气、有人文的旅游开发区域。温首席是做旅游设计出身的，知道这样会比原来的开发设想丰富得多，也符合潮流得多！

温森淼抱着双臂，想了许久，才说，想不到，刘博士学的是文学，可也擅长经济方面。按你这个设想，那我们兰波国际投建的安置楼怎么办？

刘书雷说，我也想过，一是兰波国际的目的，是开发银滩旅游项目，至于与我方哪个方面合作，这不是兰波国际关心的事情；二是如果我们双方共同协商，根据实际情况，依托村里资源，兰波国际可以减少投入；三是如果把村民的积极性调动起来，并且通过合作让村子具有经济实力，同时又可进行利益捆绑，今后兰波国际在银滩开发上将有持久的发展内劲，可以省去很多麻烦。至于兰波国际投建的安置楼，我再向岚岛综合实验区反映，请示如何解决。

温森淼说，我明白你的意思了！

刘书雷似乎想趁热打铁，接着说，温首席是走过世界许多地方的人，我可是个井底之蛙，从没出过国。不过，我知道埃及有金字塔；夏威夷我也没去过，那里的海水、沙滩、阳光到底给人什么感觉，我也不知道。但我却知道夏威夷有草屋，有草裙舞。你相信每个地方的土地都有它独特的灵魂吗？蓝港村的石厝就是它的灵魂！我听说过兰波国际的开发设想，我觉得经过这么多年的改革开放，中国现在最不缺的就是高楼。“哈利法塔”和“帆船”那样的建筑，并不是岚岛真正吸引人之处，而蓝港村的石厝，才是真正属于岚岛的，是无法复制的！温小姐为何不考虑一下，把蓝港村石厝的保护性开发纳入银滩旅游开发的主题，再做出个经典案例来呢？也许届时吸引的是全世界更多高端游客的目光。

温淼淼终于笑起来，说，刘博士，你搞文学真是浪费人才。

刘书雷也笑答，温首席，你应该比我更清楚，在任何一个重大设计或经典设计里，怎么可能缺少人文内涵呢？真正的设计大师，那是用石块在自然之中抒写情怀，与搞文学的用文字直抒心意，本质上是异曲同工的。

温淼淼说，刘博士，你是我在国内遇到的不得不佩服的人。

刘书雷说，温首席，那是你在国内时间太短，所以才会说出这么有局限性的话来。

温淼淼笑出声来，说，不管怎么局限，听刘博士说话，有时感到仿佛是在读篇好文章。

刘书雷说，温首席就把我的话权当是对兰波国际蹩脚的《陈情表》吧！不过，我是真心希望兰波国际能够理解和支持蓝港村村民。

还《陈情表》呢？只是我再次抱歉地告诉你，我真的无法代表董事会对你这声情并茂的朗诵打分。温淼淼说。

刘书雷说，我理解。但我仍然希望温首席能将我所说的情况上报给你的董事会，也许董事会会打分。

十六

离开了天和之楼，刘书雷直接往蓝港村赶。到了蓝港村时，已是夜里十一点了，刘书雷看到张正海的办公室的灯还亮着，就直接上楼进了张正海的办公室。

张正海正坐在电脑前忙着，等刘书雷进来才放下手上的活，说，我听到汽车声，就知道你回来了，又听到你急急地上楼的脚步声，就知道你肯定要来找我。

刘书雷找了个杯子，倒了一杯水，说，今天你没泡茶？

张正海说，好些天没回家了，家里带来的茶，今天下午同晓阳和海妹谈事时都泡完了。

刘书雷喝了几口水，说，是呀，你该抽个时间回去看一看了。

张正海说，我走得开吗？我最长曾一个多月没回去过，老婆不相信追了过来，看我确实忙，也就没话说了。

刘书雷放下杯子问，怎样？谈的情况如何？

张正海说，现在因为你，晓阳和海妹对我们是越来越信任了，很多事与他们都很好谈。他们正在安排尽快去那些地方走走看看，我告诉他们，如果总体的东西还没想清楚，迟几天出发也没什么关系，主要是要带着思路和问题去，这样才能有针对性，才能从中获得启发，才能真正学到人家好的经验和做法。他们同意了。

刘书雷说，这样最好。

可是，晓阳今天提出了一个问题，海妹和其他人都有共同的顾虑和担心。张正海说。

什么问题？刘书雷问，很严重吗？

晓阳说，他在看到总书记来岚岛亲自描绘发展蓝图的新闻报道之后，就立即有了感觉和信心，觉得这可是个特别重要的机会。前年春节回来时，他曾同定海支书谈起，想把公司搬回岚岛，可能的话，就干脆把公司搬到村里，反正做的是电子商务，又是小公司。结果，他说定海支书很生气，说人往高处走，开公司在深圳才有前途，回到岚岛回到村里有什么出息和出路！他说，他试图与定海支书交流一下想法，试图说服定海支书，可定海支书听都不听，一口就咬死说，你看看岛内有多少做大生意的公司？岛内出去做成事的大老板，有哪个回来的？从那时起，他就不再与定海支书谈了，觉得定海支书思想保守，观念意识根本就跟不上时代，人老了而且一些认识是根深蒂固的。去年清明节回来扫墓，他看到了岛内巨大的变化，想着定海支书的心思可能会有所转变，就又试着提起，结果，定海支书就一句话，这村子不适合我们林家做生意，否则你就不用回来给你依爸扫墓！你要回来，我们就脱离关系。晓阳这么一说，海妹也忧心忡忡，说，如果回村，怎么过依公这一关？依芳在微信里也说，以往几届的村两委，每个家里有条件的，能在城里买房的，都在城里买；能把孩子往外面送，全都送了；能让孩子往外走，想尽办法往外走。这成了这么多年来村里的风气。还说，原先有几个年轻点的村委，后来找到了点门路，也就这么离开村子了，实在没门路的，也不做村委，宁可去外面打工。剩下没走掉的，不是年龄大的，就是人家认为没本事的，征得家里同意回村的工作怎么做？我回村查了一下，情况还确实和依芳所说得差不多，上几届村委里，现在在外的，确实占了一半以上。依华在微信里也说了，从有点懂事开始，他看到村里有本事、有想法的人都往外面走，有出息的孩子也被带走了，不要说有劳动能力的基本都出去了，就连个人积累的财富也全都被带到城里去了。村里有点钱的人，投资、买房、消费等全在城里，剩下的是实在带不走的或是不必带走的东西。依秀在微信里说，她在上海虽然打个小工，也没什么前途，根本看不到明天，但是如果回村，她家里人肯定也不会同意。他们心中的这些包袱，我想了一下，还真不知道怎么解决。

张正海用求助的目光望着刘书雷。刘书雷问，你当时怎么回答他们的？

张正海说，我回答得很没底，只好说，我认为你们说得非常有道理，正因如此，现在更需要你们回来，更需要发动在外的人回来，把带出去的东西和在外面赚到的东西都再带回村里来，这样才能把希望重新带回来！

把希望重新带回来？你这个想法非常好！刘书雷说，我浏览了一下，这些年，从中央到地方，都采取了很多措施想将城市的各种资源导入农村，包括像你这种下派干部，但为什么仍然见效不大不快呢？我觉得关键的问题是农村的资源流出太多、太快了，不少地方真的都流空了，现在要立即填补回去，已经不是一下子就能补回的。你在村里时间久，情况更了解，我不知道说得有没有错。我只有一种直觉，怎样把明天的希望带回村里，让村里变得充满希望起来，这真是个关键性问题。我建议你引导一下晓阳他们，能不能围绕这个点通过他们的微信群来展开大讨论。如果可能，你也可以在村里呼应他们，通过村两委让全体在村村民也参与这个话题的讨论，把做搬迁宣传的那些手段、办法都用在这上面，先进行造势，然后再去做具体的说服工作，也许会起到一定作用，产生一定效果。这方面你比我有经验，也有优势。

带回希望，点燃蓝港！就这个主题！张正海一下子来了激情，说，你看行吗？你说得太对了，我怎么没想到，应该让在外和在村的蓝港人，包括与蓝港村有关的人，一起来共商蓝港村的发展。让村民自己来思考未来，比我们帮助他们具体谋划更重要。

对，你应该让他们现在的思路往这个方向走。刘书雷说。

张正海说，好，我想一下，近期就尽快召开村两委会议，讨论出一个关于蓝港村今后经济发展和村子治理的初步方案，敢这么做吗？

刘书雷假装没听懂，说，我早就知道你肚子里装着腹稿。在这蓝港村，你是“主心骨”。你心里的那片绿草地，可是被岚岛这几年来大发展的春雨浇灌出来的，我相信会是绿油油的。

张正海说，作为下派村支书，村里的发展蓝图，本来就是我要交的作业。原先我没完成，是因为村子要搬迁。如果要搬，做任何发展考虑都没有意义。所以，一段时间以来，我根本就没有去找方向和目标。你那次在海边问我，如果不搬蓝港村怎么发展最好。我当时说得比较随意，随口应答。我现在有了个比较细的想法，这都是被你催出来的，我当然要补交作业啦。如果说我有了腹稿，那也是被你逼的。老实说，如果这次你没下来，我下派到村里来，可能一事无成。我会是唯一一个无所作为的下派村支书！

刘书雷说，算了，你和这村子是一条心了，我看得出来，这叫置之死地而后生。

张正海说，好，不开玩笑了。你能不能给我说说，你那边的情况？

刘书雷说，我去了省城，回了一趟单位，找了李然书记，他全力支持，答应很快就派省文联文艺志愿者艺术团来村演出，还给村民放放电影。这个，你要考虑怎么办，场地放在哪里合适。文艺志愿者演出不会给村里增加任何经济负担，所以，其他的你就别管。另外，你不是曾谈起蓝港村可以搞文艺家创作基地吗？我也想探探省文联能不能给点帮助，就向李然书记一并报告了。李然书记同意尽快让省美协、书协、音协、摄协、作协等下村来实地考察一下，对建立文艺家创作基地进行可行性调研，同时他还答应，让几个文学刊物入村来创办阅读俱乐部，借此帮助村里建成公共文化服务中心。这些，你都可以放到村里的建设发展方案里面。

你真是及时雨！张正海说，村里的政治组织建设、经济发展规划、生态保护和利用、社会综合治理这几块，我都还比较熟悉，唯独村子文化建设，我心里最没底。早些年建的村图书室现在根本没人去，又都是些上面送来的村里人不爱看或看不懂的书籍；电视室也没人爱来，这边离对岸近，家里有电视的都爱收看对岸的电视节目；老人活动中心弄些健身和体育器材，摆着倒好看，也不符合村里实际需求。我正愁呢，这块怎么解决，有你这么肯帮忙，那太好了！

刘书雷说，我这次还去找了温淼淼，也见到了曾小海。不过，我累死了，今天太晚了，明天上午我再跟你说吧。你现在不就是要我一个准确的口信，或者说判断吗？我也不好说，反正事在人为,我们先往各自方向努力。吴副秘书长专门来村里,他的态度已让我感到村子不搬的可能性完全存在。但是,我得警告你,我越来越感觉到,村子不搬其实比村子搬走存在着更大的难度,不仅是现实的问题,更多的是发展的问题,这里面的困难真的好多好多,你真有这个勇气下定这个决心吗?村民们有期望,但是有再建的思想准备和心理准备没有?我现在有点饿了,忘了村里这么晚没地方吃东西,你这里有吃的吗?

张正海走到办公桌前,从抽屉里拿出了一桶方便面,说,有次我被饿极了,所以,整箱方便面常备着呢。张正海帮刘书雷泡好了面并端给他,接着说,我想过了,搬真的是最容易的,建真的是最困难的。但做搬的事太没意思了,做建的事才有意义呢。我为什么后来有点本能地讨厌做搬的事,现在我明白了,因为如果让我选择,我当然选择有意义的事来做。你的提醒也非常正确,村民们都希望能过上好日子,期盼着岚岛的国际旅游岛和自贸区建设能带来好日子,但好日子是拼搏出来的,奋斗的意志和拼搏的精神确实急需点燃。

你现在真会说话。刘书雷说,佩服!

张正海说,全学你的,别来这套!

手机铃声响起,把刘书雷吵醒。接通电话的同时,刘书雷才发现,自己昨晚是和衣而睡的。

电话是张正海打过来的,快起来!昨晚我上卫生间,看你房间灯还亮着,那时都凌晨四点多了,你都还没睡,本想让你多睡会儿,但是,刚才上面来电话临时通知,有急事。

刘书雷放下电话，立即剃了胡须，匆匆地冲了个澡，换了身衣服，就走进了张正海的办公室。

什么急事？刘书雷问。

金书记、赵主任已在来村的路上了，八点半出发的，估计快到了。张正海说。

刘书雷吃了一惊，说，岛上两位党政最高领导一起来村，这可不简单！我想，今天对蓝港村可是最关键的一天！

确实是蓝港村有史以来的第一次，两位岛上主官一起来。你的意思是说，他们是来最后拍板的？张正海问。

如果不是要最后敲定，没必要两个人一起来。刘书雷说。

但通知只说来专题调研，强调一切从简，就要求我们在村部等着就行。张正海有点忐忑地说。

刘书雷看出了张正海的紧张，说，现在蓝港村有什么需要岛上两个最重要的领导同时来调研的？那只有搬与不搬的事。没关系，反正要搬，情况你也熟；要不搬，今后怎么做，你现在也已是胸有成竹。

张正海问，你的推测是不搬？

刘书雷说，如果是为了搬迁，他们不是已经专门听过你的汇报了吗？情况他们都了解。领导的时间多宝贵！因此，只有下决心村子不搬了，那今后要怎么发展，才是他们现在心头上最挂念的事，所以就一起来了。

张正海一听就更紧张起来，如果这样不就惨了？我那些思路还没有形成书面汇报材料，也没经过村两委议过。

刘书雷说，你不早就开始考虑了吗？今天他们突然来，一可能是正好临时有时间,二是他们说调研本来就不要你准备什么书面材料,就是要在现场听取真实的意见。

张正海说,那你汇报吧,我真有点怕。

刘书雷很坚决地说,不行!必须你汇报,这才符合规矩。你是下派村支书,渔村发展的第一责任人。

张正海还是比较犹豫,说,有些事我还没考虑好,我们也没有细聊过,怎么办?

刘书雷说,准备好,是一种汇报;没准备好,也可以汇报。没什么好怕的,按你上次那种心态照实说,又不是为了自己。

张正海深吸了口气,说,好吧,再豁出去一次,关键时你要帮我补充一下。

说到这儿,窗外已传来汽车声。

刘书雷和张正海下了楼,发现是镇里董书记的车。董书记从车里钻出来,习惯性地提了提裤子,放松地说,金书记和赵主任还没到吧,我赶得半死,还好,还好。张正海说,董书记要不先上去喝口茶?董书记摇着手说,不用不用,不知道今天金书记和赵主任来会做出怎样的决定,说着就点燃了一支烟。

说话间,一辆商务车已从远处开了过来。董书记把才抽了几口的烟一扔,用脚一踩,就对张正海说,他们来了。

金书记、赵主任先后下了车,同时下车的还有两个人。张正海小声地说,右边那个是国土和规划局肖局长;左边那个是文化旅游委毛主任,我的顶头上司。

董书记先迎了上去,张正海跟在后面,刘书雷有意让自己在更后一点。

金书记向董书记点了点头，就走了过来，伸手握住张正海的手，说，正海同志，你辛苦了！这一句话，说得张正海心里涌上一股说不清的滋味，眼睛潮潮的。

见了刘书雷，金书记向前一步，说，刘博士，听说这段时间你一头扎在村里，不容易啊！

刘书雷恭敬地应道，金书记和赵主任日理万机，还专门深入村里，更辛劳！

董书记搭话说，欢迎金书记、赵主任，以及肖局长、毛主任来我镇蓝港村指导工作！

金书记说，抓紧时间，正海你带路，我和赵主任想整个村子走走。你可以通知在村的两委十一点到村部来，最好再找几个村民代表，我和赵主任走完后，想听听大家的意见。

金书记这么一说，董书记就知趣地闪到了一边，张正海在前面领路，边走边向金书记和赵主任介绍，肖局长、毛主任等跟在后面，刘书雷殿后。

一行人顺着村道走，金书记和赵主任一路走走停停，看得仔细，也问得仔细。村民人均收入，村子集体资产，村里现有劳动力，老人、妇女、儿童人数，村里捕捞和养殖从业人员，村里开展旅游服务业情况，村里困难户多少，什么原因造成困难的，村里生活污水和垃圾处理，公共服务设施情况，外出务工人数，等等。好在这些张正海了如指掌，随口就能作答，没什么纰漏。

金书记和赵主任还顺路进了几户人家，坐下来与村民聊天。巴掌之地，金书记和赵主任到村里的消息，很快在渔村里传开了。林定海和陈海明得到消息后也赶了过来，张正海就跟林定海悄声交代道，上面只要求我和刘书雷陪同，你和海明主任召集一下在村两委，回村部去等吧。

林定海就拉着陈海明走了。

有些村民自发跟了上来，慢慢地，后面陆续跟了不少人。

张正海有点心焦，看了刘书雷一眼。刘书雷知道张正海是担心村民跟了太多，怕出现什么意外。刘书雷扫了一眼跟在后面的村民，发现他们都主动保持一定的距离，而且没有什么声音，就淡定地暗示张正海，别紧张。张正海吃了颗定心丸，又回到正常状态，继续陪着金书记和赵主任边走边谈。

张正海在介绍情况时，特地汇报了余望雨在村里搞了个音乐工作室的事，金书记和赵主任听后也很感兴趣，想过去看看。碰巧，余望雨去了新城，不在村里，两位领导就在余望雨的工作室外面转了一下。

在村里各处走了一圈，金书记和赵主任等一行人回到了村部。原先跟在后面的村民，也跟着来到村部。同时，听到消息的村民也陆续向村部赶来，不少村民带着孩子来，声音有点吵。董书记故意很大声地说，正海，这么多村民来，太吵了，等下领导怎么开会指示？你让他们回去！张正海有点为难地看向刘书雷，这时金书记说，正海同志，没关系，今天我是来调研的，不怕人多。董书记就说，那按金书记的指示办，让村民安静点。

张正海不知道该怎么办。金书记和赵主任已往楼上走，张正海也顾不上了，就跟着上了楼。村两委都到齐了，正在会议室等，见金书记和赵主任一行人进来，陈海明带头鼓掌，其他村委跟着鼓起掌来。金书记挥了挥手,说,不必要。一句话就把掌声压下去了。

金书记坐下之后对张正海说,正海,我看今天来了很多村民,外面太热了,你告诉村民愿意上来的都可以上来,我们放开来,欢迎所有来的村民自愿参加会议,来了都可以参加。

张正海有些迟疑,刘书雷此时接话说,金书记,您这个让村民自愿参加会议,真是一个创新呀!

张正海一听,就转身下楼去了。不一会儿,楼下的村民都拥了上来,村部会议室一下子有点挤,门外、窗外、过道都挤满了人,村民们的脸色有点严肃,连吵闹的孩子都感受到了,不敢发出声来。

林定海和陈海明明显有点坐立不安起来,金书记和赵主任倒是坦然自若。金书记喝了口水说,正海,可以开会了,今天由你汇报。金书记这么一说,把已经坐在对面的汇报席上的董书记搞得有点不自然起来,忙把已经从口袋里拿出摊到桌面上的汇报稿收了起来。

金书记点了名,张正海只好说,那好。村民们请安静了。今天,综合实验区党工委金书记和管委会赵主任,带着国土与规划局肖局长和文化旅游委毛主任,专程来到蓝港村实地调研并指导工作,我建议各位乡亲热烈欢迎!

张正海正想带头鼓掌,刚举起手就被金书记立即止住了。金书记说,我和子才同志今天不是来指导工作的,是来向村里的村民做检讨的。关于蓝港村的搬迁,我和子才同志都没有专门到村里来听取大家的意见,可能在决策上伤到了大家的自尊和感情。借这个机会,我代表实验区党工委和管委会向大家真心道歉!

金书记说到这儿,起身向村民们鞠了一个躬。这时,会场自发地响起了热烈的掌声。

金书记说了声“谢谢大家”,坐下后又接着说,我想再次问问大家,大家是不是真的不想搬?

下面出奇地安静。一会儿才有个村民说,那当然。接着有人说,我们不想搬!还有一个村民附和说,如果能不搬,那真的太好了!这一开腔,下面七嘴八舌的,会场有些喧哗起来。

金书记说,那好,既然大家不想搬,我想问下大家,有没有想过今后村子怎么发展?如今村里的发展已经远远落后了,与我们建设一个新岚岛,与岚岛现在的快速发展,与总书记对岚岛的嘱托和发展要求,都有很大的距离。今天,我和子才同志走了一遍村子,说真话,我也可以给村里提提意见,村里目前的整体经济建设,包括村容村貌,我感到堪忧呀!如果一直维持着原有的面貌,一直这么循环下去,不能求变求新,生活水平不能得到提高,生活质量也不能得到改善,大家有没有想过,保留这样的渔村,有什么意义?我们当时想要搬村,出发点是为了消除一个旧渔村;如今不搬,就必须建设一个新蓝港。仅仅保留一个旧渔村,或者说是一个落后的渔村,大家仍然生活在低水平线下,真的会快乐吗?大家都有追求更加美好生活、建设更加美丽渔村的愿望,岚岛现在的发展,可是一天一个样,这点我相信大家都看到了,也都有了直接的感受。再过不久,岚岛将建成国际自由贸易港和国际旅游岛,而大家却仍然守着现状,那么大家将会得到什么？会有什么感受呢？以前，没有认真征求大家的意见，也是基于这个现实考虑。现在，我们努力走共同富裕、共同美好的道路，按总书记的要求，在这条路上要争取一个都不能少，这是我们制度的优越性。我希望，大家如不愿搬迁，那么也得好好思考蓝港村向前发展的问题。至少，也要有个理由让我们相信，蓝港村不搬了，完全能靠自己发展起来，不拖全岛发展的后腿。

金书记的话说得十分诚恳，在座的每位村民都听懂了，会场上此时鸦雀无声。

董书记见机就说，我先说说吧。首先谈点感受。今天金书记和赵主任专程来到蓝港村，察民意，体民情，实地问计于民，这给我们基层干部做出了表率，让我很受教育。第二，我在这里代表镇党委和镇政府表个态，我们将坚决拥护和认真执行实验区党工委和管委会对蓝港村搬拆所做出的任何决定。第三，金书记刚才的指示很重要，我们一定认真地谋发展、抓发展、促发展，确保蓝港村能跟上岚岛发展的步伐。

刘书雷注意到，金书记和赵主任并没有对董书记的话做出什么反应。

陈海明此时转动了一下眼珠，说，我觉得金书记的话真的太重要了，我们村不能只想着不搬，而不想着发展；不能只给领导要求说不搬，而不说我们想要怎么建设。我想，我们村两委要按照金书记今天的指示精神，好好研究一下，如果村子不搬了，要怎样把村子建设好。

金书记说，那你说说看村子应该怎么发展，能不能具体点？我和子才同志今天就想听这方面具体的意见和建议。

陈海明瞟了一下林定海才说，这个，这个，这个还是定海支书先说吧，他可是老支书了。

林定海向陈海明投来一个困惑的眼神，说，我们一直按照上级要求做搬迁的工作。村两委过去没有议过这件事。前几天两位领导的批示下来后，张支书立即组织我们两委讨论，这个最好由张支书汇报。说到这儿，又向张正海投来一个求救的眼神。

张正海说，金书记、赵主任，老支书说的是实话，因为一直考虑搬迁工作，村两委这一年多来确实没有坐下来好好议过今后村子的发展问题。这个责任主要在我，因为我是下派支书，这项工作原本是实验区党工委和管委会交给下派支书的重要任务之一。今天金书记的话，点醒了我们，也让我感到在这方面我的工作确实没有做好。从现在起，我们村两委每个人都应该认真思考，村里今后的发展主要依靠什么？我们的优势在哪里？劣势又是什么？应该走一条怎样的发展道路？这些都是与村里人息息相关的大事情，大家会后都可以转达一下金书记今天的重要讲话精神，发动全村人认真思考，有什么好的意见和建议，都可以向村委建言献策。如果村民们都像关心搬迁一样关心今后村里的发展，一起齐心协力，我相信办法一定会有！

金书记看向刘书雷，说，刘博士，这些天你下到村子，你的一些想法吴副秘书长昨晚曾跟我们谈起一些，你说说。

刘书雷说，金书记，我下村来的任务是了解情况，才来没多少日子。但这些天与正海接触很多，正海曾跟我详细谈过村里的一些发展想法，我觉得挺受启发的。正海，难得金书记、赵主任来，也正好有这么多村民在，你应该说说你的想法，让领导指教，请村民评议。

刘书雷给张正海送去了一个鼓励的眼神。这是个好机会，刘书雷觉得这个机会应该是张正海的。

张正海领会了刘书雷的良苦用心，就不再推让了，他说，那我先汇报一下想法。这仅是个人想法，还没来得及与村两委认真研究，领导就来了。那我就只好抛砖引玉了。我现在的想法主要有三点：第一，能否恳请实验区领导同意村民的意见，村子不搬迁，保留原建制。准许蓝港村直接与兰波集团对接，把项目落到村里来具体执行。这样，我们村就可以与兰波国际直接商讨联合开发。我觉得蓝港村的优势在于它有丰厚的资源，临海的自然旅游资源和以石厝为代表的人文资源，如此规模的石厝群，这个特色是别处少有的。因此，蓝港村可以用村子的这些优势资源，包括银滩一带海域的自然资源、村里土地等折价入股，与兰波国际合作开发。兰波国际主要负责银滩的开发，村子这块由蓝港村自行来开发，把原先管委会与兰波国际商谈时所占有的股权，划出一定的比例给村子，变成村子的股份。村民们按自愿的原则，以分到的养殖海域或土地或石厝等经评估折价参股，组成一个由实验区管委会、蓝港村、村民个人各占一定比例的甲方股权。这样，就能把村子、村民全部捆绑进来，盘活全部的资源，一方面壮大村集体实力，另一方面可以提高村民的积极性，同时强化参与感和责任感，让村民也有很好的收益。第二，建议领导支持环岛快速通道直接连通蓝港村，打通最后的十里路，使蓝港村与新城，城乡一体，联动共生，一方面可以迅速提升蓝港村的土地、房屋等价值，推动和提升蓝港村的旅游开发，加大旅游开发力度和优势；另一方面促进村子高标准建设，对接国际旅游岛要求；同时，也进一步延伸岚岛新城的空间，吸引更多的外来投资和创业。第三，蓝港村高起点地进行村级建设再规划，按照生态旅游和保护性开发利用，重新划分村域的各功能区，围绕旅游开发和促进经济发展，整合村里所有资源，在建设旅游核心开发区域之外，开建两岸青年创业园和新兴产业孵化园，引进各种绿色生态如健康养老、休闲等与旅游相关的新产业，培育新业态，支持在外村民返乡创业，努力破解村里建设主体缺乏的难题。同时，依托临海一带的石厝群建成蓝港文化创意园，创建闽台民间文艺交流基地，创建美术写生、音乐、摄影等文艺创作特色基地，大大丰富和提升蓝港旅游开发的品质和人文内涵。

说到这里，张正海停了下来，他感慨道，这仅是我的初步设想，不足之处请领导批评！

赵主任先问话，你觉得兰波国际会同村里合作吗？

张正海答道，兰波国际的银滩旅游开发，更多的是看中蓝港村这边的海蚀地貌和海滨沙滩，所以他们的整个设计构想侧重海边观光旅游，并更多地考虑与国际旅游接轨。高级酒店、帆船、帆板、游艇、滑翔、热气球、冲浪等，这些更多的都是向海上项目开发倾斜，但兰波国际忽略了海洋旅游中更为重要的人文底蕴的利用和发掘，这应是当今旅游越来越重要的内容和走势，也应成为蓝港村旅游开发的特色。我个人认为，可在村域规划时划出一块村民生活区，采取统一规划、适当贴补、村民自建、村里监理的方式,建成一个新居园,把村里现有的石厝整体腾空,对蓝港村成片的石厝群进行保护性利用,发展海边民宿、海边健康养老、海边美食等,这也会成为岚岛乡村旅游的一个重要引爆点,成为银滩开发从观光游向休闲度假游发展的一个重要补充。蓝港村再依托石厝群来进行最美乡村建设,把祭海文化、妈祖文化、渔业文化等发掘出来,尤其与海底文物、新近发现的海上摩尼光佛等结合起来,建成一个海边文化乡愁馆,这将会成为蓝港村的一大亮点。而文化创意园及特色文艺基地的创建,将大大提高银滩旅游开发的附加值,也将使旅游地充满人气和内在活力。这些东西,都是兰波国际做不到也做不了的,但恰恰是蓝港村的绝对优势。假若能够形成各自侧重、相辅相成、相得益彰的联合或并体的旅游开发体系,那么整个蓝港村的旅游发展将形成一个丰富的海洋旅游体系。在这个体系之中,渔村将成为兰波国际银滩旅游开发的一个重要支撑。由我们负责村子的开发和改造提升,其实这样兰波国际能减少许多必须的附带投入,同时省时省力,获得开发的利益最大化,而村子也能借机借势发展起来。

张正海的想法与自己的几乎是不谋而合,但是想得比自己更保守一点,刘书雷在心里暗暗为张正海叫好。

赵主任赞许地说,正海,看来你解决发展问题的办法比解决搬迁问题的办法多得多。我看你现在比这里的村民更不愿意让村子搬迁了。

一些村民在下面偷笑起来,张正海也不好意思地笑了笑。

金书记问,正海,你说的那个海上光佛,是什么?我怎么从来没听说过?

在场的村民也在下面咬起耳朵。

张正海说,那叫摩尼光佛,据说属于光明教,就在海上的那个大礁群上。前一阵来了一位著名的考古学者,以个人名义开展了前期的学术考证,他个人初步结论是基本可以确认。

张正海把情况简单说了一下。

村民们也是第一次听说,一下子纷纷议论起来,场面又有点热闹。

赵主任听了开起玩笑说,看来,蓝港村的事还惊动了上天,无意中还有个这么重要的考古发现。连佛光都照耀了这里!正海,这么个重大发现,你怎么敢压着不报上来,想独占天恩?

张正海急忙解释,说,教授来时,找到了我。我一直压着没有向上汇报,主要是他说还要做很多的考古论证,他也不想急着公开,怕还没采取保护性措施就有人前往,造成不必要的损坏。再说,当时村里正在动员搬迁,我怕消息传出了,被人迷信地利用说是佛祖显灵,不利于做村民的搬迁工作。

赵主任问,你们在座的谁见过?真有这东西?

林定海低声说,我见到过。年轻时出海,有一次船出了点小问题,就靠在那边做临时修理,我无意中上礁,亲眼见过。那个地方,平常出海人都不会上去。我不知道那是什么东西,还以为是谁出海时上礁弄着玩的,当时只感到惊奇。

赵主任有些满意地说,看来下派真的很锻炼干部,正海,你真的越来越成熟了。不过,我现在通知你,你立即上报上来,文旅委毛主任在,要赶紧采取必要的保护措施。这是我们岚岛难得的宝贝！

金书记此时转向肖局长问道，肖局长，你认为正海的意见怎样？还有毛主任，你们都对正海的想法发表一下意见。

肖局长先说道，从我的工作角度来说，正海支书刚才谈的关于村里的发展设想，应该说是很动脑筋的，确实大胆，也比较可行。但按他所说的，就会涉及银滩开发详规的调整，也还涉及村子规划的问题，特别是提出打通到村的快速通道，实现城乡一体，这个设想很有道理，有利于岚岛实现全境旅游。我们现在正在按中央和省委要求，开展岛内的“多规合一”，统筹考虑城乡产业发展、人口布局、公共服务、土地利用、生态保护，增强规划的前瞻性、系统性、指导性和操作性，只要实验区领导同意，我觉得这个机会还是有的。关键问题是，改建那条通村道路可是需要不小的投入，需要财力的安排和支持。还有，按照正海支书所说，这整个村子的改造提升，那需要更大的投入，这些建设投入怎么解决？村子现在基础这么薄，实力也不够，但这个钱靠实验区财力来安排确有不小困难。这个，我感到正海还有村里要认真考虑。

毛主任也发言说，今天，陪同金书记和赵主任深入村里调研，实地了解情况，现场召开会议，真的深受教育。刚才正海提出了一些具体想法，说了蓝港村发展的优势，这些我觉得都很好。但是，这里面有两个问题，我感到应先解决掉，一个是与兰波国际合作的问题，兰波国际是否同意，这很关键。兰波国际现在已按协议完成了安置楼建设，那可是上亿元的投入，村子如不搬迁了，安置楼怎么处置？另一个是关于渔村的旅游开发建设问题,目前现状是村子主要劳动力都在外,建设开发资金投入是个问题,更重要的是这人力依靠谁?目前旅游业开发要求越来越高,一方面是旅游产品体系建立,另一方面是旅游服务体系质量的保证和提高,这都是关键要素。正海说得都不错,把文化体验游、生态观光游、修学游、商务游、乡村游、体验游等都结合起来,努力形成蓝港村旅游产业链和立体开发体系,这很好,但这要求就高了,设施建设要跟上,组织化程度要更强化,相关配套要提升,不然无法形成核心支撑力,目前村子做得到吗?短期内可能吗?这也需要规划清晰。

金书记和赵主任显然认同肖局长和毛主任的意见,同时把目光转向了张正海。张正海开始进入角色,沉着地说,两位领导说的都是我想法中的卡点,我一直没敢提出我的想法,就是苦于这些具体而关键的问题没有解决的办法。不过,最近出现了一个极为有利的因素,也让我看到了希望,那就是蓝港村有一拨年轻人正在相互邀约,准备回村创业,同时也计划利用他们的一些优势,为村里开展招商引资。他们的思路开阔,敢想敢干。在村里这么久了我也感到,没有新生力量的进入,要真正解决蓝港村的问题,将是很无力的。只要他们能够返乡,也许可以取得真正的突破。

在场的村两委有点激动,一个村委忍不住问,张支书,真有这回事?是些什么年轻人?我们怎么都没听说?另一个问道,张支书,都是村里的哪些人家出去的?现在出去了,几个想回来的?只有不断想出去的,没听说想回来的。你别被谁忽悠了!

张正海说,村里有微信的村民应该都知道"海上蓝影"吧。

是“海上蓝影”那些年轻人,他们自发组建了个微信核心群,从开头想共同请求保留渔村,到现在开始思考如何回村建设。现在他们已经有十多个人明确了回村意向,有的确定把公司迁回,有的想在村里创业发展。他们正在努力联系,准备动员和号召在外想回村的人都回村里来。他们看中岚岛的今后发展,看到了蓝港村在岚岛发展中将大有可为,他们在网上和微信群中发起了“蓝港之约”,近期在网上相约在外的与蓝港村有关的人都回村,与村里人共同商讨村子建设和发展。这些年轻人,有几个是我们村一些两委的孩子,他们找我和刘博士交流过具体想法。因为他们要求暂时保密,所以,目前我暂时还不能说出他们的名字。

刘书雷看到林定海脸上浮现出很复杂的表情。陈海明蛮大声地叽咕道,“海上蓝影”?蓝影号不就是林支书原来远洋的大货轮吗?难道是晓阳这孩子?他们原本不是要请愿留村吗?我看过他们发的微信,没说要回村创业呀!

所有村委的目光都看向了林定海。

林定海低下头,说,这个,我真不知道,我不会用微信。

金书记十分感兴趣地说,正海,昨晚吴副秘书长和我说起过这事,今天我和赵主任一起来,也想确定一下,真有村里的年轻人决定返乡创业吗?

刘书雷插话问,海明主任,你经常看“海上蓝影”的微信吗?

陈海明非常地不自然,眼睛有些躲闪地说,村子里很多人都曾看到,又不止我一个。只是,我刚才才想起,这“蓝影”名称很耳熟。

张正海说,金书记、赵主任,这事确实有。这两天,我一直跟他们在具体谈。

金书记很高兴地说,正海,如果这样,这可是个意外收获。这是件新鲜事,是件大好事!在外的年轻人能够回村创业,发挥作用,这对村里建设和发展将会是个了不起的带动和推动。同时,也说明我们岚岛建设和发展越来越有吸引力和感召力了。年轻人看到了出路,看到了希望。我来岚岛工作几年了,刚来时人家还告诉我,原来的岚岛别说是农村的年轻人,就是城里的人都走了很多。据说二十世纪的后期,还出现了离岛潮,有许多岚岛人跑到外面去闯,打工、创业、做生意。我当时听了很心痛。一个地方,如果本地的人都大量往外走,那就说明是对这个地方失望了,至少对今后没有信心。正海,这件事你一定要积极跟进,一定要引导好,有什么情况立即直接向我报告,我觉得这事党工委和管委会都要高度关注和全力支持。

张正海说,我也曾考虑过,对年轻人回村创业,能否像对招商引资项目一样,最好能给点优惠和鼓励的政策,包括返乡鼓励和创业扶持等措施,这会更吸引他们,坚定他们回村创业的信心和决心。

金书记点头称赞地说,这个建议我认为很好,你可以提出一些具体意见来,针对这些返村创业青年,在村里先进行探索尝试,一些政策许可的,需要实验区的支持,你也可以提出来。金书记把脸转向了赵主任说,老赵,你说呢?

赵主任点头表示赞同。

金书记接着说,我个人意见,可以动员包括共青团、妇联、科协这些群团组织一同来考虑、探索如何支持，这样力度就大了，可以多渠道来扶持和支持。看来正海同志下派到村里，不仅全身心投入，而且对村子、对村民怀着真感情，所以能够尊重村民意愿，真正在关键的时刻为村民着想，这不容易，也不简单。刚才肖局长和毛主任也发表了意见，我觉得这些意见很中肯，要结合进去考虑。要发展，就会遇到新情况、新问题，一些重大问题，我和赵主任回去后再商议怎么解决，实验区管委会近期可以开个关于蓝港村问题的办公会，扩大参会范围，让相关的部门都来参加。所以，正海同志要抓紧，尽快与村两委研究出一个方案来。蓝港村今后怎么加强村级组织建设，渔村怎么走上一个新时期的善治之路、兴村之路，特别是如何吸引村民返村创业，如何对接岚岛国际旅游岛建设，这些问题要重点考虑。如何把村民的爱乡恋土之情转化为振兴村业的内在动力，正海，你接下去要继续在这方面多探索、多思考、多创新。至于打通入村快速通道，实现城乡一体，这对岚岛实现全域旅游开发很有助力，我个人觉得应该支持。但是事涉重大，目前你们可以先提出建议，供实验区党工委和管委会研究讨论。关于与兰波国际合作等问题，这个问题既具体又重要，毕竟兰波国际目前是入岛投资最大的民资机构，从盘活村子资源、壮大村级经济发展实力、增强村子造血功能等方面来说，正海说的也不失为一条好的思路，我个人也倾向可以放权，让村子真正自我发挥作用。老赵，你说呢？

赵主任接过话说，金书记刚才的讲话很重要。正海，上次见到你时，你不是还有委屈吗？今天，金书记算是给你现场办公，解决问题，还给你了一个机遇大礼包。希望你按金书记的指示和要求，带着村两委，尽快提出个发展报告。

金书记说，今天，我们算是开门开会，因为所说所议的事都是村里大事、村民们最关心的事，在场的父老乡亲们，你们都旁听了，你们有什么意见要发表没有？特别是对正海提出的村里今后的发展思路，今天算是第一次公开论证，你们同意吗？

村民们都从没见过这样的场面，觉得新鲜又满意，但就是没人敢发表意见。

张正海灵机一动，说，金书记，今天村里很多村民在，我能不能借这个机会，向村民们说件事？

金书记说，你说。

张正海说，我相信各位父老乡亲今天肯定很激动也很高兴，两位领导专门来村里调研指导，现场办公，解决问题，这充分说明实验区领导高度重视村民意见，尊重村民的意志和感情，体现了把群众利益放在首位。现在村子不搬了，两位领导也给我们指出了方向，提出了要求，明确了任务，就是四个字——“村子发展”。村子要发展，那就要靠大家共同来努力。村子的现状大家都清楚，如果能让在外的人都回村来，建设我们自己的家园，那么村子就一定有希望。我刚才说的那几位年轻人，现在很希望回村，但是他们还有顾虑和担心，就是他们的长辈们会反对。这个问题不是领导能解决的问题，是今天在这里的村民们的家事。但因为这事与村子今后的发展有关，所以我希望这些年轻人的家人们，能够理解和支持这些返乡年轻人的理想和追求。他们的理想和追求，才真正是我们村子的希望！

下面又是一阵窃窃私语，不少村民在下面用本地话低声议论着。

金书记听后接着说，正海的话我个人表示支持。因为时间关系，我和赵主任要赶回去，各位乡亲有意见还可以个别找正海同志交流。

会议室里一下子响起热烈的掌声。从村民的掌声里，刘书雷听出那是发自真心的。

刘书雷觉得，他开过很多种会议，今天这场会，将会让他终生难忘。

张正海宣布散会，村民们很自觉地让出一条通道，让金书记和赵主任一行人先走，两位领导边走还边和村民们握手告别。

金书记和赵主任等一行人上车走了，董书记很不高兴地说，张正海，蓝港村不搬了，你的目的达到了，但你有没有想过，镇里的相关规划却要因此而做出很大的调整?

张正海没有回答，刘书雷说，董书记，规划随变化走，再说这是实验区党工委领导的决策，我个人认为这个决策符合中央要求，也符合民心、民意。

董书记“哼”了一声，就独自上车走了。

张正海小声地说，这下可得罪董书记了。

刘书雷说，没关系，他应该能想通。然后很高兴地说，真的为你高兴，今天你说得很好，我们去吃饭。我早饭都没吃，今天你得请客!

张正海说，当然可以。我当然得听金书记的，听村民的。接着他装傻地说，为什么要我请客？你今天是惜话如金，什么都不帮我讲，不够朋友，为什么不能罚你请客？

刘书雷说，村里本来就是你的舞台，今天村里的事就是你做支书该说的，我说不符合规矩。你如愿以偿，说出了自己的心里话，不请才没道理。

张正海说，这么说，好像你没如愿似的？如果从如愿的角度说，那我们只能 AA 制。

刘书雷说，不能 AA 制，我估计我可能很快就与蓝港村没什么关系了，而你不同。

张正海一愣，说，喂，你什么意思？想甩下我，甩下村子就走人吗？

刘书雷说，这么个充满诗情画意的地方，我还真想学余望雨，租住在海边呢。只是，身不由己，我应该就要被召回了。

这么快？张正海说，不行，不行！这里的工作还没完。

刘书雷说，吴秘派我来蓝港村，任务很明确。今天，实验区两位主要领导都来到现场，情况很明朗，他们和你都替我完成了任务。在我看来，可能连调研报告都不必写了，吴秘那边估计也不需要了，我相信吴秘和金书记他们一定就此事先碰过了，相互交了底。如此，剩下的事，就是你这个村支书的事了。我再不走，没有具体任务，也没有理由。

你别这么说，我真的觉得这次如果没有你，我还真不行。张正海很是不舍地说。

你应该说，这次遇到这件事，让你我都成长了很多。刘书雷说，老实坦白下，本人还不是中共党员。如果不是受援岚办指派，我连参加你们村委会都不够格呢！我现在有点敬佩你，你是什么时候入党的？

张正海说，在“大四”时候，那时多少有点感到入党可能毕业后好找工作。

刘书雷说，现在呢？

张正海说，还用说吗？现在才知道，人有政治生命和政治生活，就如一个地方有山有水一样。你是不是想入党了？

刘书雷说，这可能是我来援岚最大的收获，我是有这个想法，还蛮强烈的。

张正海严肃地说，我支持你！

在去吃饭的路上，刘书雷说，我昨天晚上回蓝港村前，去找过温首席。我与她谈了蛮久，她好像也有点松动。兰波国际现在最头痛的是他们已建好了安置楼，今天毛主任也提醒你，这是你将会遇到的难题。我昨晚上网查了一下，我建议两个办法解决这个问题。一是由实验区按当时地价和造价，参照现在新城的楼盘地价和造价，进行收储，交给实验区建设收储中心处置。我算了下，两方都不吃亏。或者以总投入加银行贷款的利息，支付给兰波国际，这个主要看实验区同意不同意，兰波国际接受不接受，因为兰波国际收益会低点。另一个办法是置换。我看了网上岚岛拟投建一批干部经济适用房的公示，可以建议与拟建的经济适用房进行土地置换，地面部分折价补偿给兰波国际。兰波国际想在岚岛长远发展，一定考虑投建一幢办公楼，目前他们是租用天和之楼，那是岚岛最贵的写字楼，费用极高，他们一定会想在岚岛要块地，这个建议应该对他们有吸引力。还有就是打通入村的快速通道，我想可以与兰波国际谈。他们开发银滩，必须打通这条通道，村里积极支持配合，改道、拓宽建设涉及村民土地、山地和房屋拆迁补偿这部分，可以由村里与村民协商统筹解决，这样他们的直接成本，基本与投建安置楼成本接近，他们可以将收回的实验区收储安置楼的费用，投进道路建设，这就不会增加他们的投入。那条道路改造提升，可以请求兰波国际将一些建设交给村里，由村里组织村民施工，可以有所收益，收益部分可以用于村里的设施建设。这个工作你可以请求实验区领导帮助协调。如果兰波国际同意合作，自然也会同意交给村里建设，这样他们省时省事，他们当初坚持由岚岛方面清空开发区域，就是害怕与村子产生矛盾。交由村里，他们还是相当情愿的。道路建设与村里发展紧密相关，也能按时保质，各方都有积极性。

原来这些你也全想好了。张正海说。

我想和你想有区别吗？刘书雷笑了一下，但随即又忧虑地说，还有没想好的，你懂的。

村子的建设投资，对吗？张正海问。

是的，这才是个大难题，不是靠谋划能谋划出来的。刘书雷说，需求的量大，时间又急。

张正海说，我曾想过能不能找银行，用村子里一切他们认为能抵押的资产抵押贷款；实在不行，就只能做村民们的工作，让全村人用各自石厝和宅基地来抵押。

刘书雷说，这不是办法，一来利息太多，吃不消；二来村子没有那么快的收益项目可以支撑,到时也会遗留下问题。这好像是个险招,有点悬。

张正海说,目前村里能流转的要素不多,到时只能去闯,我会再考虑清楚的。

十七

傍晚时刘书雷带上从省城买的东西去看虾米。虾米刚从邻村的学校走回来,一张小脸汗涔涔的,正在洗青菜。见刘书雷进来,就高兴地说,博士叔叔今天怎么有空来?

刘书雷说,虾米,我来是告诉你个好消息的,村子不搬了,你可以不用再担心你依爸回来找不到你了。

虾米眼睛睁得大大地说,博士叔叔,你说话还真算数,我一定要画一幅画送给你。

刘书雷把鞋子和衣服拿出来,说,虾米,叔叔正好昨天回了趟省城,顺便给你买了两双鞋、两套衣服。

虾米放下了手中的活,不知道该怎么好,就喊,依公,博士叔叔要送东西给我。

元海依公本躺在床上,这时努力地抬起身子,说,不行,不行!

刘书雷走上前扶起元海依公,让元海依公靠好,说,虾米已经十岁了,为了照顾你们两位老人,每天早起步行上学,下午放学步行回来,你看她的鞋都破了,该换双新的了。女孩子都爱漂亮，她穿得都是破旧的衣服，也该让她穿件新衣服了。她平常都很少开心，难得让她开心一下。

元海依公不说话了。

刘书雷对虾米说，你看，你依公同意了。

虾米拿起新鞋、新衣，左看右看，说，我好些年没穿过新鞋、新衣了。博士叔叔，你为什么对我这么好？

刘书雷低声说，虾米，你很能干，很了不起，叔叔很佩服你。很多人不知道你这么了不起，不然，会跟叔叔一样对你这么好。

虾米说，是吗？那为什么我依爸依妈都不管我了呢？

刘书雷说，虾米，你跟叔叔到门口一下，叔叔有话跟你讲。

虾米放下了鞋子和衣服，跟着刘书雷到了门口。刘书雷拿出手机，递给了虾米，说，虾米，这是叔叔送你的手机，叔叔教你怎么使用，你一定要记住。

虾米说，这要花很多钱的，这个我不能收。

刘书雷说，虾米，有了这部手机，你和你依公就能跟你依爸通电话，你还可以从手机上看到你依爸，你可以跟他视频。你得跟他说，你好想他，希望他尽早回来。

真的吗？虾米接过手机问道。

刘书雷说，是。不过你先得给自己取个微信名，我帮你加上你依爸的微信，你才能在手机上看到你依爸。你想用什么微信名？就用虾米吗？

虾米有点半懂不懂地说，我不想用虾米，我想叫“大海飞鱼”！

“大海飞鱼”？刘书雷说，这名字有意思。

刘书雷用手机给曾小海快速发了几个字：我和虾米在一起，她等会儿会与你视频，方便吗？

曾小海立即回了过来：太感谢你了，我非常想！

刘书雷把几个主要操作步骤和功能键如何使用一一告诉了虾米，虾米一下子就学会了。

虾米拿着手机十分失落地说，可惜，我不知道我依爸的手机号，我依爸也不知道我有手机了。

刘书雷说，来，你按这个键打过去。你记住，这就是你依爸的微信，你以后想他的时候，就可以用视频通话联系他。

虾米有点不信地按下了键。果然，曾小海很快地出现在视频里。

依爸？你真是依爸？虾米一下子哭了起来，说，依爸，我好想你！

曾小海在视频里也泪流满面。

虾米转身冲进石厝里喊，依公，你看依爸，是依爸！

刘书雷的心中既难过又高兴，他转身悄悄地走了。

回到村部，张正海见到刘书雷就说，你跑哪里去了，我正找你呢？

刘书雷说，我去看虾米，给她送手机，让她和曾小海视频了。

张正海感慨地说，虾米真有福气，遇上了你。这方面，我不如你。

刘书雷说，我答应过曾小海，如果他回村，可以来找我或找你。如果他回来了，我不在村里了，他找你，你要帮帮他。曾小海说，村里只要有事做，他愿意回村。你今天上午汇报，谈到了村里的文化旅游开发的设想，包括建乡愁馆，我当时就想到了曾小海，他虽然文化水平不是很高，但在省城的“三坊七巷”做保安都几年了。那个地方可是省城最热闹的文化旅游胜地之一，平均每天都有至少几万人去参观。他了解相关的旅游景点和文化保护单位的保安制度、要求和措施。另外，他曾经长期搞过工程，这方面也积累了一些经验。村里今后要发展，这样的人对村里也算是有用之才。我想，他回村可以做些这方面的具体工作，你可是捡了个现成的。还有，平常要多帮我照看一下虾米，有时间我会来看她。

张正海点点头说，你说得很有道理。其实现在村里各路人马都缺。特别是这种看似普通平凡的人，但如果有这方面的经历和经验，这些对村里今后的发展，是绝对重要或者说是不可或缺的。对村子里的本土人才，我觉得观念上要转变，在外面有一定的见识，掌握了一点技能和经验，我看都是人才。虾米的事，你放心，我一定照办。

是的，我同意。现在我觉得我们传统里认可的“衣锦还乡”这个观念要改，不能以财富和地位来对待回村的人员。凡回村能够做事的，或愿意做事的，有用之人皆英才。我看了你在村里曾搞过能人榜，我建议你改进一下，凡愿回村为村里做事的，都应上榜。这个榜就叫奋斗榜。刘书雷说。

你说得非常正确，我会尽快整改。张正海说。

人往高处走，我们把高处爱定位在条件好、生活优的底线上，其实我觉得应该把高处放在有作为、能发展的地方。享受的追求多了，奋斗的精神就会少。我粗略地了解了一下，改革开放这么多年，凡是现在变成比较发达的城市和地区，有很多都是当年很落后和贫困的地区。最直接的就是沿海地带，改革开放以前，那些沿海地带有几个比内陆生活条件好、生活水平高？但现在内陆崛起的发达新城，比沿海可是少之又少。这里面原因当然很多，但就人的因素来说，拼搏精神和奋斗精神起了决定性作用。我相信，像晓阳这样的年轻人，如果多几个，蓝港村就会有希望起来。

那我现在能不能与他们商量一下，请他们把村里发展的一些具体想法，先放在他们的微信群里来讨论、来完善、来征集建议？张正海问。

刘书雷说，这是你村支书决定的事，怎么又问我？不过，你这么一说，我想或许会有不少意外收获。古人在遇到重大难题时，不是也常用张榜的方式？那应该就是征集智慧。

征集智慧，你说得很有意思。张正海又笑了起来。

也许是心里的牵挂终于放下了，这一夜，刘书雷第一次在蓝港村睡得如此之好，睁开眼睛时，居然已是上午十点多了。刘书雷在床上赖了一会儿，才起身，拉开窗帘，窗外一片晴朗。

远远看去，大海一片蔚蓝，蓝天也是低垂着的，与海面合在一起，这是典型的海天一色。此时，那两块帆船石，有如一艘正在大海里迎风前行的大船，在海上格外醒目。

反正迟了，刘书雷注目了一会儿，才慢悠悠地洗漱了一番，下楼进了办公室。

才开门，张正海就跟了进来。他一脸的倦容，递给刘书雷一大摞文件，说，这些方案都是我来蓝港村后曾想过的，经过这段时间的思考，加上昨天金书记他们说的，我通宵不眠地整理了出来。你一定要帮我认真看看，提提意见，我想拿去跟晓阳他们谈谈。你看行吗？

刘书雷接过来翻了一下，是张正海整理的《关于蓝港村振兴计划》，同时还有《蓝港村移风易俗村规民约》《蓝港村村民美化绿化责任制》《蓝港村党员责任清单》等，上面都注明了是讨论稿。

刘书雷说，我早就说了你藏着想法呢。

张正海的目光透出兴奋来，说，原先有想法没办法，也不好说呀，所以，就一直搁着。昨天，金书记和赵主任的指示那么明确，我就准备拿出来让村两委讨论，但得先过你这关呀。

刘书雷说，又来了！干吗要先过我这关？

张正海说，征集智慧呀，你昨天不是这么说的吗？别的不说，就友情向你征集一下，行不？你想问题比我周全，也把握得准，帮忙看看能不能拿出来讨论。

刘书雷说，那好吧，冲着你说的友情，我勉为其难一下，士为知己者死，我就友为知己者看吧。你呢，赶快去睡几个小时，不然，这么耗下去，身体会吃不消的，嫂子又该担心你的身体了，你回去怎么交差？

张正海说，你答应了，我就会睡得好。顺便告诉你一声，昨天晚上我还和“海上蓝影”用微信聊了一小会儿，他们也已经听说了金书记和赵主任来村里的事。晓阳说，两位主要领导这么表态，他是铁了心地要回来了。我感到他们对回村创业更有信心了。今天早上，我就将《关于蓝港村振兴计划》用微信发给他们先看，希望他们不仅是回村创业，更重要的是要共同参与村子建设。我觉得他们的认识已经进一步提升了，我同他们又稍议了一下，能不能把“蓝港之约”主题就定下来，他们马上就动手。他们后来给我来了条微信，说能不能就叫“蓝港之约之重振渔村华山论剑”，这样吸引人。我说就按他们定的。他们很高兴。

刘书雷笑着说，好，很有意思。村子发展，是要靠全体村民共同参与，一同议事，达成共识。只要能把参与热情调动起来，其他的就随他们去。

刘书雷再次催张正海去睡觉，张正海才走了。刘书雷在办公室里认真地看起了张正海的报告。

张正海的报告整理得很用心，核心要点主要有几块。一是对蓝港村进行村域科学规划，将渔村划分为村民宜居区、旅游核心区、资源保护开发区、产业孵化区、文创基地区五大功能区，优化布局，通过各种渠道和采取多种办法，吸引产业项目、旅游开发项目等入村落地。二是壮大经济实力和增强造血功能，创建蓝港村旅游开发责任有限公司，整合村里各类资源，鼓励村民入股、认股、持股，统一旅游开发经营和管理，进一步提高村民发展的积极性和责任感。三是加强基础设施建设，重点打通连城快速通道，筹建村里数字影院、文化讲坛、旅游服务中心，改建提升村道，兴建公厕等。四是建立有效治理体系，成立由村民选举产生的各监督小组，重点对村资、村财、开发经营、各项制度实施等进行监督，包括对村两委各项工作进行公开评议。五是从移风易俗、绿化美化入手，推进蓝港村精神文明建设和美丽乡村建设，各户房前屋后自觉进行绿化美化，在住处外三米的范围内，开展自我清洁保洁，不留任何卫生死角；各园区设立绿色生态企业或项目准入标准，并按相关标准开展绿化美化、安全保洁工作。六是加强党建工作，建立村党员个人学习档案，开展村党员自愿服务活动，创建党员责任清单，制订党员帮扶计划，尽快吸纳青年人入党等。七是筹建蓝港村网络信息中心等。张正海在报告中提出，力争在一年之内改变村容村貌，两年内取得实际成效，三年内达到赶超目标……

刘书雷看完之后，感到张正海的报告很具体并具有可操作性，完全可以交由村两委会上进行讨论，集思广益之后，交由村民大会来讨论。在具体事务和运作方面，张正海有比自己强的优势。当然，这份报告里有个难度很大的问题，就是投入问题，资金的来源怎么解决？这个现在很棘手，刘书雷最为张正海担心的就是这一点。其实刘书雷没跟张正海说出心里还藏有一个更大胆的设想，如果资金实在无法解决，就建议实验区将蓝港村改为蓝港国际旅游开发区，由村改区，直属实验区管委会领导，进行城镇化尝试。反正蓝港村在海边，没有多少耕地，这样就立即将蓝港村的农村用地变为城镇用地，迅速提升蓝港村的土地附加值和各类资产的增值升值，可通过出让一些土地筹措建设资金，同时，也就具备了与银行商谈抵押贷款的更有利条件。这些举措涉及太大太广，难度也很大，刘书雷想，还是回去等有机会了向吴副秘书长先汇报一下，看有没有可行性。如有可能，再让张正海提出来会更稳妥。

有些时候，事情就这么巧，刘书雷正想到吴副秘书长，吴副秘书长的电话就打进来了。

吴副秘书长告诉刘书雷，昨晚，金书记到了援岚办，他们一起商议了，蓝港村不搬迁了，相关的一些问题到时由实验区管委会负责召开专题办公会议来协调。

刘书雷一听，就主动问，那我是不是可以回援岚办了？

吴副秘书长说，你很敏锐，给你打电话，就是想让你回来。现在让实验区去解决蓝港村的事，你的任务算完成了，就让他们自行解决吧。援岚办现在接到新工作，参与将在年底举办的中国—小岛屿国家海洋部长圆桌会议的筹备。会议就在岚岛召开，围绕蓝色经济、生态海岛这个主题，世界许多岛屿国家都将派海洋部长莅会。这个会议很重要，中央高度重视，省委也高度重视，岚岛想借此把这个会议打造成一个国际化平台，进一步提高开放度，进一步提高岚岛的国际旅游知名度。你那边抓紧一下，这一两天能回来就回来吧。我想派你去参与具体筹备。

这是项更有意义和吸引力的新任务，刘书雷一听很高兴，就立即说，我听从安排。那您交代的我要写的报告，就不用写了吧？

吴副秘书长说，解决问题才是最重要的。相关报告，还是由村里自行向实验区提交。

刘书雷说,我明白了。

刘书雷挂了电话,林定海这时推门走进了办公室,面部表情有些难看,好像十分生气。他说,刘博士,你现在有空吗?我想找你谈一下。

从林定海脸上的表情,刘书雷一下子反应过来,判定林定海肯定是为了林晓阳的事才来找自己的,忙请林定海坐下。

林定海屁股刚坐到椅子上,就声音有些微颤地说,刘博士,我来找你,是没有办法。我回去问了晓阳,我就奇怪他这次怎么会回村,他向我说了返村的想法,我坚决反对。你能不能帮我劝劝他?我知道他听你的。

刘书雷说,你反对,晓阳心里早有数,也同张支书说起过他的担心。我想知道,他怎么应你的。

这个"鬼秧"说,他有充分的理由回村,他想了许久,他已经决定了,希望我支持他;即使不支持,但也不要反对。林定海气愤地说,你看他在深圳做了好些年,站住脚跟不容易,这一回村,一切都要重新开始。他现在在那边,条件又不差,回到村里,这村子的情况你来了也懂得,怎么会有那边好?

刘书雷说,他说有充分的理由,你没问他是什么理由吗?

林定海说,我没问,也不想听。我也是过来人,那些道理我怎么会不懂?说道理,那好说,但是人又不是靠道理活着。我们村里人,讲的是现实。

刘书雷说,定海支书,你是老支书,但是,你这话我不太同意。这些年,上面讲的道理仅仅是道理吗?上面说的道理,哪样没有一一变成现实？晓阳待的深圳，几十年前也是个小渔村，正是按照你说的那些道理，把道理变成了现实，现在可是一座非常了不起的城市，而且是充满活力的城市。晓阳他明白了这些，他想做一个把道理变成现实的人，你为什么要反对呢？

林定海说，刘博士，这些我懂，我也说不过你。但是，我真的不同意晓阳回来，在哪里不是活，而且已经在那边活得好好的，我不能接受他回村里。你就看在我是这村老支书的分儿上，我今天是来求你的。别人我不管，但是晓阳不能回来。

刘书雷说，定海支书，我很尊敬你。你在这村里这么多年，也不容易，在村里也算是有威望的人。但是，我真心地跟你讲，现在晓阳他们所处的时代与你当年的时代完全不一样了。来村后，我也听说过你的事，你也曾拼过，想做出些大事，虽然你最终因为特殊原因没有成功，但并不是说晓阳他想做事就不会成功。你知道吗，晓阳他们说过，如果当年我们国家有现在的国力，我们的海军能够巡航海上，那些海盗哪里还敢对我们中国人那样？我想过了，其实这里面还有个重要原因，如果当时政策像现在这么好，你也不用借用对岸公司的名义了。现在真的不同了，你也听了金书记和赵主任来村里的讲话了，岚岛不会再是座海上孤岛，晓阳他们也不再是这孤岛上的苦孩子了。你是村里的老一辈人，你也是反对村子搬迁的人，但村子留下了，你总不会希望村子一直维持这样的现状吧？要改变，那就要有人来做事情。晓阳他们现在成长了，他们有这份心，也有这份力，为什么你不让他去做他想做的事呢？

他自小没依爸，是我拉扯他长大的。林定海的心被伤心事戳到，人一下子委屈起来，有些哽咽地说，我把他拉扯大，就不想他再回来受苦。

刘书雷放低了语调，说，我很理解你的心思，但是你要知道晓阳大了有自己的想法。他有自己的事业，想闯出一片自己的天地，你为什么不能理解他的想法呢？你能管他一辈子吗？他如今只想把公司总部搬回来，在做自己事业的同时，为家乡做点事情，这是个多么懂事的孩子，你要为他高兴。再说，他回村里，不表示他不在深圳继续做了，如今做事，在哪里只是个地理位置的问题，他仍然可以面向全国，甚至面向世界发展。这与你过去相比有很大区别，同你的理解也有很大区别。如果他感到村子里做不下去了，他会再回到深圳的，你的担心真的很多余！

依公！随着一声喊声，晓阳进来了，后面跟着海妹搀着大依公一起进来。晓阳看到了林定海难过的表情就说，依公，刘博士说的是真的。我知道你从家里出来，肯定是来找刘博士和张支书，我就想到了大依公。我和海妹一起向大依公说了，大依公就跟着来了。

大依公似乎有些生气地说，定海，你跑到刘博士这里来说这事不是给村里丢脸吗？不是给咱们这些村里的老人和老党员丢脸吗？人家刘博士这次为村里的事多辛苦，咱们家里的这些事还来烦他，你真是丢人丢尽了！

林定海见大依公动怒了，就解释说，我……

大依公用力一挥手，说，你赶紧回去，跟我走！晓阳他们的事，妹丫也有份。妹丫昨晚全都细细地告诉我了，我都听明白了。领导都来了，我也全知道了。我先表个态，我支持这些“鬼秧”！他们回来是对的，靠你我，这村子不搬也废了，这里可是你和我最后的容身之处，你不怕寂寞，我还怕天天听你啰唆。让“鬼秧”们回来，可以经常见到，这虽然是地上地下的，但我感到暖心。你现在连这些“鬼秧”都不如了，把村子交给他们，你还不放心？那你想交给谁？你还有脸在刘博士这里讲七讲八的！你还是海边的男人吗？

林定海一句话都说不出来，低下了头。大依公向前走了几步对刘书雷说，刘博士，你这博士我算没看走眼，诚信得很，也很帮忙，有风范！

刘书雷急忙说，大依公，可别这么说，我可担不起。说真话，来村里，我真是比在学校受教育得多，您也如我的导师一样，都是我心里最崇敬的人。

你很会说话，难怪事情办得好。大依公爽朗地笑起来，说，你也原谅定海，他不容易，除了今天来找你不应该，他也对得起村里人了。我替他向你赔不是。

林晓阳在一旁拿出了一本纸张已经发黄的小本子，翻到其中一页，递给了林定海，说，依公，你看看，这是我依爸留下来的记录，我小时偷偷保存下来的。识字之后，我想他时就会去翻看，这页上记着他与海妹、依芳、依华和依秀的依爸们当时的计划，他们想做完那次生意后，用那次赚来的钱，给村里重建一所小学，这里面还有具体开支的预算，还想高薪给小学请些好老师来，特别是英语老师和音乐老师。

林定海颤抖地接了过来，还没看，泪水就流了下来。

大依公沉默地站立着，如海浪中的一块礁石。海妹也用手偷偷地抹着泪。

刘书雷的心也被深深感动了，那个时代刘书雷在山区小县城读小学，连县城的小学都缺英语和音乐老师。这几位海边的男人，如果没有那次的意外，也许村子现在不一定会是这样子的。

林定海合上了本子，林晓阳立即拿了回来，把本子小心地放进了随身的包里。

大依公说，定海，走，去我那里。又对刘书雷说，刘博士，我都知道了，这村里的事，我现在还说得上话，我刚才给晓阳和海妹讲了，他们回村的事，我跟定海一起开个村里的老人会，让大家把能叫的通通给叫回来，这算是村里重大的事了，蓝港村不能再让人看不起了，都得回来参加讨论，该留下的都要留下。这小事我们来做，你和张支书就尽管去谋你们的大事吧。你们谋的那些大事，我们帮不上忙，但我们相信，你们都是为村子好。

刘书雷说，大依公，您这么做才是做大事的，现在没有比村里这些年轻人回来更重要的事了。

送走了大依公和林定海，刘书雷想到很快就要离开这里，心里突然有些失落和强烈的不舍。虽然至今他还没出过国，但是在国内他走过很多地方，从来没有一个地方像这个村子如此触动他的内心和情感。刘书雷不忍叫张正海，就决定自己到村里再去走走。

刘书雷漫无目的地在村里走着，遇到的村民都对他报以真诚的笑脸。走了一会儿,刘书雷听到远处传来了吉他声,那是余望雨在试唱新歌。刘书雷想到了上次余望雨来村部说想再租用几间石厝的事,于是决定再去余望雨那边看看。

进了余望雨的工作室,刘书雷看到室内已坐着一位听众。那是张陌生的面孔,头上戴着顶遮阳帽,肩上挎着部照相机,一身游客打扮,刘书雷就没在意。

余望雨见是刘书雷来了,就停下了弹唱,说,刘副秘书长,你今天怎么有空来?

刘书雷说,正好顺道,听到了你的吉他声和歌声,就想到来告诉你个好消息,你不是说你有几位年轻朋友想来蓝港村看海、创作音乐吗?你现在可以告诉她们了,欢迎她们随时前来。

余望雨一听,一脸的欣喜,说,我昨天就听村民说村里来了岛上两位最重要的长官,与村民们一起商量村子的事。没想到这边的长官这么亲民。我正想下午抽空去找你和张支书核实一下,现在的情况说明蓝港村不搬迁了?我们可以想住多久就住多久了?

刘书雷说,你可以这么理解。那两位我们这边是称领导,昨天他们也专门来过你这里,想看望你一下,参观一下你的工作室,但你昨天不在。

刘书雷不经意间看到那位陌生人的眼睛眨了眨。

余望雨有点遗憾地说,那真是不巧,我听说我可以在这买车,昨天就上城里走了一趟,想买一部,这样我那些朋友来就方便了,我自己也很方便。另外,我想找个能够帮我装修乡间咖啡屋和海边酒吧的人，村子里这边没什么人会做这个，太不方便，我又没时间，做这些事会花去我太多精力。还有，如果我的乡间咖啡屋和海边酒吧建好，也要雇人。如果村子里有人能帮我做做这方面的事，就好了。

装修？刘书雷不知怎的就想到了曾小海。

是呀，我那几个姐妹要来，帮她们租下的石厝也需要找人装修，村里能帮我们找找人，解决这事吗？

刘书雷觉得这事可以由曾小海来做，曾小海搞过工程，做这事倒很合适，就说，你过几天可以去找张支书，请他帮忙一下。我等下回村部，也会帮你反映的。

那太感谢你啦，这可帮我解决件费心事。我正好写了首新歌，就弹给你听听，算是谢你，也请你指教。

刘书雷说，我正想问这些天，你有没有新作品。

不是那天上的落雨
不是无根的水
我不是那风中的枯叶
一定是从树上被吹下的绿片
无数次的梦里
我来到了一处居地
从此之后就在苦苦寻找
梦里的那个奇境
据说那是有缘之土
我身上带着被注定的基因

据说那能让魂归来兮

我的生命才有了皈依

梦中之所

都是心之秘地

来到这里

我已然认定

余望雨唱得很是深情。

刘书雷鼓着掌说,好听!好听!

一旁的陌生人似乎也被深深感染了,说,能不能再唱一遍?

余望雨就又弹唱了一遍。

那陌生人在余望雨唱完后,说,梦中之所,都是心之秘地!谢谢了!谢谢了!

余望雨奇怪地问,老伯,你是从外地来这里的游客?

那陌生人说,也不算,我是故地重游。

余望雨说,谢谢老伯能喜欢我的歌。

那陌生人说,是我要谢谢你,你唱到我心里去了。

那陌生人说完,就起身告辞走了。

刘书雷说,余小姐,过些天省文联将来村里举办一场文艺演出,我突然想到,余小姐能不能到时也上台献艺,给村里的村民唱唱这首歌?

余望雨说,能与这边的同行有这么个交流机会,那太好了!能唱给这全村的人听,我当然十分乐意,正好借此谢谢这里的乡民。

刘书雷说，那好，就这么说定了！

余望雨说，刘副秘书长今天给我带来这么个好消息。写这首歌时，我心里其实挺悲伤的，以为很快就要离开这里了。

刘书雷说，现在你不必担心了。

余望雨说，再次邀请你们，我的乡间咖啡屋和海边酒吧建好，你和张支书要第一时间来，好吗？

刘书雷说，我和张支书都非常愿意。

刘书雷和余望雨道别后，走了出来，一眼看到刚才听歌的那位陌生人站在外面似乎在等什么人。

那陌生人见刘书雷出来，就迎过来说，冒昧问下，你是不是省里来的刘博士？

刘书雷一脸诧异地说，我是。你是？

那陌生人看了一眼手表，说，现在还有点时间，能不能邀你到海边坐坐？

刘书雷点点头。

十八

海风很大，迎面吹来。刘书雷和那陌生人走到了前面不远的礁崖上，海浪冲击着崖壁，发出巨大的回响。

那陌生人伫立着，望着大海，许久才说，刘博士，你刚才同余小姐的对话，我都听到了。我今天来村里，原本是想拍点照片，做最后的纪念。但你刚才说的，让我心里非常非常地高兴，刚才那位余小姐唱得也让我非常非常感动。所以，我决定找你确认一下，你说的是不是真的？

刘书雷说，这种话怎敢乱说呢？看来你很关心村里的事？

那陌生人说，这是我的家乡。

刘书雷有点明白了，说，你是蓝港村的人？

那陌生人说，是的。我自小在这里长大，后来才出去的。当时岚岛很落后，蓝港村也很贫穷，待在村里，我不知道能做什么，就决定出去闯一下。几十年了，我出去后再也没有回来过。开始几年很想回来看看，但久了反而更怕回来了，一直到最近无意间看到了“海上蓝影”在网上发的帖子，我才知道村子要搬迁了，再不回来看看，今后就不一样了，所以决定回来一下。

刘书雷说，那你是……

那陌生人说，我叫蔡思蓝，但在这个村子生活时，大家叫我小海鱼。我母亲在我两岁多时，难产而死。如果是现在，她就不会这么不幸，当时岛上条件太差了，来不及送出去了。我父亲在我十岁时出海遇难，我是吃着村里人的百家饭长大的。

蔡思蓝，刘书雷感到这名字怎么有点耳熟，一下子想了起来，就问，“思蓝未了”，是你的微信名吗？

是的，你怎么知道“思蓝未了”？蔡思蓝有点吃惊。

“发展才是硬道理，落后就要被搬迁”。我还记得这句话。虽然朴素，但我感到这是一句很有意味的话。刘书雷说。

蔡思蓝有些感慨地说，我只发了这一条，你怎么就记住了？这么关注我呀！

因为我发现你是最清醒的，也是最客观的。我当时曾想，这个人应该是个有经历和想法的人，所以我就记得特别牢。刘书雷说，冒昧地问下，蔡先生是从事什么职业的，在机关工作吗？

你觉得我像在机关工作的人吗？蔡思蓝大笑起来，说，第一次有人这么说我，虽然说错了，但我还是很高兴。其实，不在机关却又有至深体会的人，有时更明白“发展才是硬道理”这句至理名言。我办公室座位正对面墙上，挂的就是这幅字，那是一个叫秦天之的书法家写给我的，当然也是我要求写这句名言的。我只要在办公室里，抬头就能看到这句名言，已经快二十年了。

秦天之，中国当代最著名的书法家之一，如今已过了九十岁了，可谓一字难求。刘书雷说，二十年前，秦天之年近七十岁，那时他的书法已臻化境，能让他亲笔写一幅字，看来蔡先生不是一般的人。

我？那要怎么看了，我是个曾对不起这个村子的人。蔡思蓝表情十分复杂地说，所以，这么多年来，我一直没回村。今天遇到了你，我才会想找你聊聊。

蔡先生想知道什么？刘书雷问。

我刚才听了那首歌，今天又遇上了你，我无法控制自己，很想先给你讲个故事，你愿意听吗？蔡思蓝说。

蔡先生今天才回到故乡，心情当然很复杂，用个词形容吧，“五味杂陈”，不知准确与否？像你这么有经历的人，你要说的故事，我当然愿意听。刘书雷说。

我十八岁那年，一艘台轮上的大副得了重病，大依公带上我做帮手,我们两个人冒死送他出海。后来,他得救了。我知道,刘博士来村里有些日子了,应该听说过这件事。蔡思蓝说。

我确实知道这事,那个台轮大副姓胡,如今已成了富商,在岛上还有投资。刘书雷说,只是不知道,当年与大依公一起冒死出海救人的是你。

是的,村里的人说起这事,都不爱提起我了。蔡思蓝的神情显得有些沉重和痛苦,说,因为他们认为我后来做了一件不该做的事。那位大副病好之后,回到了对岸,就改做生意,有了些钱。于是,在我二十岁的那年,他回到了这里,给大依公送上了五万元,给我三万元。大依公当年坚决不收,但我从没见过那么多的钱,那是一捆捆的十元面额的人民币,一捆是一千元,整整三十捆,用一个小挎包装着。我觉得那也是我用命换来的,那天要不是碰上海军发现我们的船, 我和大依公估计都活不到今天。于是我收下了。他走后大依公找我问起这事,他猜到我收下了。大依公暴怒,说救人是善举,怎么可以图人回报,收人钱财?这是给村子丢脸,给我们海边人丢脸,给大陆这边丢脸!要我立即赶去县城,把钱还给人家。我父亲走后,主要是大依公照看着我,视我如亲子。凭他当时在村里的威望,我不敢拒绝。我抱着钱来到县城,实在无法抗拒钱的诱惑,那时还是“万元户”时代,有一万元就算不得了了, 三万元可以在岛内买下一幢大房子。我觉得这钱可以改变我的命运,临时下决心出走,我用一个想法安慰自己,拿着这笔钱,我去打拼。就算他借我的,我赚了钱后还他。我就这么离开了。我用这三万元起家,什么能赚钱我就做什么,这么多年下来,我创建了自己的集团公司。蔡思蓝说到这儿,把目光投向海面的远处,表情十分复杂。

你当年跟大依公不顾个人安危,把台轮上的病人送出岛,这个义举值得人敬重。刘书雷说,就因为拿了三万元的答谢钱,你就一直感到对不起村子,对不起村子里的人?

你不知道,你没有这个经历,那时真是件大事。当初,我只有愧疚感,没听大依公的话。再说,那时两岸是完全对立的,我不太懂那些政治道理,但跟着大依公久了,多少有点感觉,这是非常不合适的。蔡思蓝一脸的难过,他说,现在过了这么多年,我才真正理解大依公当时为什么那么暴怒,不仅仅是因为那时的政治氛围,主要还因为大依公认为这触犯了做人的底线。政治总是会有变化的,但做人却是一辈子的,所以后来我感到那是我人生的道德原罪。

其实,现在没人会回头看这些事的。许多事经不起回头看,过去的事,也经不住细想。你十八岁时就那么勇敢,那件事至今都是村里的美谈。如今,经过这么多年了,你现在成功了,你完全可以大大方方地回村里来,村里人应该会非常欢迎你,没人会去说当年的事,我相信,现在谁都可以理解的。我想,大依公如今见到你,一定也会很高兴的,村里的人说不准还会为有你这么个成功人士感到自豪呢。刘书雷宽慰蔡思蓝道。

蔡思蓝说,你这个人很善良,难怪村里的人都接受你。活到现在,我才知道,有些事,别人如果忘记了,也原谅了你,但是自己却是不能自我原谅的,这是我花了这么多年才明白的道理。我发展到一定程度的时候,也曾有过强烈的回村赎罪的意愿,我自己不敢来,我派了我手下的得力干将回来,那时,当然是以帮我迁出在村里的户口为理由。那时迁户口,没现在这么严,我找有关部门协调了一下,很好办。我派人来主要是想让他看看,我能不能为村里做点什么。我让他带了一些东西去见大依公,让他去问大依公。结果,那人回来告诉我,大依公不肯收我的东西,只说了一句,“好好过日子,村里的事别管了”。我知道大依公还不肯原谅我。详细问了派去的人,那人说,岛上太穷,交通太不方便,去村里更不方便。我心里很失落,那时也忙着打拼,就把这事放下了。后来,我的事业做得很大了,偶然一次看到岚岛大桥开建的消息,我立即派了一名副总以投资考察的名义入岛进村。这个副总回去后告诉我,他到了村里,发现村里很破落,基本没有年轻人,没年轻人就无法在村里做什么具体工作。我只能再次搁下了。总书记登岛视察的消息,我是从电视上偶然看到的,立即让人找来报纸细读,不得不说,总书记真的是高瞻远瞩,打造国际旅游岛和自贸区,这对岚岛来说几乎是喜从天降,我一夜都没睡。第二天我就带着儿子来了,我不敢进村,就对儿子说你去看看,那是你的老家,特地交代他暂不要暴露身份,就是回村看看有没有可能为村里做点事。我儿子去了,回来告诉我,看了村子,村里都是老人、妇女和孩子,整体基础太差了。说村子真的很美,旅游资源倒是相当不错,可兰波国际早就瞄上了,已经与岛内商谈多次了,并签订了整体开发协议,过不了多久这个村子可能就不存在了。我听了心里很难过,但兰波国际那是国际大公司,我的公司自愧不如,不是一个级别的,我只能放弃了。我问我儿子,村子如果拆了,那你以后就没有老家了,你不在意吗?我儿子说,如果你这次没让我去村里,我根本就不知道那是我的祖地，拆就拆嘛，这有什么好在意的。我儿子的回答，让我说不出话来。我这次回村来，本想拍下过去所有的记忆，所以，我自己一个人来。但刚才在那位女音乐家那里，我看到了“海上蓝影”的微信。“海上蓝影”的微信不知为何有了很大的变化，提出了为村子发展建言献策的倡议。你来了之后，我才知道村子不搬了，我非常激动。我在外面等你，是因为我知道你是省里派来的，我就是想问问你，我实在好奇，目前村子基础差、无财力、没劳力，这种状况下，村子不搬迁了，那么今后怎么办？

你这么有经验的人，当然一眼就看出，村子从确定搬迁到现在决定留村，这其中肯定不那么简单，这么大的变化必须由实验区高层来决定，而现在实验区领导决策肯定不会是随便拍脑门的。你不相信村子可以依靠自己发展？刘书雷问。

我们这代人，都还有恋土恋乡的情结，村子留住了，我很高兴。但是说句真心话，我真不知道按现在的情况，出路在哪里？如果真有好的出路，我愿意借这个机会，看能不能给村子有点小小帮助。蔡思蓝很真诚地说，不然，我不会找你的。

听蔡思蓝这么一说，刘书雷一下子兴奋起来，立刻就来了谈兴，把张正海的“振兴计划”给蔡思蓝细细地说了一遍。蔡思蓝听得很认真，还不时问了一些细节的问题。刘书雷把整个方案说完后，又说，蔡先生算是位行家，能不能帮着指点一下？

蔡思蓝脸上光亮起来，说，原来“深海蓝影”是定海支书的孙子，海妹也参与了，他们的父亲我都认识，这些年轻人的父辈当年都是村里的顶梁柱。我怎么没想到是他们呢？他们真有祖辈、父辈的风采。如此，我很想委托你帮我办件事，我来支持他们一下如何？

你想支持他们？回村投资？刘书雷问。

蔡思蓝摇了摇头，说，有这些年轻人，不需要我参与了，我现在也不想在村里投资了。你告诉我的振兴计划，我一听就感到里面有个致命的问题，那就是现在急需大的投入。如果没有大的投资，村里的面貌不可能按你们的设想迅速改变，改变不了，也就不可能与兰波国际对接。你们现在肯定在为这个感到十分苦恼。

刘书雷说，蔡先生实在高明，一下子就能抓住要害。我也想过了，这里面现在我们最无力解决的就是钱。实验区的财力毕竟要用于更大、更重要的建设中。现在虽然有中央财政的大力支持，但是岚岛要用钱的关键地方太多了，我们肯定不能过多地去挤占建设经费，但靠村里自行想办法，目前真的很无力。

蔡思蓝说，所以，我说我想委托你，资金我来帮助你们解决一部分。

那太好了！刘书雷几乎是喊起来，这简直是雪中送炭啊！

你很聪明。蔡思蓝说，而且也很会取得别人的信任。蔡思蓝十分感慨地说，我这次悄悄地回村，心里根本不抱什么希望，但是，现在我心里很激动，蓝港村终于有人来做我一直想做的事了。从村民那里，我听说了你和下派的正海支书的一些事，今天又这么碰巧遇上你，这是天意，也算我们有缘。这样，我先支持你们三千万元。这三千万元由村里掌管，可以设为蓝港村青年返村创业扶持资金，只要愿意回村创业或做事的，不论项目大小，只要是生产项目，都可从这三千万元里面支出。所有资助项目要经村里研究同意认可，并张榜公布。我当年因缺钱才离开渔村，我想现在的年轻人返乡要创业，也会遇到同样的问题。如果资助项目有赢利了，村里分期收回，收回之后可以用于村里所有公益建设；如果项目失败了，个人要提出项目失败的总结和检讨，确系合理失败，可以暂不还回资助资金，让年轻人不要因此受挫不振。如果能提出好项目，仍然可以给予二次扶持。这些要完全公开。如是因合理原因造成项目失败流产，由村委会来决定，经村民代表会议同意，可以核销。这些，都由村委来定。在扶持合同里，必须有一条规定，凡是接受资金扶持的人要保证，如果创业成功，开始赢利的第二年必须拿出受扶持金额的百分之一至百分之五，用于为村里做公益，回报蓝港村。你们看，扶持资金十万元的按百分之一算，二十万元的就按百分之二算，以此类推，最高不超过百分之五。

三千万元？听到这个数额，刘书雷不敢相信地问，他内心无比惊喜。

另外，我再支持村里三千万元，用于重新规划建设经费。蔡思蓝接着说。这又把刘书雷吓一跳，说，这么多？

蔡思蓝说，实话告诉你吧，我不敢谈爱乡。但我出去闯荡后，给自己立下一条规矩，只要有钱赚，每年必须从纯利中留下百分之一，以期到时回报蓝港村，捐给村里办事。成立了正式公司之后，我专门要求财务部每年必须从公司盈利部分拿出百分之三，秘密单独开户存放，再困难都不得动用。这些年来，我历经风雨，再难时都没动过这笔钱。如今，这钱也积存不少了，岚岛现今发展得这么好，又有你们在这里具体规划设计，还有村里的那些后辈努力，我真的很高兴，应该是时候为村里做点事了。蔡思蓝拿出一张名片，递给了刘书雷，说，这上面有我的私人电话号、公司地址。你们的振兴方案如果获实验区通过，你直接打电话给我，同时告知我这边的收款账号，我接到电话后就会安排尽快把钱汇过来。

刘书雷接过名片，看到上面印有“中国思蓝集团董事长蔡思蓝”字样，说，蔡董，你这份真挚的乡情，真是太可贵了！

蔡思蓝说，一点小意思，真的不要过誉。这些钱是我应该还给蓝港村的。只是我有个条件，你们必须替我保密，我暂不想让村里人知道，这事只能你和那位下派支书知道。

为什么？刘书雷问，你这可是做出了榜样，村里届时就能获得更多的支持。

人有恶，要除恶，除恶不能只靠自己来监督，所以必须让人知道；人有善，善行是出自内心，是为了修心，修心是自我的事，所以可以不必让人知道。蔡思蓝说的话让刘书雷很吃惊。真是高见，实在获益。刘书雷说，我完全理解了。蔡董，你这境界让我很佩服！

这些年，我知道自己文化水平太低，就边做事边学习。开始是花钱请专门的老师一对一来教我，让那老师做我公司的文化顾问。几年之后，我报了好几个总裁班。我知道我这点小钱对村里的发展来说，最多只是个启动资金。但只要启动了，我相信现在的年轻人自然就有办法了。蔡思蓝说，你可以转告那位下派支书，如还需要钱，几家银行给思蓝集团还有授信十亿元，集团可以为村里担保,村里可适当向银行借贷。另外,我估计你们将消息传出去,还会有一个人来捐款,这也是个好的资金渠道。我考你一下,你认为我说的这个人会是谁?

台商胡老板。刘书雷思索了一下,答了出来。

你真厉害!蔡思蓝微笑了一下,显然很满意刘书雷的表现,继续说,这个胡老板,当年他就曾想为村里捐建一所小学,但被大依公回绝了,那时我在场。大依公说,我们不需要,我相信我们这边迟早一定会比你们那边强!后来,我才慢慢明白大依公这句话,那时两岸之间还处在敌对状态,大依公是党员、村干部,他不收胡老板的馈赠,用现在的话来说,真的是讲原则、讲政治。难得呀,他是永远保持一颗赤诚之心呀!如今,我更感到他值得敬重,越来越觉得他真了不起。你们可以让胡老板知道你们的想法,以他现在的生意规模,我估计他至少会捐一千万元。我和你约定,如果他捐了一千万元,那么我就再捐一千万元!

刘书雷说,蔡先生,今天认识你真是有幸,也是天助蓝港村。要不你去村部坐坐,见见下派的张支书?

蔡思蓝说,刘博士,你学问高,现在世道好,得道多助。我们不说客气话了。我今天是抽空来的,等下要赶去省城的机场乘机去国外。下次我专门请你去我公司做客,到时我们还有时间细聊。

刘书雷说,我还有个不解的问题,能不能问问?

蔡思蓝说,我猜你是想问我,为何这些年我有心又有条件却一直不回村里做些投资?

刘书雷说，蔡董果然也是厉害之人，一下就说到点上了。

蔡思蓝笑了笑，说，你我今天是第一次见面，你想问这个问题很正常。其实，简单点说你就会明白，前期我是有心无力，那时岚岛并不具备条件，没有现在这么好的政策和方向；后期嘛，是村里不具备这个条件，我仍然有心无力。再说，村里的情况我很了解，单纯地做些善事并不能改变什么，而且乡里乡亲的，我怕自己到时又陷进去。如今有“海上蓝影”那一拨年轻人，这才是村里真正的希望，也是我心里盼望的。但是，必须让他们自己去努力、去创造，我只能为他们提供一些必要的条件。

这个答案刘书雷是满意的，他说，蔡董，你怎么来的？我送送你？

蔡思蓝说，我让车停在了村外的路边，我暂时还不想让村里人知道我。以前想到回村，我都不知道怎么面对大依公和村里人，所以，这么做请你理解，也减轻了一直盘踞在我心里的对村里的愧疚感。你不必送我了，你记住把你的手机号发给我，我们不是还有约定吗？如见到大依公，可以代我向他问好，告诉他，我过一段时间会专程来看他。但我支持村里发展这件事，你不必告诉他。

刘书雷说，那好，蔡董，祝你一路顺风！我代表蓝港村全体村民，谢谢你！

蔡思蓝走了几步，又折回来说，村里还有什么需要我做的，你和那位下派支书可以来找我。我想了想，那个胡老板如果真的捐款，捐款到位后，你再帮我转告他，我按一比一的比率与你约定。这是非常重要的事。当年我拿了他三万，我现在这么做是想告诉他,那时我们这边比他们穷,我是靠他给的钱起家致富的,但现在我们这边完全不一样了,我要挺直腰杆说,我们已经发展起来了,现在都过上好日子了。这就是我和你约定的原因!

我一定第一时间告诉他。刘书雷明白了蔡思蓝的心思,心里有些感动。

蔡思蓝脸上显出一股轻松的神色,说,刘博士,这趟回村,我彻底解脱了,这真要谢谢你和那位下派村支书。

刘书雷快步回到了村部, 想尽快将这个好消息告诉张正海。

张正海在办公室,一见刘书雷就说,你跑哪儿去了?去了那么久,我正准备给你打电话呢。

刘书雷笑嘻嘻地说,你就睡这么一会儿?

张正海说,刚来时是焦虑得睡不着,现在是高兴得睡不下。你有什么好消息?你都喜上眉梢了,从没见过你这么喜洋洋的样子。

刘书雷说,简直是天佑岚岛!你知道我见到了谁?

张正海说,我怎么知道?不会又是吴秘微服前来吧?

刘书雷把蔡思蓝的名片递给张正海,说,“思蓝未了”,你可以先查查这家公司。

蔡思蓝!张正海看着名片说,这人是“思蓝未了”?他边说边坐到电脑前,把“中国思蓝集团”六个字输入了搜索栏里,看了一会儿,惊叫道,这可是家上市大公司,涉及好多产业。董事长是蔡思蓝,思蓝思蓝,这人一定与蓝港村有关。

刘书雷凑了过来，看了一下说，我刚才就是碰到了蔡思蓝，他愿意出资三千万元给村里作为返乡创业项目扶持资金，相关收益可以用于村里的公益建设。

什么？三千万元？张正海惊呆了，说，这么大数额的捐款，在村里可是开天辟地头一回。

还有呢！刘书雷把情况跟张正海说了一遍，他说，你现在可以芝麻开门节节高，实现蓝港村的梦想了，恭喜你，你成功了！

真有这回事？张正海还是不敢相信。

刘书雷说，你没听说闽南那边有华侨捐赠上亿元的，早就有了。只是岚岛籍民营企业家给家乡捐款，这么大数额的确实很少。这笔钱，对你要建设的新蓝港村，可真是太重要了！

真的还是假的？你不会是和我开玩笑吧？我那方案里面，最缺的是资金的要素。张正海还是恍若云里雾中。

在你的方案里，你最担心的就是村里的建设投入，所以你一直迟迟不敢拿出来，别以为我不知道！不过，你看看这张精美的名片，在村子里是临时印不出来的，而我今天也是临时决定去余望雨那里走走，事先没有人知道。除非他是济公再现，能猜到我要去那里，才会在那里等我。刘书雷说，你还记得你曾告诉过我，大依公当年为救台胞冒险出海，曾有个村里的年轻人跟他一起去吗？那个年轻人是谁？为什么他后来没了下文？

张正海反应过来了，不可思议地说，这个倒是我没注意到的细节，那个年轻人是谁，后来怎么样了，村里确实再没人提起过。你是说，这个蔡思蓝，就是那个年轻人？

对，当年的小海鱼，就是如今的蔡思蓝。刘书雷又把蔡思蓝说的相关事情跟张正海细细地讲了一遍。

张正海听后大声叫绝,太离奇了!太棒了!今天真是个好日子。我正想告诉你,海妹刚才来电话,说那个台商胡老板下午想来村里见我们。真有这么机缘巧合的事?

刘书雷说,胡老板?这真是一切皆有因果,这好事连连,全得益于岚岛今天的发展。

张正海说,是,胡老板指名要见我们,说想与我们谈点非常重要的事。

刘书雷说,好!这看似很巧,其实你认真想想也正常,他们的人生都与蓝港村有太密切的关联。蓝港村从要搬迁到现在可以完好地保存下来,这回算是起死回生。如此大的波折,怎么可能少了这些相关人士呢?这种大机缘,就是新时代蓝港村的大机遇。

刘书雷终于见到了白发苍苍的胡老板。胡老板着一身黑色西装,系着一条蓝色的领带,手拄着一根红木拐杖,带着一个年轻的助理。见到刘书雷,握着他的手,说,你就是刘博士呀,大依公一再和我说起你,真是年轻有为!他可是从未这么称赞过一个人。

刘书雷说,哪里!大依公才是最值得尊重的!

对,你确实懂事!胡老板说。

张正海很细心,把会见安排在村会议室,显得很正式。

胡老板一直打量着刘书雷,刘书雷都有些不好意思了。

张正海先开场说,非常欢迎胡先生到村里来。不知道胡先生有什么指教?

胡老板说,指教不敢!你们可能知道我曾在这里捡回了一条命,蓝港村算是对我有再造之恩,这里算是我造化福地。这些年,我在大陆的生意越做越好,我很想回报,回报这里的村民对我的救命之恩。但最初是大依公死不松口,说不能要我们那边的钱。后来不再说这话了,但听说村子又要搬迁了。我正想这辈子怎么这个缺憾一直补不上,让我不能功德圆满。现在刚听说不搬了,我就赶了过来。感谢你们两个年轻人起了很大作用,留下了这个让我永生难忘的村子。所以这次来,上午我找了大依公,他终于同意了我的想法。我想给村里办点实在的事,最好是全体村民都能受益的事,他让我来问你们,由你们决定,他才放心。我今天来心意已定,你们不要客气,这是我必须做的。

张正海说,十分感谢胡先生!

胡老板摇了摇手,说,是我应永远感激这里。你看,这里的乡亲让我多活了三十多年,让我的企业在这里有这么好的发展。这不是用多少钱能买到的。

刘书雷说,胡先生的心情我十分理解,这份深情我们也感受到了。村里现在要提升建设,正海有很多的事要做。正好,正海正在筹划投建一个数字影院,您看这个项目如何?

数字影院?胡老板很有兴趣地问。

刘书雷说,也是多功能影院,可以看电影,可以演出,可以召开村民大会,附带设计一些功能,可以让村民们在里面看书读报、聊天小聚,连到村里来的游客都能进来休闲下。另外,卫生设施可以建得大些,可以让村民日常使用,游客也可使用。这样同时还解决了村里的卫生环境问题。

这个项目好。胡老板说，可以搞大点，叫感恩楼，就由我来建设。所有的建设费用，由我个人出资。

刘书雷说，感恩之心，人皆要有。中国人讲知恩图报，但也讲善行义举不求回报。现在我们这边不兴叫感恩楼什么的，蓝港村要对接国际旅游岛的打造，作为村里的公共服务设施，我建议还是叫海边客厅。胡先生，您说呢？

胡老板说，海边客厅，这名字好，你是博士，就听你的。我来见你们之前，去见了大依公。大依公说，我们都老了，过去的恩恩怨怨现在早就不存在了。他让我多听你们的，看来没错。这样吧，我干脆给个数，一千万元，你们认为怎么盖合适就怎么盖，我现在就开支票。

刘书雷在心里暗暗称奇，那个蔡思蓝先生，果然不简单，还有点神。刘书雷想到了蔡思蓝的交代，就说，胡老板记不记得一位故人？

胡老板一脸不解地说，我老了，很多人记不住。

小海鱼。刘书雷话刚说出口，胡老板激动得一脸通红，说，他在哪里？他是我的救命恩人，这人我到死都忘不了！

他今天也来蓝港村了，但不知道胡老板也来了。他已经走了，现在可能在飞机上，他赶着出国，有重要事务。不过，他和我有个约定，他说胡老板如知道蓝港村被保存下来，一定会给村里捐一千万元。如果胡老板捐了，那么他就再捐给村里一千万元。

这个小海鱼，几十年过去了，怎么连我要捐给村里的钱，他都算得出来，说明他现在也非常不简单。你能不能把他的电话号码给我，我到时跟他通电话。胡老板说得十分迫切。

当然可以，您自己和他联系比较好。刘书雷想到答应过替蔡思蓝保密的承诺，但当时没有约定电话号码不能给胡老板，就把蔡思蓝的电话号码说了出来。胡老板身边的助理立即记下了。

胡老板想了想说，这样，我改下捐款数额，我决定给村里捐一千三百万元，你们在建海边客厅时顺带给我设计几间房。我现在垂垂老矣，想有空把这个小海鱼一同约来，我们每年一起陪大依公待些日子。房建好后，内部装修我自己来，我只有使用权，我走了以后，就归村里所有。我有个条件，你们得替我保密，不许告诉小海鱼我刚开始只说一千万元，后面加了三百万元。你们总要给我这个老人一点面子吧，我就不让他猜中！

刘书雷傻眼了，很快又被胡老板老顽童似的神情逗笑了，说，好，我们一定为胡老板保密！

胡老板开心地笑起来，说，让他猜不中，很好，我们可是君子一言哟！

刘书雷认真地说，驷马难追！

胡老板说，今天好开心！

张正海被眼前胡老板斗气的一幕闹得有点啼笑皆非。

刘书雷在心里暗笑的同时，有点领悟到了，蔡思蓝是故意设这个局的，蔡思蓝自己想给村里再多捐点，也想让胡老板给村里多捐点。这两个人虽然仅见过两次面，但这么多年过去了，彼此因各自不同的原因都一直把对方记放在心里，冥冥之中倒产生了一种如故知一般的内在情愫，有着跨越时空的默契。

晚上，刘书雷跟张正海说，今晚我想到银滩那边走走，你陪我去吗？

张正海神情有点变化，看着刘书雷说，你想走了？

刘书雷说，上午接到了吴秘的电话，他通知我可以回援岚办了。

张正海说，我能不能以村委的名义，向援岚办打报告申请你再留些日子？晓阳前面发来了微信，现在有大依公撑着局面，定海支书也没再坚决反对。其他几人家里的长辈，那天在村会场也亲耳听到了金书记和赵主任的讲话，都不再反对了，他和海妹、依芳、依华、依秀约好，今晚在省城会面，明天一早就出发去考察取经。你能不能等他们回来，见见他们，咱们一起商议清楚“蓝港之约”的事，然后你再走？

刘书雷说，你是下派村支书，村里的事，你能做得好。原先我还替你担心村里的建设投入怎么办，现在有了思蓝集团的支持，又有胡老板的相助，我相信剩下的你能想办法解决。胡老板捐的钱，精打细算一下，除去建海边客厅，还可以剩余一些用于整个村的村道改造和村子的一些基本设施重建，特别是村里的排污处理等；蔡思蓝先生支持的三千万元重建费，加上他故意捐的一千三百万元，有这笔钱，你就可以立即实施村里的改造计划，加速实现你的蓝港村振兴梦想。

张正海说，蔡先生与你的约定不是一千万元吗？怎么变成一千三百万元？

刘书雷说，我想他是用心良苦，故意刺激胡老板，想让胡老板多出一些，所以胡老板加到一千三百万元，我想蔡先生一定会出同等数额。这些老板，他们有他们自己的路数，不是我们理解的那样。这位蔡先生，他在外经历世面，很有智慧。

张正海此时才明白，但仍有些担心地说，像蔡先生这么大的老板，我从没接触过，他真的能拿出那么多钱给村里？

刘书雷说，像蔡思蓝这样的人，自己主动说出的话，绝对是算数的，而且他早有此心，但却选择这么个时机才出手，可见他是深思熟虑过的，完全可信。他上午说想为村里做件小事，一出手就是三千万元。后又再加三千万元，想了想又以与我约定的方式再加了一千三百万元，这钱数额是比较大，但是他明白村里太需要了，对他也许真不算大事。我可以感觉得到，他说的这些年他为蓝港村设立的特殊账户上，存款应该已超过了一亿元。你想想看，几家银行给他的授信是十亿元，他想给村里的支持，目前心理的额度，我猜也应该在一亿元上下。现在村里急需发展资金，你别不好意思，太一般的小打小闹的项目，对他这种人来说，反而没兴趣，还会认为我们的眼界很低，水平有问题。

张正海还是有些不敢相信地说，你这只是基于个人的判断。

刘书雷说，你忘了我是干什么的？前几年，我还在北京，有好几位作家朋友写报告文学，他们希望书成之后，让我帮写一两篇评论发发，所以，有采访时就带着我去。我接触过几位民营大老板，那些人给家乡办事，真的很慷慨大方，我见到过几位，出手就是亿元以上。你别不安了，这些人愿为家乡做事，这都发自内心，钱对他们就不是钱了。我个人认为，现在农村要建设发展，这种乡贤的善心义举要弘扬。靠国家投入，我们这么大面积的农村，很困难的，国家财力还有太多的事要做。

要不，等这些事落地了，你再走？张正海说。

不行。吴秘在电话里说，岚岛年底将举办中国—小岛屿国家海洋部长圆桌会议，让我尽早回去参与筹备工作。这个项目对岚岛树立更加改革开放的国际自由贸易港和国际旅游岛的形象，非常重要。我能参与筹备，那是很重要的学习和提升机会。而这里，我本来就是临时来的，早走迟走我都要走，我想明天一早就悄悄地走。

原来你有更重要的去处，那我也就不好留你了。你不再去见见大依公？不同村两委和村民们告别一下？张正海很不舍地说。

刘书雷说，我又没离开岚岛，以后还有见面机会呢。傍晚时候省文联文艺志愿者艺术团的钟团长已联系我了，这几天，文艺志愿者艺术团的导演和舞美人员，将先到村里实地确定演出场地，商谈一些具体事项，我估计很快就会下来演出了，到时李然书记一定会来，那时我会来村陪他。还有，我的导师陈子劲老师和那两名画家不是也要来吗？他们来，我一定会陪着他们的，到时你就要出面与那两位著名画家好好谈谈。我个人认为你应认真考虑一下，怎么能吸引和说服他们在蓝港村设立名家工作室。他们若能同意，会产生示范和聚集效应，这事你可以先操办。我们之间，是朋友你就让我潇洒一点走。

好，那我有事还会去上面找你，你可别拒绝。张正海有些伤感地说，与你相处的这段时间，是我下派来村之后最有意义的日子，能认识你并成为朋友真是我的荣幸。

刘书雷心里其实也有很多感伤的情绪，但是，他努力控制住了，说，村里的事以后只能靠你了。你想找我，随时都可以。

张正海没再说什么。

刘书雷和张正海来到了银滩，附近没有任何灯火，天上星光璀璨，夜幕下的大海却不安静，海浪声更加清晰地传来。

刘书雷说，现在这样的星空，城市里是看不到了。以后我要看星空，或者带着我的孩子来看星空，我就来蓝港村。

张正海说，一言为定。到时我一定陪你来。当然，你可以早些来，最好带着未来的弟妹先来，让她来看看。

刘书雷说，你是不是对我现在还是单身很有看法？

张正海说，没有呀。不管你今后有没有带人来看星空，反正不通知我，那后果很严重，我一定会对你有意见，而且怀恨终生！

刘书雷说，你怎么也变得越来越会说话了？

张正海说，还不是跟你学的。

刘书雷说，是你现在心情好了。给你个建议，过些日子，一切有了着落，还是得把嫂子和侄女带来，在这里看看星空，提高一下理解和幸福指数。别自己一个人在这里待着享受着海风和美景，再让嫂子气势汹汹地追来，以为你约别人在这儿看星空。

张正海说，你错了。她和我都是本地人，小时候都经历过孤岛的苦，她可是从外地调回来工作的，现在心里明白得很，等国际旅游岛建成，这里可是人间胜地，如今她也忙。

今夜无风。两个人在沙滩上漫步了一会儿，刘书雷说，对了，上午我去村里转悠的时候，在余望雨那里，我告诉了她，如果她愿意，可以在蓝港村一直住下去。她很高兴，想立即装修她的乡间咖啡屋和海边酒吧，还要再租几幢石厝，为她那群朋友来做准备。只是她提出来，村里在这方面现在还很不方便，这些事要去城里找人来做。我告诉她可以来找你，我想到了曾小海，他有搞工程的经验，你可以让曾小海去帮余望雨做监工，这样他就能回来。那个家庭不能没有大人来承担，虾米那么小，她不该承担那么沉重的负担。你可以建议曾小海回村后专门帮助做这方面的事，村里如果进入提升改造阶段，需要做工程，曾小海有这方面的长处，可以让他去帮你做这些具体事务。这也解决了他回村的出路问题。还有就是那个蔡橹子，他不是曾跟曾小海在外打工吗？腿脚现在不方便，你也可以让曾小海带着他做点能做的事，也能解决他目前生活的困顿。我觉得，今后蓝港村要发展，相关社会化服务首先要跟上，可以组建一家劳务服务公司，让在外打工愿意回村里的人，都进这家公司。

张正海说，你就是放心不下虾米。我会安排好的。我一定会经常去看看她。还有蔡橹子，他在村里现在也算弱势群体了，我会按你说的办。你这个人，心真的很好很细。你说的村里成立劳务公司的这个建议，我一定认真考虑。现在，我最苦恼的是，目前还没有为村里想到前景更大的生产性项目，你说蔡先生可以替村子向银行担保，村子后续发展，肯定很快就要向银行贷款了。但是，我怕如果没有强劲的财力收入来源，贷款怎么还？

刘书雷说，这是更长远的考虑，你现在就想到了，非常好。我正想给你一个临别时的小建议，如果可以将村子改为开发区，蓝港村的许多资源要素就可以活起来流转了，村子就会有钱了。

这件事敢想吗？那可真比留村的事大多了。张正海立即听懂了，说，这样蓝港村将别有洞天，可能就真的活起来了。

有什么不敢想？你又不是为自己想？想得不对，最多领导批评一下。但你这是尽责，领导也不会真批评。刘书雷说，是不是你们在基层，总怕被领导批评？有点像作家写东西，碰到评论家说不好就跳起来。但是，真正的大家都是从来不怕别人说他写的东西不好，至少不在乎人家对他的作品的批评。

所以，你总鼓励我要被批评，我可不是大家。张正海说，我们在基层做事，有基层的难处，所以有基层的心态。但你的话，我还是会记住的。

两个人又相视大笑起来，笑声在空旷的海边传得很远，融入了浪涛声中。

在从海边回来的路上，刘书雷说，有可能的话，你帮我在村里再了解下，有没有线索可以找到虾米的依妈。如有，你立即告诉我，我们一起再看看能不能把虾米的依妈找回来。我想了个主意，你可以找海妹帮忙，让她把虾米的画拍一下，发到网上，看看虾米的依妈能不能看到，让“深海蓝影”再做一次网上寻人。

张正海说，真不敢相信，你一个干大事的人，也会如此操心这么细小的事。我一定去做。

帮虾米找到依妈，我觉得不是小事。刘书雷指着星光之下的帆船石说，你看那礁石，在海水之中，都是成双的，我们中国人讲好事成双。虾米能够再找回依妈，那不就圆满了？对我们中国人来说，圆满可是大事。我现在越来越明白了，人只要不是为自己谋事做事，所做的全无小事。

清晨五点多钟，刘书雷拎着简单的行装，轻手轻脚地掩上房门，下楼，然后发动汽车，就这么离开了蓝港村。

张正海知道刘书雷一定会这么走的，其实他五点钟就被手机闹铃叫醒了。刘书雷走时，张正海站在窗前，目送着刘书雷的车远去，他觉得这种送行方式，可能更合刘书雷的心意。

晨曦已出现在海上，当刘书雷的车子已看不到时，张正海看到了一轮红日瞬间浴海而出，就挂在海面上，大而圆，霞光满天，海面上金光闪闪。

十九

刘书雷离开村子不久，天光已亮，车正好开到坡顶，他就把车停了下来。第一次进村时，车也曾在这里停下。此时，下了车的刘书雷独自站立在山坡之上，迎着灿烂的晨光，俯瞰着蓝港村的全景。蓝港村沐浴在海上红日折射出的光彩之中，在蓝色天空的映衬之下，显现出一种古老而恢宏的美丽，幢幢石厝静谧而庄严。远处的大海波光跳跃灵动，那对石帆披着华丽的霞光，如行驶的彩船，在辽阔的海域上显出梦幻般的意境。

刘书雷为眼前的景色所陶醉，拿出手机，拍下了许多照片，在微信群里发了出去，顺手写下几句话：离开这个渔村时，真难舍此地的大美；但愿重回时的驻足，心能成为晨光下的一朵浪花。写完发出后又感到意犹未尽，就又写了几句：我此时的不舍，有如这里的蓝天，把心中所有的感伤，包裹在那几朵白云里。

刘书雷上了车，正要发动汽车，手机响了起来。刘书雷一看，是温淼淼打来的。电话一通，温淼淼就说，刘博士，这么早给你打电话，多有打扰。主要是因为，我突然决定，想这时就出发去蓝港村见你，可以吗？虽然温淼淼的语气仍保持着其固有的矜持，但是并没掩饰住话中的焦急。

温淼淼这么早就打电话来，并且急着到村里来，刘书雷第一反应就是，与前天综合实验区领导来村有关。刘书雷说，温首席，什么事让你这么着急，电话里说可以吗？

温淼淼的话语变得急促起来，说，刘博士，我就直接说，你肯定猜到了我急着找你是为什么。昨天上午，实验区招商局负责人专门来办公室找我，提出了有关银滩开发的意见，下午我就收到了实验区对银滩开发项目拟进行调规的协商函。金书记和赵主任亲自到蓝港村的事，我当天就听说了。我接函后，就去找了秦副主任。秦副主任虽然一再保证会与我方协商清楚，确保兰波国际在岚项目的顺利实施和投资利益，但对涉及实质性的问题回答得比较含糊，只说我方可以提出具体意见。因为事关重大，昨天晚上，我将实验区的协商函发给了集团，并向董事长做了电话汇报。董事长指示我尽快回总部商讨,并让我带上具体意见回去。我想了许久,想与你见面谈谈,可以吗?

刘书雷手握电话许久,温淼淼在电话里“喂”了好几声,刘书雷才说,温首席,这种事,你找我谈是不是不合适?我又不能代表什么,你找我谈也不能解决你的实际问题。

温淼淼说,我知道你们的规矩。我找刘博士只是想了解一些情况,并不要求刘博士帮助我解决什么。刘博士刚到蓝港村时,不是也找我私聊了吗?这次,我也想与刘博士私聊一下。

私聊,这种说法让刘书雷很难拒绝。刘书雷说,我今天上午正好要回援岚办,我到了之后再联系你吧。

温淼淼说,刘博士上午从村里回来呀,那么我就不用去了,我是去援岚办找刘博士呢,还是在办公室里恭候?

刘书雷说,我到时联系你吧。

那好。温淼淼说,我就在办公室耐心地等刘博士的电话。

刘书雷把手机顺手放在副驾驶座上,坐在车里,陷入了沉思。没想到实验区管委会这次动作如此迅速,已经直接去函给温淼淼,正式提出对银滩开发的调规商请。正式发函提出商请,至少有几层意思,要么金书记和赵主任心里已有了解决办法;要么是想先征求兰波国际这边意见,看看兰波国际这边有什么要求;当然,也有可能仅是一个先行的告知,正式通知一下兰波国际将进行会商。不管出于何意,刘书雷想,其实在这个时候自己去见温淼淼是不合适的。刘书雷一下子十分后悔刚才答应了温淼淼,伸手抓起手机,想打给温淼淼,说自己临时有事,改变了行程。但想想温淼淼此时已经在等自己,万一追到村里呢?想躲肯定是躲不了的。想到这里，刘书雷看了看时间，已经早上七点了，刘书雷决定先回援岚办再说。

刘书雷把车开得很快，直接开到了援岚办。此时已是七点半了，刘书雷上楼来到了自己原来的办公室门前，掏出钥匙打开了门，原来自己的那张办公桌桌面上空荡荡的，明显这段时间一直空着。刘书雷推开了窗，下面的岚岛已经热闹起来了，环岛路上已有了车流。刘书雷回到桌前坐了下来，拿出手机，拨通了吴副秘书长的电话。

吴副秘书长接听了刘书雷的电话。刘书雷把温淼淼想见自己的事说了一下，吴副秘书长一听就懂了，他说，温小姐既然找你私聊，你请示我干吗？不过，人家这么诚心，你先去见她一下也好。兰波国际是我们接下来要做工作的重要对象，不要让人家对我们的决定有什么误解，这个现在很重要。你去同她好好谈谈，先打消她的焦虑，并争取她对我们的理解和支持，这个看来也很必须和关键。如果能做通她的工作，那么对今后继续友好合作，携手共赢，十分重要。吴副秘书长说得比较简短，但是意思很明确，态度也很明白。刘书雷本来还有话想说，但吴副秘书长说，你去吧，能够沟通清楚，那是最好，说完就把电话挂了。

刘书雷呆坐着想了一会儿，觉得吴副秘书长说得相当有道理，此时确实急需与兰波国际认真沟通。也许自己先与温淼淼谈谈，可能还最合适，并且也许是难得的机会，一方面摸摸底，另一方面反正只是个私聊，又不表示什么。想到这里，刘书雷的心里才有些安定下来，反倒觉得机不可失，就打通了温淼淼的电话，说，我已经进城了，一会儿我过去找你。

温森森说，我一直坐在办公室里等呢。刘书雷关好了办公室的门，下了电梯，上了汽车，一路上想着，温森森会同自己谈什么。

刘书雷把车开到天和之楼时，时间快上午八点了。刘书雷给温森森打了个电话说到了，温森森下来接刘书雷。上了楼，温森森亲自给刘书雷端来了一杯咖啡，在刘书雷对面坐下说，刘博士，我已订好了明天飞回总部的机票，所以时间很紧。

刘书雷喝了几口咖啡，却装着不解的样子说，温首席，你想与我聊什么？我感觉有点突然。

温森森说，刘博士曾与我谈过两次，从与刘博士的谈话中，我很明显地感到，刘博士本人并不倾向蓝港村搬迁。所以，接到实验区的来函后，说老实话，我早有心理准备，一点也不奇怪。我只是愈发觉得刘博士不是个简单的人，能够把这么个原已成定局的事改变过来。这样，我回总部前，就特别想与刘博士谈谈。

刘书雷本是故作悠闲地喝着咖啡，听温森森这么一说，差点把嘴里的咖啡喷出来，忙说，温首席，你千万不能这么说！你这么说话会害了我，我哪有这么大的能量？你也是国内长大并很了解国内情况的，对蓝港村的这次决策，正是天时地利，是实验区审时度势并尊重村民意愿而最后决定的，怎么可能是我呢？

温森森被刘书雷的样子逗笑了，说，刘博士不必这么紧张，刘博士这么紧张会让我感到你更心虚了。我说了我是找你私聊,正如刘博士曾经一再强调找我私聊一样。在这件事情上,我和刘博士一样,都不是决策者,这也就成了我们能很好私聊的基础。

很好,温首席这么一说,对我是个重要提醒。刘书雷恢复了淡定,说,不过,这也让我感到,温首席这是以其人之道还治其人之身,这么快就报复我?

温淼淼说,如果是报复你,我会这么谦虚和诚恳地接待刘博士?今天我可是充满诚意的。

刘书雷点点头,说,也是。那么你想找我聊什么?

温淼淼神态严肃地说,第一,我该怎么向董事会汇报,让董事会相信蓝港村不搬迁是有不可抗力的原因?第二,蓝港村这些年发展停滞,按现状几乎可以说还将衰败下去,如果不搬迁,那么如何适应我方对银滩的大开发?我怎样才能够让董事会对蓝港村发展有足够的信心和希望?第三,我方的投入可以暂不考虑短期的效益,但是需要长远利益的保证,刘博士认为这点贵方怎么才能够做到?

刘书雷又一脸为难地说,温首席,我真的不知如何回答这几个问题,因为这本来不应该是我回答的问题。

温淼淼说,因为正是刘博士被派到了蓝港村后,才有了现在这个让我方很为难的巨大变化。我想过了,这个变化与刘博士有太密切的关系。刘博士在我眼里是个思路周全而缜密的人,找我两次谈话也很有格局,我是不是可以认为,刘博士在考虑问题时应该想到我方与蓝港村的特殊关系?再说,刘博士曾主动找过我两次,一方面让我感到在这个问题上刘博士对我方充满敬意;另一方面也同时说明,从一开始,刘博士在考虑问题时是一直把我方放在很重要的位置上来思考的。所以,我想向刘博士私下请教,我应该如何向董事会提出具体意见?退一步讲,刘博士原先不是一直也希望我在这个问题上能够给贵方以理解和支持吗?假如我愿意帮这个忙,那刘博士也得让我明白,或者首先得说服我。

刘书雷放下手中的咖啡杯,说,温首席把话已经说到令我退无可退的地步了,看来我要不说点我的个人浅见,温首席今天也不会放过我。好吧,第一个问题,我个人认为,温首席完全可以报告贵董事会,我方这么做确实有不可抗力的原因。首先,当然是全体村民反对,我们得顺应民意民心;第二我向温首席透露一下,已有几个省人大代表和政协委员提出议案,蓝港村的石厝群是不可再生的历史文化资源,建议有关部门考虑列入古村落保护范围和本地的文化遗产申报,他们也不认可搬村拆房;第三,重新认识那些石厝群的历史文化价值并加以保护性利用,重新发现蓝港村的自然资源和文化资源的重要价值,这体现了中国改革开放的社会进步和文化进步,兰波国际是个大集团,应该理解和支持我方这一伟大的进步。

说到这儿,刘书雷停了下来。温森淼无奈地说,刘博士这三点理由确实让人很难反对了。

第二个问题,刘书雷接着说,蓝港村目前的落后并不表示它不会再发展,岚岛正遵循总书记的指示,全力打造自由贸易港和国际旅游岛。在这个历史背景和大机遇下,蓝港村想不发展,我们自己都不会允许。实验区正是考虑到了蓝港村将有好的发展，才决定不搬迁的。目前，蓝港村正在紧紧围绕打造国际旅游岛的目标，开始全新的蓝图规划，而这一蓝图规划现已有了坚实的基础和可行的条件。同时，在规划过程中充分考虑到了与贵方的投建开发紧密衔接和配套，一个新蓝港村将与贵方的银滩开发交相辉映，这点请贵方可以完全放心。

温淼淼一脸的不相信，说，恕我直言，从目前蓝港村的情况来看，我并不看好刘博士对蓝港村快速发展的信心。现在村里就只有老人和孩子。而且，要解决蓝港村的落后现状，需要极大的投入，这个投入我实在想不出来，蓝港村自己能够解决。

刘书雷说，开始我也没有足够的信心。但是，岚岛这些年的发展，都是靠抓住机遇干出来的。这个问题，温首席不明白也不奇怪，因为温首席还不是很了解我们这方面的体制、机制上的特殊优势。其实，中国改革开放四十年，就取得了有目共睹的巨大进步，创造这个世界奇迹的真正原因，许多外面的人都不了解，但这总是千真万确的历史事实吧，至少证明我们是能做到的。刘书雷又把"海上蓝影"几个年轻人如何决定回村创业，蓝港村现在已获得多少资金支持，现在村里如何谋划发展等，向温淼淼一一说了。

温淼淼听完了刘书雷说的，停顿了许久才说，这些新情况，刘博士，你也是今天才让我知道，这算商业机密吗？

刘书雷说，这不是商业机密，温首席今天知道了也并不晚。这很能说明，我们是在一心一意地搞建设，努力让人民过上好日子，是信念和初心的结果。

温淼淼说，我明白了。

至于第三个问题,刘书雷继续说下去,我想这个问题温首席问得有些欠考虑了,实验区高度重视与贵方的合作,不仅不会让贵方短期利益受到影响,而且还十分希望在与贵方的合作发展中确保双方的长远利益。

温淼淼不解地问,此话怎讲?

刘书雷说,关于贵方投建的安置房,实验区方面肯定已有相关建议来确保贵方不受损失,如何建议我不知道,但招商局领导来找温首席时,肯定对此事向贵方提出建议了。

温淼淼说,是的,昨天上午,招商局负责人来找我谈时,提出收储或置换的初步方案。刘博士敢这么说,应该至少知道这两个方案的内容了。

刘书雷微微一笑,说,那么贵方的长期利益的确保,其实很简单,如果岚岛快速发展起来了,蓝港村按现有蓝图发展起来,贵方的长远利益本身就会不断增大。举个最简单的例子,只要打通到蓝港村的快速通道,蓝港村在岚岛实现全境游的过程中,不就很快实现了城乡一体化?在蓝港村整体资源等迅速全面增值中,贵方仅对银滩的固定资产投入一项,不就同时水涨船高,一下子增值了?甚至可以更大胆地设想一下,一旦蓝港村发展好起来了,贵方的投入也到位了,从蓝港村独特的自然条件、资源和优势、今后发展前景等来说,蓝港村由农村变成旅游开发区也不是并无可能。仅此一项的转变,贵方将获益多少?

温淼淼一下子恍然大悟地说,你是说,蓝港村可以争取成为一个旅游开发区?

刘书雷故作糊涂地说,我只是希望。如果蓝港村能快速发展起来，建设到一定规模并做到一定的体量，自然就具备成为一个旅游开发区的条件。从这个意义上来讲，留住蓝港村，让蓝港村快速做大，甚至贵方进一步扩大对银滩开发的投入，助力蓝港村壮大发展，这才是贵方确保长远利益的最好办法，也就达到了双方合作共赢的初衷。

温淼淼脸如一朵浪花，说，刘博士，我是当局者迷。我只是奇怪，你其实也是这件事情的当局者，现在怎么又成了一个旁观者？

刘书雷说，我只是看到了一个事实，贵方在与我方合作中，其实任何一项的投入都与我方形成了一个唇齿相依的关系。我非常希望贵方明白，理解和支持蓝港村全力发展，将使贵方在银滩的投入开发获益更多。

温淼淼浅笑了一下，说，看来我今天找刘博士私聊是对的，我也终于体会了，同刘博士私聊真是件有趣的事。

刘书雷端起了咖啡杯，咖啡已凉了，温淼淼说，我去给你换杯热的吧。刘书雷说不必了，一口把咖啡喝尽，放下杯子说，温首席，如果没有其他的事，我该走了。

温淼淼似乎还想继续聊下去，说，刘博士，想再问你一个问题，我也大概了解了一下你，你好像现在仍然是独身一人，为什么你这么优秀的人会没人追求呢？

刘书雷毫无准备，说，这个问题，能不能不回答？

温淼淼笑了起来，说，可以。

刘书雷急忙说，我还有事，告辞了。

温淼淼说，那好吧。于是就把刘书雷送到了楼下，目送他开车走了才上楼。

刘书雷回到了援岚办，直接来到了吴副秘书长的办公室门前，见吴副秘书长在办公室里，就敲门进去，把与温淼淼的谈话，很详细地向吴副秘书长做了汇报。当然，温淼淼问他的最后一个问题，他没有向吴副秘书长说。

二十

几天之后，刘书雷在办公室里接到了温淼淼的电话。温淼淼说，我刚从总部飞回来，听说你已经从蓝港村回来了，所以今晚想请你吃饭，不知可否？

刘书雷说，温首席的消息还是很灵通的。要不找个地方喝茶吧，我想喝茶。

温淼淼说，我请你到海边吃大排档，这可是最普通的，如何？再说，你已经离开蓝港村了。你拒绝我这次的邀请，不怕到时后悔？我已经在你办公楼下等你了。

刘书雷说，你都到楼下了，我还可能拒绝吗？

刘书雷收拾了一下办公桌上的文件，下了楼。

温淼淼今天有意开了一辆很低调的车，是白色的沃尔沃。

刘书雷上车后，有意坐到后座去，但还是嗅到了温淼淼从前排散过来的香水味，还是第一次见到温淼淼时的那款香水。

温淼淼启动车子，说，我知道你今天这么爽快地接受我的邀请，一定是因为蓝港村的事在你心里还没完，你一定想知道兰波国际最后的决定。

刘书雷说，女人太聪明，小心男士会害怕。

温淼淼说，刘博士一定是个例外，绝对不会喜欢不聪明的女人。

刘书雷说，温首席有一双慧眼，同样让人很害怕。

温淼淼说，人长着眼睛，就是为了看自己喜欢的东西。最痛苦的就是不得不看自己不喜欢的东西。像刘博士这样的人，我用什么眼看，刘博士都不会害怕。

刘书雷说，难道温首席请我到海边吃大排档，是有坏消息告诉我，怕我难过，安慰我一下，先做些心理疏导和安慰？如果是这样，温首席应该知道，我可能真吃不下去。

温淼淼说，你实在让人讨厌，喜欢一针见血。

刘书雷说，好，为了能从温首席这里得到点商业机密，接下来，我尽可能装傻点。

温淼淼说，那也不必，男人一装，会让人更受不了，比女人还糟糕。

岚岛的海鲜大排档，就在新城附近的海滩边。说话间，车已到目的地了。

温淼淼停好车，刘书雷就说，时间还早，温首席应该不适应这么早吃晚饭，要不先到海边走走？

温淼淼说，刘博士是怕那边人多不好谈正事吧。好吧，先陪你走走，看来必须先告诉你一个让你食欲大开的消息。这次我回总部汇报，董事长亲自主持了董事会，争议肯定是很大的。但是你在私聊时告诉我的建议，起到了很重要的作用，大多数董事比较理解和接受,最后是董事长敲定。董事长说,每一个正规的公司, 不能不对一个对自己人民负责的政府表示崇高的敬意。他同意不再坚持原来的协议,同意重新商谈银滩旅游开发的方案。

我想过了,他应该会同意的。刘书雷牢牢地掩饰住自己内心的喜悦,装出一副冷静的样子,说,只是我没想到,他用了一句这么简要的话,说出了如此充分的理由。我也不得不对你们董事长表示敬意。不过,他这次态度的转变,怎么会这么快呢?以前不是挺强硬的,还准备把项目撤出?

温淼淼说,董事长在做最后决定时,说起了一个不久才听说的故事。前些日子,他去美国,在一个商务酒会上意外地遇到了他原来在法国大学的老同学。这位老同学后来去了美国,一直就没再联系。这次见面,在交谈时,这位老同学听说他在与中国做生意,所以整个话题基本上都是围绕着中国。这位老同学还向他谈起一件事,说是在二十世纪九十年代初期,有一位中国的年轻的市委书记,在他们国内一家重要的报纸上,看到了一篇中国留学生写的文章,讲述了一位美国加州大学的老教授与他夫人对中国一个叫鼓岭的地方深情眷恋和向往的故事。这位教授曾随身为传教士的父亲在二十世纪初来到中国的福建,他在这里度过了十年的童年时光。由于对那段美好时光的难忘,这位教授一生始终保持中国的饮食习惯,最大的心愿就是能重新回到儿时的中国故园再看看。但是因为各种原因,这位教授无法如愿。后来,这位教授不幸患上了失忆症,可是他经常念叨鼓岭,在临终之前,嘴里还一直念叨着。他的夫人十分意外、困惑并感动，在教授逝世后，决定去寻找丈夫魂牵梦萦的地方。可是，教授夫人不知道如何着手，也不知道鼓岭在哪里，多次来中国寻找，却一直找不到。教授夫人只好把这件事告诉了一位中国的留学生。后来才知道，这位教授当年把由榕城话直译的鼓岭念成了“ku liang”。这位年轻的市委书记读完这篇文章，深受感动，立即指示市里的有关部门联系上了教授夫人，并热情地邀请她访问鼓岭。教授夫人无比欣喜，从旧金山转道北京，来到了榕城，这位年轻的市委书记亲切地接见了她，并安排教授夫人来到了鼓岭，有九位教授儿时的玩伴一同接待了教授夫人，与她分享了她丈夫童年在这里的美好记忆，教授夫人激动得流下了泪水，终于实现了丈夫的遗愿。讲这个故事的人，曾做过这位教授的博士生。他告诉我的董事长，你现在想投资的岚岛，曾属于这位充满人格魅力的市委书记的管辖区。这位市委书记，现在可是中国的最高领导人。董事长听完了这个故事后，印象无比深刻。他问我，岚岛过去真的属于那位年轻的市委书记管辖吗？我告诉他千真万确，那位市委书记当时曾十多次登岛访贫问苦。董事长说，一个在那么年轻时，就能如此在乎一位素不相识的普通外国人的心愿，并发自内心地去帮助别人完美地实现心愿的人，现在在领导着一个伟大国家，必然十分在乎自己的人民并全心全意地对自己的人民负责。董事长说，他非常理解和崇敬中国，他决定适时亲自来岚岛走访一下。

这件事，刘书雷并不知道，听温淼淼这么一说，也深受感动。

温淼淼说，怎样，现在你应该觉得来吃这顿晚饭很值得吧？

刘书雷说,非常感谢温首席。那么,这顿晚饭应该由我来请。

温淼淼说,那现在我们可以去吃饭了吧?

刘书雷说,完全没问题。

温淼淼事先订好了座位。趁温淼淼去点单时,刘书雷用手机给张正海发了条微信,把好消息告诉了张正海。

这些天来,刘书雷终于吃了一顿很安心和开心的晚饭。

吃完饭后,温淼淼开车把刘书雷送回去。路上,温淼淼说,刘博士,我很想正式地问你件事,你对你现在的工作满意吗?

刘书雷此时没多想,随口就说,只要是做有意义的事,我觉得我都满意。说完,刘书雷突然反应过来,又说,温首席用“正式”这个词,是不是有什么其他意味?

温淼淼说,你说得很对。我请你吃饭,其实还有个想法。那天董事会结束后,董事长单独留下了我。他说,温,你刚才汇报时说起了一位中国的博士,他在这件事上起到了很大的作用,能不能告诉我更详细点的东西?我就把你的情况以及三次与我谈话的主要内容,详细地向他做了汇报。董事长说,温,我对这个人很感兴趣。现在我们在中国的业务将成为公司最重要的业务之一,中国将是我们主要的发展方向,董事会正在讨论专门成立一个中国业务管理部,我们急需吸纳一些中国的人才进来,你问问这位博士愿不愿意加入我们集团,具体条件可以由他先提出。

什么,你的意思是让我加入兰波国际?你那董事长可是连我的面都没见过呢!刘书雷觉得匪夷所思。

这不奇怪。我进兰波国际,也是因为董事长无意之中看到了我的一个设计作品,就立即让人跟我联系。我也是到职之后,才见到董事长的。公司要的人，是能够创造效益的人。在竞争如此激烈的环境之中，拥有良好的教育背景，真正优秀的可用之才，公司从来就是立即录用。

刘书雷终于第一次在温淼淼面前缄口不语了，不知怎么回答。

我现在的年薪，是你工资的几十倍。一年之后，公司就可以帮你拿到绿卡，到时你可以面向世界工作。温淼淼趁热打铁地说。

刘书雷想了想，说，温首席，你说的事太突然了，我从来没想过。我只能告诉你，我是通过人才引进渠道到闽省工作的。这次来援岚，面对一个小渔村，我都感到那里的平台对我来说太大了，这不是谦虚之词，而是我亲身体会到的。现在我的祖国的发展，都让我应接不暇，深感任重道远，你说可以面向世界工作，我自感目前没有这个抱负和能力。

温淼淼说，我们说的针对性是不同的。我真的很希望，刘博士，我们能成为同事和朋友。

说到朋友，温淼淼的语气里透出了一种温柔的暗示。

刘书雷故作轻松地说，如此看来，应该是温首席已把我当成了好朋友，向贵董事长力荐的吧？真的很感谢，也很抱歉。如果这次没到蓝港村经历这么多事，也许凭借我以前的心性，我会很高兴地接受温首席的盛情。但是，现在，我真的不能答应。

温淼淼不说话了，把车开得飞快。

刘书雷上车前就说了，晚上还要到办公室处理一些事情。温淼淼把车开到了办公楼下。

车停到了办公楼下，刘书雷开门下车了，温森森摇下了前窗，用她那双丹凤眼直视着刘书雷，说，你再认真考虑一下？我等着和你成为同事和朋友。

刘书雷笑了笑，说，谢谢。

温森森连车窗都没摇起，就把车开走了。

手机上有未读的微信，刘书雷打开一看，是海妹发来的。海妹这次给刘书雷发来了三条语音信息。

刘书雷上了电梯，进了办公室，才打开语音。

山中一子，我们几个人回村之后才知道你走了。晓阳哥告诉我，你是在我们起飞登程的那天，悄然离开了蓝港村。我们发现你不够意思，不等我们回来就走了。不过，我们这次出来，认真走了一圈，受益匪浅，收获巨大，启发良多。大家说，还是要非常非常感谢你，感谢你对我们的指点，感谢你为蓝港村、为我们所做的一切。

另，我依公知道你走了，老人家很生气，让我转告你，你虽然为蓝港村做了好事，但走时却没有和他辞行，这点他心里非常难过。当然，他说赔礼道歉就不必了，只是你下次来村里时，无论如何都要再陪他喝一次酒，他还想喝你上次带去的那个酒，你要提前备好哟！正海支书替你圆场，说你回去参与筹备中国—小岛屿国家海洋部长圆桌会议，这是更重要的事。

晓阳哥知道后就说，这个事确实比蓝港村的事重要，事关今后岚岛更大的发展。他说，看来我们的选择是对的，岚岛今后一定能发展得更好。晓阳哥说，等我们的事情解决了，就一起去新城看你。我先说明，罚你在新城请我们吃一顿大餐，你得先准备好请客的钱。最后，想再向你提个问题，我能随时发微信联系你吗？

刘书雷看到这里，发现有张正海的微信过来：

收到了好消息，我代表蓝港村全体村民感谢你的努力和付出。虾米昨天来村部找你，知道你走了，大哭了一场。文艺志愿者来村演出时间也敲定下来了，海妹建议安排在举行“蓝港之约”的那天晚上，我个人认为合适。

刘书雷正想回复张正海，一个电话打了进来，一看是蔡思蓝的。刘书雷急急地接通了电话……